木馬文學 54

庇里牛斯山的城堡
Slottet i Pyreneene

喬斯坦・賈德◎著
Jostein Gaarder
周全◎譯

木馬文化

木馬文學 54

庇里牛斯山的城堡
Slottet i Pyreneene

作　　者　喬斯坦・賈德（Jostein Gaarder）
譯　　者　周全
副 社 長　陳瀅如
總 編 輯　戴偉傑
責任編輯　陳希林
行銷企劃　謝玟儀

出版　木馬文化事業股份有限公司
發行　遠足文化事業股份有限公司（讀書共和國出版集團）
地址　231台北縣新店市中正路506號4樓
電話　02-2218-1417　傳真　02-8667-1065
email: service@sinobooks.com.tw
郵撥帳號　19588272 木馬文化事業股份有限公司
客服專線　0800221029
法律顧問　華洋法律事務所 蘇文生 律師
印刷　成陽印刷股份有限公司
初版　2011年1月
初版12刷　2024年7月
定價　新台幣300元
ISBN　978-986-120-466-6

國家圖書館出版品預行編目資料

庇里牛斯山的城堡 / 喬斯坦・賈德（Jostein Gaarder）著 ; 周全譯. -- 初版. -- 臺北縣新店市: 木馬文化出版 : 遠足文化發行, 2011.01
冊 ; 公分. -- (木馬文學 ; 54)
譯自 : Slottet i Pyreneene
ISBN 978-986-120-466-6 (平裝)

881.457　　99023026

導讀　圍著粉紅披巾的半透明女子

……我在撰寫導讀的同時，已開始動腦筋該如何寫電子郵件給前德國女友了。本書的開場白為：「當時宛如魔幻一般，竟然再度遇見你！」我自己的郵件開場白則很可能是：「感謝妳當初強迫我把瑞典文的資料翻譯成德文！假如沒有妳的話，今天我恐怕沒辦法把《庇里牛斯山的城堡》順利翻譯出來。」

挪威原版《庇里牛斯山的城堡》剛問世時，奧斯陸《晚間郵報》曾於二〇〇八年十月做出特別報導，並且在大標題上方刊登一張巨幅照片，展示一棟灰白相間、屋簷架設「明達爾旅館」（Hotel Mundal）字樣的大型北歐式木造建築。版面右側可清楚看見原文書封面那枚懸浮空中、狀似小行星的嶙峋巨石，以及其頂端宛如城堡的物體。大標題本身則只有兩個醒目的挪威文字眼：「Engasjerende Epostroman」。第一個字是形容詞，可翻譯成「引人入勝的」或「迷人的」（也就是英文的engaging）；後者是名詞，乍看之下容易讓人誤以為這本小說跟「敘事史

詩」（epos）這個詞彙有關。但《晚間郵報》沒有把文字遊戲繼續玩下去，反而立即揭曉謎底，一語道破本書的特點：①

> 幾百年來我們都曉得有書信體小說，如今喬斯坦．賈德更寫出了一本電子郵件小說（e-post-roman）。《庇里牛斯山的城堡》是一部具有三重性質的作品：它是犯罪懸疑小說、愛情小說，而且它尤其是一本對話體小說。

用「引人入勝的電子郵件小說」一詞來形容本書，這是相當貼切的做法。賈德向來擅長以書信體的對話形式講故事，巧妙地將人生核心問題融入故事情節，帶領讀者走進書中世界，一同探索問題和進行哲學思考。他的出發點是：「哲學思考意味著探索人生，而每一個會好奇的人都能夠進行哲學思考。」《蘇菲的世界》已經為此看法做出最好的證明：賈德在一九九一年推出的這本「哲學小說」早就轟動全球，二十年來銷售了三千多萬冊！

本書同樣具有哲學小說的性質。但若說《蘇菲的世界》之主軸為「我是誰？世界從何而來？」，那麼《庇里牛斯山的城堡》之核心問題即為「我是誰？宇宙從何而來？我將前往何方？死後是否另有生命？」。若說《蘇菲的世界》是一本「也非常適合成年人閱讀的青少年小說」，那麼賈德便刻意把《庇里牛斯山的城堡》寫成一本「給成年人看的小說」。因此我們將讀到諸如「車上的某種特技動作」，或「十鬼在外，不如一女在懷」之類不可能在《蘇菲的世界》裡面出現的句子。

《庇里牛斯山的城堡》之對話形式更臻化境，從頭到尾以電子郵件連綴而成。內容完全是女主角蘇倫與男主角斯坦的郵件往來，唯獨在結尾部分才驟然冒出第三者的信函。「電子郵件小說」這種特殊文體，連帶又影響到全書的版面呈現方式。為了增加文字流暢性，書中不再贅述〈寄件者〉、〈日期〉、〈主旨〉等項目，直接以不同字體標示寄件者身分。以正體中文版為例，女主角和第三者的郵件是以感情豐富的仿宋體印出，男主角的郵件則採用了理性冷靜的細明體。

那麼《庇里牛斯山的城堡》透過電子郵件說出怎樣的故事呢？我們不妨看看賈德自己的講法。二〇一〇年二月他在本書德文版之發表會上解釋道：

這是一篇關於兩個人的故事，他們曾在三十年前彼此相愛並生活在一起，卻因為某個神秘事件而分手。時隔三十年後，他們在當初經歷該事件的同一地點不期而遇。

男主角斯坦是氣候學家和大學教授，二〇〇七年七月前往一個名叫「菲耶蘭」的峽灣村落，參加「挪威冰河博物館氣候中心」揭幕儀式。他住進當地的「明達爾旅館」之後，第二天早晨端著咖啡走上陽台，赫然發現三十年不見的舊情人蘇倫就站在那裡！此一突發事件帶來的驚喜自然不在話下，但雙方都已有家室，而且一個住在西挪威的卑爾根，一個住在東挪威的奧斯陸，中間隔著崇山峻嶺和四百多公里的距離。於是雙方在告別時約定互通電子郵件來保持聯繫。

但此次見面究竟出自「命運的安排」或「純粹的巧合」？這個問題導致虔信宗教的蘇倫與一心服膺自然法則的斯坦，在隨後幾星期內進行激辯。蘇倫首先傳出電子郵件表示，他們由於心靈感應的緣故，再加上受到超自然力量指引，才會同時來到昔日「世上最美好和最令人痛苦的地點」，因此重逢絕非偶然。斯坦卻搬出各種統計數字，用幾十億分之一的或然率來否定超心靈現象。雙方各自旁徵博引，激盪出一場介於靈性與理性、宗教與科學、第六感與理則學……之間的人生哲學對話。其內容包羅萬象，從宇宙大爆炸、量子力學、古生物學、全球暖化和小行星撞地球等等，一直談到聖經、人類的意識、神秘學以及死後的生命。

二人你來我往過招的同時，也回憶了既甜蜜又失落的共同過去。全書的故事輪廓隨之逐漸成形，於對話中洋溢出越來越濃厚的愛情小說風貌。我們其實可以發現，蘇倫和斯坦的人生觀原本並無不同——當初他們都是及時行樂的唯物主義者，而且都出現過心理方面的障礙。按照蘇倫自己的描述，兩人這對在一九七〇年代共同生活了五年的情侶是這副模樣：

我倆一直對生命有著同樣強烈的感受，但也為了生命有朝一日將會永遠消逝，於是有著同樣深沉的絕望。

生命稍縱即逝，所以二人將希望寄託在周遭的現實世界，甚至縱情於大自然和「可讓人產生過度刺激的瘋狂事物」，藉此封鎖「有關最後歸宿的負面想法」。蘇倫和斯坦於是瘋狂地談戀愛、瘋狂地融入大自然、瘋狂地歡慶人生、瘋狂地發揮創意。他們還喜歡瘋狂地出遊，可以步行幾百公里前往挪威中部，可以騎自行車東向穿越整個瑞典，可以登上遙遠的高原連續當了十幾天現代穴居人，每一回都功德圓滿。然而他們最末一次的瘋狂行動出了差錯！雙方論及此事時，起初都吞吞吐吐，顯然其中另有不可告人的秘密。我們只能隱約察覺，二人似乎做過某種蠢事，以致引發靈異事件，結果不但都嚇破了膽，還因而在莫名其妙的狀態下糊里糊塗結束戀情，從此分道揚鑣。這一切好像都環繞一名「圍著粉紅披巾的女子」打轉，而且那個被蘇倫稱作「紅莓女」的詭異人物，竟然重要得足以讓本書德文版更改書名。②

蘇倫和斯坦三十年後再度重逢，這次針鋒相對用電郵談了幾個星期，非但無法駁倒對方，反而發現彼此根本難以割捨，於是決定打破禁忌把昔日分手的原因講清楚。全書頓時一改先前的敘事風格，在第七章依時間順序詳述來龍去脈。這部對話體愛情小說於是又湧現犯罪懸疑小說的色彩，還略帶鬼故事的風貌。如今真相大白，原來蘇倫在一九七六年五月下旬躁鬱症發作後，斯坦開車載她前往歐陸最大的冰河散心。但他們途中一時恍神，半夜在荒山湖畔高速撞倒了一個謎一樣的婦人，結果六神無主地展開肇事逃逸之旅，輾轉來到冰河腳下的明達爾旅館避風頭。他們抱持「我倆沒有明天」的心情，用「完全豁出去」的態度苦中作樂，居然在當地度過最美妙的一個星期。

平安無事幾天下來，該是打道回府的時候了。二人於臨行前夕走去旅館後山踏青，冷不防在樺樹林內重新瞧見那名紅巾女子——她面露「蒙娜麗莎式的微笑」，講出一句神秘話語之後便消失不見！這對苦命鴛鴦又嚇得落荒而逃，之後分別針對此事做出不同解讀，意圖透過自我麻醉來壓抑罪惡感。斯坦變得更加唯物，不但強調那位婦人「還活得好好的」，更極力否認一切超自然現象。蘇倫卻一口認定紅莓女被撞死之後成為「來自彼世的啟發」，從此轉而相信靈魂不死並勤於鑽研玄學，藉由對來世過於美好的想像替自己彷徨的心靈找出路。然而斯坦無法接納蘇倫竟然鑽研玄學，蘇倫則忍受不了斯坦的冷漠以對，某天憤而離家出走便再也沒有回頭。時間一過就是三十一年。

重逢之後雙方不再逃避問題，終於順利解開了心結。斯坦和蘇倫於是約定在卑爾根見面，可是全書情節隨著另一樁憾事戛然而止，留下許多空間讓我們繼續思索與提出疑問。最先出現的疑問很可能是：這本挪威小說到底跟庇里牛斯山有何干係，後者不是位於西班牙和法國交界嗎？的確，本書的故事幾乎都發生在挪威和瑞典，跟那座山脈完全無關。《庇里牛斯山的城堡》這個書名，其實脫胎自比利時繪畫大師馬格里特（René Magritte）一幅超現實主義畫作的標題。

那幅名畫不僅出現於本書挪威原版的封面，更是蘇倫和斯坦從前掛在牆上的海報。賈德透過畫中巨石宛如小行星般的模樣，凸顯了宇宙和太空在本書所享的獨特地位。當兩人還是情侶的時候，對浩瀚宇宙的探討也意味著融入大自然。在陷入困境的當下，太空便成為逃避現實的工具，因為地球上不管鬧出多大的亂子，跟宇宙比較起來也只會顯得微不足道。分手三十年後，斯坦在巧遇蘇倫前一天的夜裡做了一個「宇宙之夢」，夢中赫然發現自己竟然於小行星撞地球之際，向他所不信仰的上帝祈禱——這又為男女主角日後的和解預設伏筆。

等到蘇倫和斯坦重逢後互通郵件時，畫中的神秘風格既烘托出他們之間的意識型態鴻溝，也呼應了本書背後最根本的課題：「世上是否只有理性與科學，抑或另有更高的事物？」例如對斯坦而言，宇宙大爆炸就是萬物的起源；對蘇倫來說，那只不過是上帝在創世之初所稱的「要有光」。萬一果真看見巨石懸在空中這種異象的話，斯坦肯定會把它解讀成「騙局」，蘇倫卻八成會對著石頭喊出「哈利路亞」。況且蘇倫還把斯坦認為「好端端活著」的紅莓女比擬成自由飄浮的巨石，稱之為「發生在這個世界之外的奇蹟」。

神秘的「紅莓女」角色令人回味再三，讀者閱畢之後一定會對這位神秘女子充滿了好奇。現在我們不妨先拿德文版的封面來思索（或「不寒而慄」）一下。德國插畫大師布赫霍爾茨（Quint Buchholz）已經把紅莓女詮釋出來：她是一個背對我們而立、肩上圍著大披巾的半透明「女阿飄」，正站在樺樹林內遙望一輛紅色金龜車從湖邊駛過！③

讀到這裡，可能已有人心中已經浮現了又一個疑問：「導讀裡面老是提到本書的德文版，莫非中文版跟德文版有所瓜葛？」——確實有瓜葛。譯者在二〇〇九年底開始翻譯這本挪威小說時，由於英文版遲遲無法譯出，我使用的是德文版。到了二〇一〇年五月，英文版終於露面，而中文版已接近完成。於是我決定逐字比對德英兩個版本來定稿，設法得出最接近挪威原文的中譯版。

但《庇里牛斯山的城堡》除卻內容無所不包，而且充滿北歐風情之外，全書前半部分更施展了超時空敘事手法，翻譯起來是極大挑戰。影響所及，德文版和英文版頂多只有百分之七十相吻合，並分別出現不盡理想之處，未譯出的挪威字句也所在多有。每逢這種擾人的情況時，譯者只能硬碰硬用挪威文來定奪。

幸好挪威文與瑞典文差異不大，而我二十多年前的德國女友精通瑞典文，喜歡強迫我把瑞典讀物口譯成德文——從前的苦差事如今竟成為破解挪威文的助力！更何況我們曾在一九八七年，亦即蘇倫和斯坦重逢整整二十年前，連袂前往瑞典南部和奧斯陸一帶露營，因此書中出現的若干地點可謂「舊地重遊」，就連在挪威旅行幾個月後的分手，也是譯者的切身之痛！

換個角度來看，本書雖然是哲學小說，卻把場景描繪得十分寫實。例如菲耶蘭的確有一家「明達爾旅館」，「冰河博物館氣候中心」的確在二〇〇七年七月揭幕……賈德開車前往參加揭幕儀式時，還竟然在荒山湖畔吃了超速罰單！警察開單的地點，後來就變成書中斯坦與蘇倫撞倒紅莓女之處，④以及肇事逃逸路線的起點。

此外，作者在書中交織了不少世界級的景致，諸如歐洲最大的冰河、最大的峽灣、最大的高原台地、古維京人修建的木板教堂，以及高緯度地區「夏日藍色的夜空」等等，讓本書更加貼近真實人生。這麼一來，我們在閱讀時非但成為「哲學思考」的共同參與者，更可出現「身歷其境」、「觸景生情」、「感同身受」之類的印象。至於那種恍如隔世的意外重逢經驗，應該也是每個人都有過的遭遇。

譯者在處理本書的過程當中不斷回想起陳年往事和「瑞典文」，還必須一面奮力透過挪威文來化解德、英文版之間的矛盾，一面逐一查明各場景的模樣，以便增加臨場感並降低翻譯困難度。這麼多管齊下以後，所有的問題終於迎刃而解。最後我忍不住附上幾百個影音、圖像和地圖連結，交出了「多媒體版」的中譯稿——本書編輯對此的評語是：審稿就彷彿在「看電影」一般。

本書的感染力很強，即便印刷版無法轉達多媒體版的味道，但說不定仍會有人讀得想傳一封郵件跟昔日情人打聲招呼。至少我在撰寫這篇導讀的同時，已開始動腦筋該如何寫電子郵件給前德國女友了。本書的開場白為：「當時宛如魔幻一般，竟然再度遇見你……！」我自己的郵件開場白則很可能是：「感謝妳當初強迫我把瑞典文的資料翻譯成德文！假如沒有妳的話，今天我恐怕沒辦法把《庇里牛斯山的城堡》順利翻譯出來。」

周全

二〇一〇年十月於台北

①《晚間郵報》（Aftenposten）是挪威第一大報，那篇專文的網頁連結為：http://www.aftenposten.no/kul_und/litteratur/article2720635.ece。

②德文版的書名雖叫做《圍著紅色披巾的女子》，但「紅莓女」的披巾其實是粉紅色。

③上網搜尋圖片（點選「所有網頁」）並鍵入「Die Frau mit dem roten Tuch」之後，即可看見德文版的封面。

④這是賈德在德國簽書會上親口透露的秘辛（賈德與德文譯者已合作二十年，而且本書德文版翻譯得比英文版好）。

庇里牛斯山的城堡
Slottet i Pyreneene

【編按】：女主角的郵件是以感情豐富的仿宋體印出，男主角的郵件採用理性冷靜的細明體。

I

斯坦，我來了。當時宛如魔幻一般，竟然再度遇見你，而且偏偏是在那裡！就連你自己也茫然不知所措，慌張得差點一跤絆倒。但那可不是什麼「意外相逢」。有某種力量發揮了作用。你曉得嗎？有某種力量！

我倆為自己爭取到四個鐘頭的時間。不過「爭取到」又能意味著什麼呢？而且事後尼爾斯．佩特可就不怎麼高興了，一直要等到我和他駕車經過弗爾德的時候，他才終於開口講出幾個字。

那天，我和你只是在山谷中向上攀爬，過了半個小時之後，又重新站在小樺樹林前面……

整段路途中，我和你都沒有說什麼。我的意思是，不曾針對當年那件事情進行交談。其他的話題我們固然都討論到了，但就是沒能提到那件事。當時的狀況與以前完全一樣，我們倆還是完全無法一起坦然面對曾經發生過的事情。我們兩人便這麼從根爛起，或許原因不在於你是你，也不在於我是我，而是因為我們兩個人湊成一對的緣故。

回想當初，我倆甚至沒有辦法彼此互道晚安。我仍然記得，最後一個夜晚我就睡在沙發上。此外我還記得你坐在另外一個房間吸菸時所傳來的氣味。我覺得自己更可直直穿透牆壁和緊閉的房門，看見你低垂的頭部。而你只是弓著身子坐在書桌前面吞雲吐霧。第二天我就搬了出去，此後我們再也沒有見過面，為時長達三十多年之久。那真是令人難以置信。

如今我倆卻驀然從睡美人般的長年沉睡中甦醒過來，彷彿被同一個神奇的信號所喚醒！於是我們不約而同，再度長途跋涉前往那裡住宿，更何況是在同一天。斯坦，在一個新的世紀，在一個全新的世界，過了三十幾個年頭之後，我們突然互相說「嗨」！

現在可別告訴我，那只不過是巧合而已。千萬別認為，其中並無外力在導引我們！

最超乎現實之外的事情，莫過於當旅館女主人突然走上陽台時的那一幕。當年她還只不過是旅館老闆的年輕女兒而已。對她來說，一切同樣都已經是三十多年前的往事了。我相信她一定也遭遇到一生中最大的「恍如隔世」經歷。你還記得她說了什麼嗎？她說道：「真高興看見你們仍舊在一起。」那些字眼令人心痛，卻也有一點滑稽。因為我倆自從在一九七〇年代中葉的一個早晨，幫她照顧她的三個小女兒以來，便再也不曾與她見過面。至於我倆之所以會幫她那個忙，是因為感謝她曾經把兩輛自行車和一台電晶體收音機借給我們的緣故。

現在我家人們正呼喚我過去。此刻是七月的傍晚，而且可別忘了，在此地海濱過的完全是放暑假一般的生活。他們想必已經把鱒魚放上了烤肉架，而尼爾斯·佩特正好幫我端了一杯利口酒過來。他給我十分鐘的時間來完成這封郵件，而我確實還需要這十分鐘，因為我有重要的事情想拜託你。

我們是否可以彼此鄭重承諾，同意在閱讀完畢之後將互傳的郵件一概刪除？我的意思是，毫不拖泥帶水地立刻刪除，而且我們當然也不可以用印表機把郵件印出來。

在我眼中，這種新的聯繫方法就是奔流於兩個心靈之間的思緒脈動，而不是一種我們以後還會持續下去的書信往來。這種做法的好處是，我們撰寫郵件的時候可以暢所欲言。

更何況我們都已經另行嫁娶，並且分別有了自己的小孩。我可不打算把我們的信函全部都留在電腦裡面。

我們不曉得自己何時必須離開人世。但總有一天我們都將擺脫這場嘉年華會中的各種面具和角色，只草草留下幾樣道具，直到它們也被掃出場外為止。

我們將會走出時間之外，離開我們所稱的「現實」。

許多個年頭已經過去了，可是一想到與陳年往事有關的東西可能會驀然重返，那種感覺便讓我始終不得安寧。我會不時覺得，好像有什麼東西正緊跟著我的腳步，或者冷不防有什麼東西在向我的脖子呵氣。

我一直無法忘記在萊康厄爾閃起的藍色警車燈光，而且縱使到了今天，我仍然會因為背後出現的警車而陷入歇斯底里。幾年前的某個日子，有一名穿制服的警員按了我家門鈴。他絕對已經看出我有多麼驚慌失措，但他其實只不過是想打聽附近的一個地址而已。

你一定覺得是我自己在那邊杞人憂天。因為不管怎麼樣，任何刑事犯罪的法律追訴時效現在都早已過期。

可是罪惡感永遠不會過期……

所以請答應我，你會把所有的郵件都刪除掉！

重逢的那天，一直要等到我倆坐在山間牧羊人小屋廢墟的時候，你才告訴我究竟是什麼原因使得你來到此地。你試著把自己在過去三十年內所做的事情解釋清楚，並且向我介紹了你正在進行的氣候計劃。然後你才開始稍稍敘述我們在旅館陽台重逢之前的夜晚，你所做的一個非常稀奇古怪的夢。你表示，夢中的情節跟宇宙有所關聯。但是你只講了那麼多而已，因為隨即有幾隻小牛朝著我們奔跑過來，又把我們追趕得退回下面的山谷。後來你就沒有對夢境做出更多說明。

不過你的宇宙之夢其實並不出人意外……當年我倆出事以後曾經設法睡上幾個小時，然而我們都過於激動，更何況即使想不激動也難——於是我倆僅僅閉目而臥，相互低聲談論有關星辰和銀河系之類的東西。我們只談到了這一類既龐大又遙遠，而且高高在上的事物……

現在重新回想此事，難免會覺得奇怪。那是在我信仰任何東西之前所發生的事情。但我隨後很快就找到了信仰。

他們又在叫我了。把這封郵件傳出去之前，我還剩下最後一點感想。當初我倆路過的那個湖泊名叫「埃德勒瓦特內」，意思就是「比較老」。①對一座如此遠離文明的山間湖泊來說，這個名稱不是取得十分奇怪嗎？從前在那裡山區的岩壁和頂峰之間，究竟是誰「比較老」呢？

當我不久前和尼爾斯．佩特開車從它旁邊經過的時候，我只是盯著道路地圖看個不停。自從上次以來我再也不曾舊地重遊，而且我根本不敢抬頭張望——在那個湖邊就是沒有辦法！又過了幾分鐘，我們也大轉彎繞過另外一個關鍵地點（我指的是懸崖旁邊的那個彎道），而那是整段車程當中最讓我痛苦的處所。

我相信一直要等到抵達下面的山谷之後，我才終於將目光從地圖上移開。一路研究了地圖之後，我曉得了許多新的地名，還把它們念給尼爾斯．佩特聽。反正我必須想辦法找些事情來做。因為我擔心自己會精神崩潰，以致被迫向他透露所有的一切。

接著我們來到新蓋好的隧道。我堅持一定要穿越隧道不可，而非沿著中世紀的木板教堂以及河畔的舊馬路行駛。我隨意編出一個拙劣的藉口，表示時間已經相當晚了，所以我們沒有太多時間。

唉，埃德勒瓦特內湖！

那位「紅莓女」則的確「很老」。至少當時我們都這麼覺得，並且把她說成是一個上了年紀的婦人。反正她是一位比較年長的女性，在肩上圍著一塊粉紅色的披巾。當初你我必須相互確認，我倆果是否真看見了同樣的事情。而那是在我們仍然有辦法彼此交談的時候。

事實的真相是，她跟今天的我同樣歲數，既不多也不少。她是我們習稱的中年婦女。

當你向外走到旅館陽台上的時候，我覺得彷彿是我面對著自己的方向移動。我倆已經有三十多年沒見過面了。但那還不是事情的全部。我再清楚也不過地感覺到，我竟然有辦法從身體外面看見我自己——我的意思是，從你的視角、用你的眼睛看見了我。就在那一瞬間，我自己彷彿變成了紅莓女。一股令人不安的感覺襲上我的心頭。

他們又在叫我過去了。這已經是第三次了，所以現在我乾脆就把郵件傳出和刪除。這是來自蘇倫的溫暖致意。

我必須極度自我克制，才不至於寫出「你的蘇倫」，因為我倆之間從未有過真正的絕交。當年我隨手拿起自己的幾件東西就走了出去，再也沒有回來。後來我等了幾乎整整一年的時間，才從卑爾根寫信給你，請求你把我其餘的物品打包寄回給我。但即使到了那種關頭，我也沒有把它看成是正式的分手，不過這麼安排起來到底最為方便，因為我早已待在挪威的另一邊了。那是我遇見尼爾斯·佩特好幾年以前的事情，而你要等到過了十年多的時間以後才與貝麗特找到彼此。

你實在很有耐心。你從未真正放棄我們之間的感情。而我則不時覺得，自己彷彿過著重婚一般的生活。

我永遠忘記不了昔日在那條山間道路的遭遇。我往往會感覺自己無時無刻都對那件事念念不忘。

隨後所發生的事情，其實既神奇萬分又鼓舞人向上。今天我把它當成禮物看待。

假如當初我倆有辦法共同收下那份禮物的話，那該有多好！可是我們都嚇得六神無主。起先你就那麼昏倒了，必須由我來照顧你。接著你突然一躍而起，向外狂奔而去。

過了沒幾天以後，我倆已經開始貌合神離。我們喪失了能力或意願，再也無法相互看著對方的眼睛。

那是我們兩個人，斯坦！真是不可思議。

蘇倫，蘇倫！妳漂亮極了！妳身穿鮮紅色的衣服，背對著峽灣和白色圍欄，是那麼燦爛奪目！

我一眼就看出那就是妳，我當然看出來了。還是說，我眼前出現幻覺了呢？但那的確是妳——宛如從截然不同的另外一個時代迸了出來！

而且現在我想立刻告訴妳的是：我根本就沒有把妳跟什麼「紅莓女」聯想到一起。

妳竟然真的寫了郵件過來！在過去幾個星期內，我都一直衷心期盼妳會這麼做。雖然當初提議互通電子郵件的人是我，不過最後是妳在臨告別時表示，妳會等到時機適宜的時候發聲，主動權因而落入妳的手中。

我之所以會那麼不知所措，是因為無法想像我們竟然能夠像從前那般，再度在同一個偏僻的角落見面。那就彷彿我們是為了一個古老的約定而活著，務必要在那個時間和那個地點重新相聚。然而，我們從來都沒有做過這種安排。一切只不過純屬巧合罷了。

重逢的那時，我剛好端著放在碟子上的咖啡杯走出餐廳，一時手忙腳亂而把咖啡潑灑出去，燙傷了我的腕關節。此外妳講得完全沒錯，我好不容易才站穩腳步——畢竟我必須搶救咖啡杯，免得它摔落到地面。

我向妳的丈夫簡短致意以後，他突然急急忙忙去汽車上拿東西，於是妳我二人有機會交談幾句，而旅館女主人隨即走了出來。她想必是看見我打從接待櫃檯那邊走過，並且還記得我在許多年前的模樣——那是當她母親還掌管這家旅館的時候。

此際妳與我面對面站立，而女主人顯然把我們看成是一對中年夫婦。她以為我倆許多年前在那個峽灣的分支進行過一次熱愛之旅以後，便定下心來一輩子長相廝守（這也是我曾經設法想像過的事情），如今或許是因為戀舊情懷急性發作的緣故，終於又回到自己年輕時代冒險經歷的現場。更何況我們吃完早飯以後當然應該走到外面的陽台上，即便我倆都順應時代風潮而戒了菸，但那其實是非常合乎理性的事情。而且我們當然還必須向外遠望紫葉山毛櫸、峽灣以及山巒。因為當初我倆也是一直站在那兒向外遠眺。

旅館改變了接待櫃檯的格局，並且還新增一家咖啡館，供人們路過此地時稍事停留。但樹木、峽灣和山丘依舊維持原樣。大廳裡面的家具和圖畫也都如此，就連撞球桌也還擺放在原來的位置，但我懷疑可曾有人為那架老鋼琴調過音。從前妳曾經用同一架鋼琴彈過德布西，並且還彈奏過蕭邦的夜曲。而我永遠無法忘記其他的房客們如何聚集在鋼琴周圍聆聽，以及妳如何贏得了如雷掌聲。

三十年的光陰已然飛逝，時間卻幾乎仍完全停滯不前。

我差點忘了提起唯一真正的改變：那些隧道是新的！昔日我倆必須乘船過來又乘船離開，因為當時還沒有可以替代的交通方式。

妳還記得嗎，當初等到最末一班渡輪抵達之後，我倆如何暫時消除了心中的焦慮？那個村落隨即完全與外界隔絕，我們可以平安度過剩餘的整個黃昏、夜晚以及第二天早晨，直到「蹋水號」渡輪駛出峽灣，在午餐時間以前重新載運乘客過來為止。我們把中間那段空檔稱作「寬限期」。若是在今天的話，我們恐怕必須整晚都坐在陽台上，不斷密切注視從隧道駛出的每一輛汽車，觀察它們究竟是繼續往西方奔馳呢，還是會在冰河博物館那邊拐個彎，然後開到旅館這邊來把我倆接走——我的意思是，過來拘捕我們。

順便提一下，我早就忘記了我們曾經幫她照顧女兒那回事。可見我並非什麼事情都還記得。

我贊成妳的想法，要立刻把我們閱讀完畢的郵件悉數刪除，接著在傳出答覆之後也刪除自己的回函。因為我也不喜歡在硬碟裡面留下太多東西。但能夠隨興抒發一下各種想法和雜感，有時倒是不錯的放鬆方式。總而言之，如今被儲存和保管起來的言詞已經泛濫成災，無論在網際網路、隨身碟還是電腦硬碟裡都是這樣。

我已經先刪除了妳傳給我的電子郵件，然後現在才好整以暇地撰寫回函。但我必須承認，刪除郵件的做法也存在不少缺點，因為當我此刻坐在這裡的時候，已經苦無機會重新查閱妳所寫過的特定文字段落了。現在我只能仰賴自己的記憶力，而且此後的電子郵件往來也必須如此繼續下去。

妳曾經暗示，可能有某些超自然的力量在後面發揮了作用，促成我們奇蹟似地在旅館陽台重逢。可是就這方面的問題而言，我必須打從一開始就請求妳的諒解，因為我會跟從前一樣坦白地說出自己的意見。反正我只能把這種意外相逢看成是偶發事件，而且其背後既不隱藏任何意志，亦無「操控」可言。雖然此一案例牽涉到意義重大的巧合，而非只是小事一樁，但妳還是也必須把我們沒有遇到類似情況的其他日子一併列入考慮。

儘管我現在冒著進一步強化妳神秘學傾向的危險，還是不得不向妳說明一些事情。當我搭乘大巴士在「貝里索登」附近的山上駛出長長的隧道時，整個峽灣籠罩於濃霧之中，以致我看不見下面的任何東西。我當然還看得見山頂，然而峽灣和山谷卻彷彿被從風景中抹除了一般。接著又冒出一個隧道，而等到我們離開它的時候，我已經位於雲端下方。此時我可以望見峽灣和三個山谷的底部，卻怎麼樣也看不到山頂所在的位置了。

我心裡想著：她有可能在這裡嗎？她也會過來嗎？

然後妳果真出現了。第二天早晨，當我端著幾乎滿溢出來的咖啡杯走出餐廳時，妳正以少女般的夏日盛裝打扮站在陽台上！

我感覺是我自己宛如賦詩一般地把妳編造出來，在當天將妳寫入了那間古老的木造旅館。結果妳站在外面陽台上，就好像誕生自我的記憶與思念之中。

妳會在我腦海中產生如此強烈的印象，其實一點也不奇怪，因為如今我突然再度來到從前被我倆戲稱為「情色角落」的地方。但我們純粹是出於運氣，才會在同一個時候抵達那裡。

當我坐在早餐桌旁啜飲蘋果汁、敲開一個水煮蛋的時候，心中正在想著妳。我被前一夜的強烈夢境搞得完全暈頭轉向，於是乾脆端著咖啡杯走上陽台。天哪，妳就站在那兒！

妳的丈夫則讓我深感抱歉。過了一個小時，當我們二人背對著他走入山中的時候，我可以完全體會他的心情。

對我來說，我們步行的方式以及我們相互交談的語氣，都顯得像是我倆青春時代在當地的日子所盪漾出的美麗餘波。山谷依舊維持著老樣子，而且正如同我所說過的，妳看起來還是那麼年輕。

然而我不相信命運，蘇倫。我真的不相信。

妳重新談起了「紅莓女」，使我回想起我一生中所遭遇過最奇特的經歷。我並沒有忘記她，而且我也不打算否認她的存在。不過請再稍等一下再來談她。因為當我踏上歸途時，還看見了其他的事物。

你們賢伉儷駕車離開之後，我繼續留了下來，準備第二天早上前往新成立的氣候中心參加揭幕儀式。而我曾經告訴過妳，接下來我還必須在午餐時間配合那項活動簡短致詞。所以我要等到星期五早上，才搭乘快速渡輪從巴勒思特朗航向弗洛姆。我在弗洛姆等待了幾個小時後，又搭乘火車前往米達爾，然後轉車直奔奧斯陸。

我前往米達爾途中，弗洛姆鐵路的列車在一座巨大瀑布前面停了下來——它名叫休斯瀑布。觀光客們幾乎是推擠著要到火車外面，以便有機會拍攝奔騰流水，或者至少能夠觀賞那宛如白堊一般潔白的飛瀑。

當我們站在月台上的時候，瀑布右側的山坡突然冒出一個「森林女妖」。她簡直像是從虛無縹緲之中舞動出來的。然後她同樣迅速地消失不見，但只消失了不到一秒鐘的時間，又在三十或四十公尺之外再度現身，而且她還把這樣的動作重複了好幾次。

請問妳對此有何看法？難道超自然的物體就不必服從自然法則了嗎？

但我們最好不要妄下結論為妙。是我眼前出現異象了呢，還是我在做白日夢？可是那裡另有兩百多人在場，同樣親眼目睹我所看見的東西。莫非我們都成為一個「超自然事件」的見證者嗎？我是說，難道我們都看見一個貨真價實的「女妖」或「精靈」了嗎？不對，當然不是這樣。那一切擺明都是特地為觀光客們安排出來的，而其中我唯一無法弄清楚的事項，就是女演員們每小時的工資。

還有什麼是我忘記說明的事嗎？想起來了，總之那個女人在野外移動身體的方式極不自然。更何況她還能夠用閃電般的速度從一個地方轉移到另外一個地方。然而那其實只不過是一場戲而已！我不曉得當天下午有多少名「森林女妖」在休斯瀑布值勤。但不管她們總共是兩個人還是三個人，我相信她們都獲得了一樣的時薪。

我之所以會告訴妳這些事情，是因為我突然發覺，當初我倆可能從未想到過一種情況。而且在我看來，如果現在也把它列入考慮的話，為時應該還不算太晚。那種情況就是：「紅莓女」也有可能是以特定方式被安排在那裡現身的。她或許扮演了某種角色，她或許跟我們玩了一個把戲，而且我們很可能並非她所扮演的「紅莓女」角色之唯一受害者。反正幾乎各地鄉村都會出現像她那樣的怪人。

但我是否還忘記了其他的事情呢？對了，現在我也注意到，「紅莓女」不僅看起來像是無中生有憑空冒出來的，而且等到她演完自己的戲碼之後，似乎又一下子被地面吞噬。也許事情果真就那麼發生了。但也說不定是她喜歡開開玩笑，於是自行跌入一個廢棄的陷坑或者躲到石堆後面去了，但我又哪能知道呢？當時我倆並沒有仔細檢查那個位於山谷上方的地點，反倒嚇得落荒而逃，就彷彿有妖魔鬼怪在背後追趕一般。

有時我們喜歡表示：「我要等到親眼目睹之後才會相信它是真的。」但這並不意謂，我們看見了任何東西都必須信以為真。有時我們至少應該在決定是否相信之前，先擦亮自己的眼睛。我們必須問問自己，為什麼我們會被某件事或某個人愚弄擺布到這種地步。然而當時我們並沒有那麼做。我們都嚇得不知所措。況且我們還因為之前幾天所發生的事情而處於不穩定狀態。如果妳或我有一方因而嚇破了膽，那麼另外一方很可能也會出現同樣的情況。

請千萬別以為自己遭到了駁斥。與妳的重逢其實令我喜出望外，而且現在我四下走動的時候，經常在臉上掛著笑容。我絕不認為此類的幸運巧合是不痛不癢或者無足輕重的事情。這種巧合可以產生許多深遠的意義，因為它們掌握並且形塑了我們。它們甚至還可以影響到下一步的走向。

我們偏偏就在那個地方重新相聚！然後我們又一次大搖大擺地走到山上的牧羊人小屋。有誰能夠料想得到，這種事情居然還會重新發生呢！

四個鐘頭的遠足時間其實並不算長，至少對偶爾能夠見見面，比方說每年相遇一到兩次的人來說，情況確實如此。但我們上一次見面是在好幾十年以前，相形之下，四個鐘頭的時間就非常長了。因為「此次重逢」與「音訊全無」之間的差異實在大得驚人。

是的，斯坦。很高興聽到你的消息。可是那也不斷讓我回想起來，從前我們為何會分手。其中的一個原因是，當時我倆就跟今天一樣，以截然不同的方式來解讀我們所共同經歷過的某些事物。另外一個原因則是，你始終用高高在上的口氣來議論我的解讀方式。

儘管如此，能夠再度接到你的來函還是讓人高興。我真想念你。請給我一點點時間，我會等到心情變得比較好的時候再做出答覆。

我可不打算表現得高高在上，不過我已經記不清楚自己上一次是如何表達的。我到底說了些什麼呢？但我剛剛不是曾經寫道，自從我們重逢以來，我就不斷笑嘻嘻地在家中走來走去？

除此之外，我還有更多的事情想要告訴妳。我剛離開時所搭乘的小渡輪，是以那個峽灣分支來命名的。我在航程中第一個停靠的地點是海拉，而當初我倆就在該地拋下了那輛被撞得破爛的汽車。如今站在甲板上俯瞰渡輪碼頭，難免會出現一種十分詭異的感覺。幸好我搭的船很快就朝著旺斯內斯的方向橫渡峽灣主幹，接著從那裡掉頭駛往巴勒思特朗。抵達巴勒思特朗以後，我在當地科威克納大飯店旁邊的岬角來回走動，等候從卑爾根開過來的快速渡輪。渡輪誤點了一會兒，我想它大約遲到半個小時吧。而當我登上船舷的時候，我赫然發現那艘渡輪名叫「蘇倫蒂」！

我不覺大驚失色。我當然馬上就聯想到妳。其實自從兩天前我們在舊渡輪碼頭揮手告別以來，我就一直對妳念念不忘。此時我還忍不住回想起來，當初我倆如何在那年夏天，前往位於峽灣出口的蘇倫德群島拜訪妳的外婆。對了，她是不是名叫蘭蒂？蘭蒂·約納沃格？

我不只是陷入思緒之中而已，我寧可稱之為一種五味雜陳的情境，因為過去的各種經歷突然宛如瀑布一般湧向我的心頭。那些鮮明的畫面與印象來自我倆剛剛年過二十、站在大海邊的時候。它們彷彿電影的片段和場景，但我卻不記得自己曾經在腦海中拍攝過那些畫面。此外它們不像是無聲電影，因為我感覺似乎聽到了妳的聲音，聽見妳笑語盈盈地對我說話。此外我不是還聽見風聲與海鳥的啁啾聲，並且還可以聞到妳的深色長髮嗎？四下瀰漫著大海與海藻的氣息。那絕非尋常的思想活動，反倒有如一座間歇泉，驟然噴發出久遭壓抑的幸福感；或者像是驀然回首，瞥見了我倆一度共同享有的時光。

我先是在那家古老的木造旅館與妳相遇，那裡是我倆三十多年前連袂造訪的地方；等到我繼續上路的時候，我所搭乘的快速渡輪又得名自妳母親故鄉的小群島。當初妳不也表示過，妳的名字簡直就是按照那個地名來取的？除此之外，當時我倆談論的主要是「外敘拉」這個島，因為你的外婆就住在「蘇倫德」最外側的那座島嶼上。②可是蘇倫與「蘇倫蒂」！這不是太奇妙了嗎？

但我們最好不要受到這種偶然的巧合事件誤導，以致得出了超自然的結論。在我當時所置身的行政區內，有一個海濱聚落正好是這艘渡輪得名的由來，事情就那麼簡單。所以我的心情平靜了下來。但我仍然在甲板上佇立良久，臉上掛著笑容。

妳對此另有什麼高見嗎？

現在我來到了外邊。我的意思是，我已經來到蘇倫德，坐在位於庫格魯夫的老房子裡面，望著窗外大大小小的島嶼和礁石。眼前唯一有些殺風景的東西，就是一雙男人的腿。尼爾斯．佩特正站在鋁梯上，將二樓的窗框粉刷得煥然一新。

你跟我在那個星期三從牧羊人小屋走回山下之後，我的丈夫便堅持一定要儘快駕車離開，因為他覺得我們必須趕在播出六點晚間新聞以前返回卑爾根的家中。

下午三點鐘左右的時候，我們開車來到博雅山谷，並且駛入冰河旁邊的隧道。等到我們駛出隧道，沿著狹長的約斯特拉湖行進時，我們看見濛濛霧氣正在消散，而太陽已開始露臉。直到我們通過弗爾德以前，雲霧是唯一能夠讓尼爾斯．佩特發表議論的東西。他咕噥說道：「放晴了。」當時我們剛好沿著湖面拐了一個大彎。我試著和他說話，卻不管怎麼樣都無法讓他打開金口。後來我才恍然大悟，那個短評的用意或許不光是為了針對天氣發表意見而已，同時一定也把他自己的心情比擬成雲霧。

等到我們從弗爾德轉向，朝著南方行駛的時候，他扭過頭來向我表示：在一天之內這樣四處奔波未免太辛苦了，我們不妨去我母親的娘家那邊過夜，也就是前往現在被我們稱作「夏日小屋」的那棟房子。其實我們原本打算開車回自己的家，而且主要是為了配合他第二天的計劃，因此現在冒出來的提議稱得上是他的和解動作。在一方面，那是由於他曾經為了我堅持要跟你散步那麼久而暴跳如雷——但我倆已有三十多年沒見過面了，斯坦！另一方面則是因為他後來坐在汽車裡面久久不發一語的緣故。

於是我們就那麼做了。我們在呂榭道斯維卡和呂特勒達爾兩地之間橫渡峽灣，然後繼續前往蘇倫德群島。結果就在你參加氣候中心揭幕儀式的同時，我們在當地開闊的海濱度過了美好的一天。我當然向你發送了各種思想訊息——我的意思是，我在心中向你傳出我倆昔日共同的情景記憶與片刻剪影，而且我在隨後幾天內還一再那麼做了。看來我的那些強烈回憶果真有一部分傳達到你身旁，成為你不記得自己曾經在腦海中拍攝過的「電影片段」……

我們在星期四晚上返回位於卑爾根的家中，接著我星期五一大早就步行前往海濱碼頭路，觀看「蘇倫蒂號」駛離停泊處。它從卑爾根出發的時間是早上八點整。而根據你先前的講法，我斷定當天上午你將在巴勒思特朗搭乘這艘快速渡輪上路。我反正很早就醒了過來，於是乾脆進行一趟晨間散步，從斯康森拾級而下，穿越魚市場來到碼頭。斯坦，如此一來我就可以祝你旅途愉快，再度向你道別。這種念頭固然很不合乎理性，但我確定自己就是想要那麼做。現在可別告訴我，我的問候沒有傳達到你那邊。我一想到你即將搭乘「蘇倫蒂號」便覺得有意思，而且我可以預料得到，你八成會聯想起我以及當初我倆在蘇倫德海邊的夏日童話。

那艘渡輪當然不是以我來命名的。正如你所說，船名得自於這個位於松恩峽灣出口的群島。上次我曾經在蘇倫德停留了幾乎一整天，而目前我又坐在這裡，一面眺望大海一面撰寫郵件。幸好那兩條腿現在已經消失不見了，畢竟它們總是有一點阻擋視線和妨礙思考……

「蘇倫蒂」（Solundir）純粹是古諾爾斯語「蘇倫德」（Solund）一字的複數形式，因為這裡有好幾百個大大小小的「蘇倫德島」——「蘇」（Sól）意為「溝渠」，而「芸德」（und）則是「充滿」的意思。蘇倫德的各座島嶼上面到處遍布溝渠，這個地名於是相當精確地描繪出此處的地質景觀。那也就是我們國歌歌詞所指稱的：「溝渠縱橫，歷盡風雨仍屹立海上……」。

你絕對還記得，當年我倆怎麼躲在那些色彩繽紛、宛如夢幻一般的礁石之間玩捉迷藏。你一定也還沒有忘記，我們如何花了好幾個鐘頭的時間，在那個彷彿由雕塑群所構成的景觀之中蒐集石頭。你撿取了大理石，而我拾起不知名的紅色石塊。我把你的石頭與我的石頭拿來圍繞花壇。它們至今依然在這裡散發光芒。

你講得沒錯，我的外婆確實名叫蘭蒂；但簡直令我感到失望的是，你竟然無法確定她的姓名！當初你們不是相處得那麼融洽嗎？我仍舊記得，你曾經表示我外婆是你所認得最溫暖和最可愛的人；外婆則一再站在小花園裡面喃喃自語說道：「哦，這位斯坦真好！」外婆覺得「這位斯坦」與眾不同，因為她從未遇到過更加體貼入微的小伙子。

如你所知，家母也是在峽灣外面出生長大的，而且此地如今是全挪威最西端的聚落。同時你一定也還記得，她婚前的姓氏是約納沃格，而我的父母親並非隨隨便便將我取名為「蘇倫」，我的名字或多或少受到這種家庭背景的啟發。

現在我們一家四口再度回到蘇倫德群島我外婆舊居這裡，直到學校事務和日常生活在幾天以後迫使我們離開為止。我女兒英格麗則已經上了大學。我們雖然面對著開闊的海面，風勢卻異常平靜，所以昨天我們可以喜出望外地坐在花園內烤肉。

斯坦，世界並不是一個由巧合事件拼湊出來的馬賽克。凡事都具有相對應的關係。

真高興收到妳的回信！幸好時間並沒有拖很久——我的意思是，妳的心情那麼快就變好了。

真想像不到，現在妳正置身於那個遙遠的角落。這麼一來，我自己彷彿也多少來到了那邊——我是說，那是因為我倆正在互通郵件的緣故。畢竟是我首先主張，縱使兩個人之間實際上的距離非常遙遠，他們仍然可以彼此接近。就這方面而言，我同意妳的看法，也認為世事都具有相對應的關係。

妳實在令人感動，為了讓那艘快速渡輪把問候傳遞給我，竟然還一大早特地走去海濱碼頭路。我簡直可以看見妳就在我的眼前，順著斯康森山坡上的許許多多個階梯一路拾級而下，而此景象又不禁令我聯想起一部西班牙電影。無論如何，現在我至少可以證實，妳的問候已經傳到了我這邊——即便之前我還沒辦法如此確定。

可是你曾在我們穿越明達爾山谷向上漫步的時候，宣稱你否認一切「所謂的超自然現象」。你還強調，你根本就不相信心靈感應，以及任何形式的千里眼或第六感。但你說出此話之前，我才剛剛針對那些現象告訴你幾個令人信服的例子。看來你不願意使用自己天生具備的天線，不打算把眼罩扯掉，或許你也無意看清，某些時候你只不過是把所「接收」到的訊息當作自己突然湧現的靈感罷了。

但你不是唯一這麼做的人，斯坦。在我們這個時代充滿了各種心靈上的盲目與精神上的貧乏。

我自己卻那麼天真幼稚，無法將我倆在旅館陽台上重新相聚一事，貶低為不折不扣的巧合事件。我相信那些事情在某種形式上受到了安排。不過別問我那是如何辦到的，或者其中的道理何在，因為我實在不曉得。但「不曉得」並不意味著「視而不見」。例如伊底帕斯國王未曾看出自己身上纏繞了哪些命運之線，結果等到真相大白之後，他羞愧得刺瞎自己的雙眼。因為就他自己的命運而言，他始終都是盲目的。

現在我們就像打乒乓球一般地你來我往，或許我們可以在整個下午繼續互通郵件？如果這樣的話，那麼我自己也或多或少在此炎炎夏日，跟著妳一同外出來到了蘇倫德群島。對嗎？

你當然一起過來了，因為我們正相互交談著。目前我還在休假，而且這棟房子裡面適用一項不成文規則，那就是每個人都可以在假日隨心所欲做自己想做的事情。我們唯一比較嚴格的要求是，大家必須共同進食——但早飯不包括在內，人人皆可在起床後獨自用餐。反正我們不久前才剛剛吃過中飯，所以我在晚餐以前別無其他義務。要是不颳風的話，說不定今晚我們還會再烤一次肉。

你正在做什麼？我的意思是，今天下午我將前往什麼地方進行拜訪呢？

可惜我這邊能夠拿來吸引人的東西，無法與妳周遭的事物相提並論。我正坐在布林登校區一間枯燥乏味的大學辦公室裡面，而且我還會一直待在這裡，然後在七點鐘左右前往馬約斯圖阿與貝麗特會合。接著我們一同開車去貝魯姆拜訪她年事已高，卻仍然精神矍鑠、機智風趣的父親。但那是很久以後才會發生的事情，所以我們還可以共同度過好幾個小時。

你可別忘了，我自己曾在布林登上過五年大學。那些年頭，斯坦……對我來說，那已經多得足以讓我回到當地重溫舊夢了。

我相信你當初絕對料想不到，自己有朝一日會變成奧斯陸大學的教授。你本來不是打算去中學教書嗎？

自從妳離開了以後，我空出來的時間多得嚇人，還先後為我帶來博士學位以及研究補助。但我們或許還沒有到達談論「當初」的時候。現在令我感到好奇的是，妳今天究竟變成了什麼樣的人。

嗯，結果是我當了中學老師。這是我們已經談論過的事情，而且我從不後悔走上了這條路。我很榮幸能夠用這種方式謀生，每天花許多個小時與既年輕又積極向上的年青人共同相處，更何況還是教授我自己感興趣的那些科目。除此之外，「教學相長」這種講法對我來說並不只是陳腔濫調而已。順便提一下，在我所教過的大多數班級當中都會坐著一位金色捲髮少年，讓我回想起你以及當初的我倆。某年我還教過一位確實長得很像你的學生，他甚至連聲音也幾乎跟你一模一樣。

但現在輪到你發言了。我已經寫出自己的意見，表示我並不認為我倆之所以會突然重新站在那個陽台上，純粹是出於巧合。

我們都站在陽台上，那是事實。但「意外相逢」或「巧合事件」之類的字眼，正好點明了在統計學上比較不可能發生的事情。有一次我曾經計算過，用同一顆骰子連續十二次擲出六點的機率，小於二十多億分之一。但這並不表示，永遠都不會有人那麼湊巧地接連十二次擲出同樣點數。其中的道理非常簡單，因為這顆行星上面居住著好幾十億人口，而且幾乎到處都有人在丟骰子。不過在這麼一個虛構的獨特案例當中，我們所談論的是「賠率爆炸」，或者是出現的機會就像天文數字一般渺茫的投注賠率。等到果真出現那種情況的時候，許多人或許會笑得死去活來——因為此事雖然在短短幾秒鐘之內就發生了，可是若從統計學來看，一個人必須不斷地丟骰子好幾千年，才會有可能連續十二次擲出同樣的點數。那種想法豈不是非常可愛嗎？

類似的情況就在妳心中產生了有如炸彈一般的爆發力。那當然是一種震撼，而且我自己也會毫不猶豫地稱之為真正的「福星高照」。但這種情況絕非「超自然」的現象。

你確定那樣的講法沒錯嗎？

幾乎可以完全確定。此外同樣讓我確定的是，沒有任何命運、神意和念力能夠影響事情的發展結果，比方說決定骰子擲出來的點數。點數當然有可能是透過欺騙和花招所搞出來的結果，況且人們還難免有記憶錯誤和報導失實的可能。但無論如何，物理事件既不會受到命運，更不會受到天意或一些偽現象的影響——例如某些人所稱的「心靈致動」。

妳可曾聽說過，有誰是靠輪盤賭發大財的——因為他或她有辦法用念力來控制，或者是準確預料到圓球將會停在哪一個格子上？我們只需要有能力在幾秒鐘之前預見結果，便不難成為百萬富翁。可是沒有人具備這種能力。沒有任何人！所以各賭場不必掛出一塊上面寫著「凡通曉讀心術或具備超自然能力者不得入內」的牌子。因為這種禁令根本毫無必要。

無論是針對博奕遊戲，還是就日常生活而言，我們還必須把另外一種狀況也列入考慮。世上最驚人的巧合事件都具有一種內在傾向，那就是很容易被人特地記憶和保存下來，以致在我們的文化圈內大量衍生出聳人聽聞的故事。結果不知情者往往就把那些故事拿來當作證據，表示到處都有「神力」在干預我們的生活。

在我看來，我們有必要了解其中的玄機：決定何種「中獎事件」將被記憶下來和流傳下去的機制，令人聯想起達爾文的「物競天擇說」。其中唯一不同之處在於，我們所談論的是「人為選擇」。可惜這種選擇方式很容易順便創造出一些人工化的概念。

我們很可能就在自覺或不自覺的情況下，開始將原本互不相干的事物牽扯到一塊。我認為這是人之常情。因為我們跟動物不一樣，人往往會設法尋找隱藏的理由（例如命運、天意和其他的主導力量），甚至會去根本不存在那些外力的地方進行尋找。

因此我認為，我們在那裡的夏日重逢完全事出偶然。發生此事的可能性當然微乎其微，更何況我們自從三十年前發生了那件事以來，都未曾舊地重遊。即便出現這種事情的機率非常渺茫，也不足以藉此證明，除了巨大的巧合之外還會有其他的可能。

假如我們採取廣泛行動，用一本厚厚的冊子來匯集歷史上最引人注目的重大巧合（亦即那些「中獎事件」），同時也把「槓龜」的事件一併登錄造冊的話，那麼我們就必須想辦法找地方來擺放好幾兆本的書籍。然而世上沒有足夠的樹木來印製那麼多本書。況且在我們的行星上面根本就沒有足夠空間，來容納那麼多的樹木或書本。

現在我想改用另外一種做法，只把注意力集中在一個單獨的「槓龜」案例上面，並且問道：在妳所讀過的長篇採訪報導當中，可曾有任何一篇是以樂透未中獎者做為採訪對象的呢？

你的作風沒有改變多少。但那其實也沒什麼不好，斯坦。你的固執精神帶著孩子氣，並且讓人覺得饒有新意。

但說不定你是盲目的。說不定你思想既偏狹，同時又目光短淺。

你還記得比利時畫家馬格里特的那幅畫作嗎？它呈現出一塊懸浮在地表之上的巨石，而巨石頂端矗立著一個我相信是小城堡的東西。你總不可能把那幅畫給忘記了吧。

假如今天你目睹類似現象的話，你一定會千方百計找理由來把它否定掉。你或許會表示那是一個騙局。那塊巨石是中空的，裡面充滿了氦氣。搞不好那邊還設置了一個巧妙的機關，用讓人看不見的輪子和繩索把巨石支撐起來。

我的心理反應卻單純許多。或許我只會對著巨石舉起雙手，並且喊出「哈利路亞」或「阿們」。

你曾經在第一封電子郵件中寫道：「有時我們喜歡表示：我要等到親眼目睹之後才會相信它是真的。但這並不意謂，我們看見了任何東西都必須信以為真……」

我必須承認，這種講法讓我覺得有些憂心忡忡。它在我耳中聽起來充滿了反經驗主義的色彩，亦即不願意相信自己的感官印象。說一句老實話，那聽起來簡直有一點中世紀的味道……

如果感官所傳達的訊息不符合亞里斯多德的講法，那麼感官就犯下了錯誤；如果所觀察出來的天體軌道違反「地球中心論」的世界觀，那麼就炮製一套被稱作「周轉圓說」的戲法，用它來解釋人們所看見的天體現象。教會和宗教裁判所的忠僕們更是自我設限，死也不肯用伽利略的望遠鏡來進行觀察。反正你自己也十分明白那一切。

你可曾考慮過，我倆確實看見了一個宛如巨石般的物體，自由漂浮於苔蘚和石南之上。那是一個奇蹟，一個發生在這個世界之外的奇蹟！而且讓我補充一句：我們曾經完全同意，自己目睹了一模一樣的東西。

我倆真的都同意嗎？

絕對肯定是的。但為了將話題轉回我們上次在那個峽灣分支的重逢，我們是否可以設法把上述的命運之線全部都放到一旁呢？

妳這麼說是什麼意思啊？

或許那個「巧合事件」僅僅可以歸因於再平凡也不過的「心靈感應」。不過那對你來說或許並沒有什麼差別，因為你也已經決定不要「相信」思想傳遞了。

你相信重力的存在。可是你有辦法對重力做出解釋嗎？

或許現在你應該給我一個機會，至少也要透過我的「伽利略望遠鏡」來張望一下？

我無法對重力做出解釋，但重力就是存在。而我當然很樂意仔細瞧一瞧妳的伽利略望遠鏡。即使妳有一打望遠鏡，我也會逐一透過它們來進行觀察。現在請先把第一付望遠鏡遞給我吧。

對尼爾斯·佩特和我而言，我和你重逢那天完全是一趟臨時決定的旅程。而且我可以確定，是我自己主動提議要前往菲耶蘭進行一日遊，並且參觀當地的圖書村以及冰河博物館。其實我們正在從東挪威開車返回卑爾根的途中，但我覺得：時隔那麼多年之後，繞一點路去當地看看也無妨，即便那鐵定會給我帶來若干痛苦。我就這麼靈機一動，突然在心中浮現出那個想法。

由於你很早就已經開始規劃行程，在這種情況下你想必是發射訊號的人，而我是訊息接收者。如果你把思想信號傳給了我，那並不會是令人特別覺得奇怪的事情——因為自從我倆許多年前在那家古老的木造旅館下榻之後，你首次準備舊地重遊。問題的關鍵僅僅在於，人們根本不會注意到自己正在發送或接收訊息。當你進行思考的時候，你的頭腦也不會注意到自己正在那麼做。縱使當你想起一些特別聳動、激烈或悲傷的事情時，你也不會覺得自己的腦部正在嗡嗡、轟隆或嘎吱作響。其中的原因在於，思想通常與身體本身或身體的運作並沒有關係。

我認為我們是因為心靈感應的緣故，才會同時出現在昔日我倆眼中世上最美好和最令人痛苦的地點——事情解釋起來就那麼簡單。你的解釋或託辭卻複雜多了，讓我覺得那是仰仗硬邦邦的統計數字來咄咄逼人。

如果純粹從概率計算的角度來看，我倆在那個老舊陽台上重逢的機會，大致相當於我們在峽灣的兩端面對面站立，並且各自發射一顆步槍子彈，然後兩顆子彈在峽灣的正中央相撞，接著融為一體落入水中。那很可能是超自然現象，否則至少也應該被稱作「奇蹟般的準確」。而我覺得更容易把它理解成這個樣子：兩個曾經彼此親近的心靈有辦法在遠距離外，針對一些深深勾起往日情懷的事物進行交流。你向我發送了一個訊息，表示你準備再度前往該地，而我接收到你傳過來的相關訊息。結果我也去了那裡。

那其實正是心靈感應，現在我就把它當成合情合理的解釋。已有大量文獻針對心靈感應提出了證明，而你卻把這種現象貶低為「巨大巧合」。其實世界各地的許多大學都曾經在這方面進行過實驗性的研究——其創始者之一是北卡羅萊納州杜克大學的萊恩博士夫婦，他們二人早在一九三〇年代即已開其先河。如果你想要的話，我很樂意寄一些參考資料給你，而且我還擁有完整的參考書目。

量子力學不也已經向我們顯示出來，宇宙中的一切都息息相關，就連最小的粒子也是這樣？

最近我在一些同事的協助下，稍稍涉獵了量子物理學。我們學校去年在晚上舉辦了跨學科的研討會。我們把自己的聚會取名為「酒後吐真言」，從這個稱呼就看得出來，我們的討論方式非常輕鬆自在。可是我跟一些物理老師和自然科學老師相處了幾個晚上之後，卻覺得柏拉圖的時代充滿了神秘，但現代物理學似乎也無法降低今日世界的神秘感。不過，斯坦，如果你認為我講得不對的話，歡迎提出指正。

當兩個具有共同起源或共同出發點的粒子，例如兩個光子，彼此遭到分隔並且高速脫離的時候，仍舊可以構成一個相互關聯的整體。縱使它們已被送往太空中不同的方向，最後二者之間區隔了許多個光年的距離，它們卻繼續交織在一起：兩個粒子內部都蘊含關於對方特質的訊息，因此「孿生粒子」之一所發生的事情會影響到另外一個粒子。在此所涉及的當然並非通訊，而是「相依性」，或者如果我們願意的話，也可以稱之為「非侷域性」。世界在量子的層次沒有地域性。這是非常蹊蹺的事情，或許就跟重力同樣難以理解，而且愛因斯坦否認這種現象，因為他覺得那是對理性的挑釁。然而在愛因斯坦提出反對意見之後，這種現象已經透過實驗得到證實。

現在我們所談論的已非心靈感應，而是「遠程物理」。不過我覺得，遠距離心靈溝通對人類所產生的意義遠遠大於量子力學——其中的道理很簡單，因為我們具有靈魂。請抬頭仰望星辰和星系。請看看從天際掠過的彗星和小行星，並且開懷大笑。那些都是強有力的天體，但我們才是這個宇宙當中活生生的靈魂。彗星和小行星又能知道些什麼呢？它們可有能力感知任何事物？它們具備對自我的意識嗎？

假如我迷信的話，我會表示光子具有意識，並且能夠相互傳遞思想來進行遠距離溝通。但我卻不這麼認為。我相信我們人類享有獨特的地位。我們是這個宇宙劇場內的心靈！

斯坦！當你閱讀這行文字的時候，正有好幾十億顆微中子快速通過你的腦部。它們來自太陽、來自銀河系內的其他恆星、來自全宇宙的其他星系。它們也都以自己的方式展現出宇宙的非侷域性。

另一個矛盾之處是，量子力學中的粒子時而表現得像是波浪，時而又表現得像粒子。實驗已經證明，一個電子——亦即一顆小型的點狀粒子或一個小「物體」——有辦法同時穿越兩個不同的縫隙或孔洞。其令人驚訝的程度，想像起來就好比是揮拍擊出一粒網球，讓它同時穿越網球場圍欄上面的兩個破洞！

我既不要求你明白，也不要求你為我做出解釋，怎麼會有東西能夠同時既是波浪又是粒子，或者時而是其中之一，時而是其中之二。我只不過想請求你服膺於宇宙的實況。如果物理法則在我們眼中顯得神秘的話，那麼它們一定本來就很神秘。我們可以為了自己無法解釋陽光下的一切而感覺遺憾。對詩人來說，這種遺憾更可成為不錯的每日運動——我指的是「邊哀嘆邊搖頭」，因為我們對自己所處的這個神秘宇宙實在瞭解得太少了。可是現在我們卻不得不接受這個事實。

你能夠發送一個想法給我，而我或多或少可以有意識地把它接收過來。這種事情也許無法用今日的數學或物理學來理解，可是它應該不至於比量子力學更難令人信服吧？

你認為呢？

英國數學家與天文物理學家詹姆斯．金斯曾經這麼表示：「宇宙看起來更像是一個偉大的思想，而非一部偉大的機器。」

我剛剛接獲一份最新的氣候報告，情況比我們所擔心的還要來得糟糕。有兩位非常興奮的記者已經跟我約好了時間，因為他們無論如何都必須趕在今天截稿之前發表評論。反正媒體如今已針對這方面的問題，誘發出不少的歇斯底里反應。現在我必須暫時中斷一下我倆的對談，但今天下午我就會回來。讓我先在此向妳做出保證：我絕對尊重妳的信念，而且不管我們今天分別皈依了什麼主義，妳本人都對我具有極為重大的意義。所以請務必原諒我自己不相信所謂的「超心靈現象」。

那不成問題。但你這個老頑童的心裡其實錯綜複雜。上一次我已經把你看穿了，所以現在我就針對紅莓女寫出幾句話來。當初碰到那件事之後你隨即放聲痛哭，還像小孩子一樣地啜泣，而我必須想辦法安撫你。

三十多年以後，等到我們重新回到山上的同一地點時，又發生了什麼事情呢？我可以察覺到你如何在極力抗拒，情況正類似當初你坐在隔壁房間猛抽菸，而我覺得能夠穿透牆壁和房門看見你的那天晚上。現在就請聽我說一說吧。

你在郵件中寫道，你不相信有任何未知的力量介入我們的生活。可是當我們再度站在那座樺樹林前面的時候，你卻像山楊樹葉似地渾身發抖。身體可不會撒謊。

我們走近那裡的時候，你突然緊緊抓住我的手。在很久很久以前，我倆確實經常手牽手出門，但如今你又拉住我的手，那簡直稱得上是駭人聽聞。不過我可以體會出來，你之所以會那麼做，想必是因為我們接近了當初的事發地點，而且你需要我的扶持。因為你害怕！反正在山坡上的樺樹林那裡，你表現得並不怎麼雄糾糾氣昂昂。你害怕不屬於這個世界的東西。

你的手掌非常強而有力，斯坦。可是它在發抖！

當時的情況也讓我感覺不安。可是我表現得比你冷靜，而我比較鎮定的原因可能在於，我對彼世的事物早已產生了某種信念。對我來說，「超自然」是很自然的事情。我已經準備好再度看見紅莓女實體化。即便「實體化」無疑是一個極具誤導性的用語，因為她不是由物質所構成的。我們的攝影設備或許根本就無法捕捉紅莓女的畫面。她屬於我們所稱的「靈異現象」。

在歷史上和在超心理學那方面，都充滿了關於一種現象的報導——有人能夠在另外一個人的面前現身，雖然二人在現實世界當中的距離可能多達好幾百哩。在文學作品裡面也有許多報導指出，人們如何親眼看見了「並未死亡，而是剛剛復活」的人，並且從他們那邊接獲訊息。其中最著名的案例當然就是耶穌。可是我們生活在一個過度物質化的文明當中，以致與精神的接觸幾乎完全遭到阻絕，更遑論是接觸來自彼世的東西。但是請讀讀莎士比亞，請讀讀冰島薩迦傳說，然後再翻閱一下聖經或荷馬。或許你也可以聽聽看，其他的文化對他們自己的薩滿巫師和祖靈有何講法。

你曉得嗎，我相信當時她之所以會現身，可能主要就是為了給我們帶來安慰。自從被你稱作「她的戲碼」的那個事件發生以後，我曾不斷反覆思索其中的意涵。我發現紅莓女未曾以充滿責備，或者恨意十足的眼神看著我們。她的目光中反而帶著柔情。她露出了微笑。她已經轉移到彼世，而且那裡沒有仇恨。既然沒有了物質，當然也就不會有仇恨。

儘管如此，那件事在當初卻是一個令我倆深感震撼的經歷，對我而言也不例外。我倆都被嚇得失魂落魄——我們在接下來的一個多星期內一直處於驚魂未定的狀態中。可是如今假若她再度露面的話，我一定會張開雙臂歡迎她。

只不過，這一回她並沒有現身……

世上沒有死亡，斯坦。而且世上沒有死者。

---

①埃德勒瓦特內（Eldrevatnet）在挪威文的意思是「較老湖」。這座位於北緯六十一度，長十一點六六公里的湖泊對本書具有重大意義。

②外敘拉（Ytre Sula）是挪威最西端的主要島嶼。全島面積三十二平方公里，居民共有二百人。蘇倫的外婆家位於該島西南端的庫格魯夫（Kolgrov）。

2

我回來了。妳還坐在電腦前面嗎？

我正在電腦的周圍走動，斯坦。新的氣候報告有何表示？

它的內容相當令人不安，而且報告中指出，「聯合國政府間氣候變化專門委員會」迄今的各項公報都過於保守。它們未能充分考慮到所謂的「反饋機制」。簡而言之，那種講法的意思是：變得更熱以後，就會變得越來越熱。如果北極的冰雪融化了，被反射回去的陽光將大量減少，造成整個地球的溫度上升。這又反過頭來導致永凍層融化，釋放出諸如甲烷之類更多的溫室氣體。更何況除此之外還有許多種類似的「自我強化機制」。或許我們正走向致命的傾覆點，從此以後將再也無法逆轉一場全球性的災難。沒有多久前，我們大多數人都還認為至少要等到半個世紀之後，北極海才會在夏季的月分完全無冰。如今我們卻赫然發現，這個進程的發展速度比預期快了許多，或許在僅僅二十年內就會達到那種地步。北方冰層的消失，同時也促成亞洲、非洲和南美洲的冰河加速融化。其結果就是這些重要的水源地隨之縮小，而且河流每年都會乾涸一段時間，連帶明顯殃及千百萬人的糧食收成和飲水供應。然而受到傷害的對象不僅僅侷限於人類而已。該報告進而表明，全世界將有高達百分之五十的動植物物種面臨威脅。

我們正在對自己的行星做出什麼事情呢？這是問題所在。我們只有一個地球，而且我們必須與後代的子子孫孫共同分享它。

但現在是妳和我相互對談。我還應該繼續這麼講下去嗎？

沒問題，儘管繼續講下去。現在我去起居室整理舊報紙和雜誌，一聽到我的電腦發出收到新郵件的嗶嗶聲就會馬上趕回來。

我當然對馬格里特的那幅畫作記憶猶新。它曾經是掛在我們臥室牆上的醒目海報，而最近我又上網找到了它。其法文標題叫做《庇里牛斯山的城堡》，畫中呈現出一個自由飄浮在空中的世界——最起碼那是妳和我所選擇的詮釋方式。我倆都曾經是不可知論者。我們不願輕易接受一個自古流傳下來的想法：萬物必有根源，所以一定有一位「神」創造了世界。當時我們固然可以討論，在我們所稱的「宇宙」背後是否另有一個機制。然而我們都不相信會有任何更高威權以任何形式做出「啟示」。然而在另一方面，我倆一直對我們自身的存在和世界的存在深感驚嘆。

蘇倫，我直到今天都還大致維持相同的人生觀感。我永遠不會停止對世界的存在感覺驚嘆。無論當初在山上樺樹林內出現的是啥玩意兒，它相形之下只不過是一個小了許多的神秘事件——如果妳問我的話，我覺得它其實微不足道。馬戲演員和雜耍表演令我著迷的程度，永遠都比不上草原地區與熱帶雨林，或者是宇宙中無法勝數的星系，以及星系之間多達幾十億光年的距離。

我和昔日的妳一樣，對本身就是一個謎的世界興致盎然，對世間的各種「謎團」卻不那麼感興趣。我比較關心的是自然現象，而非超自然現象。我們深不可測的大腦令我感覺神奇的程度，又遠甚於各種關於「超感覺現象」的零碎傳聞。

我不相信，量子物理學當中的各種矛盾現象能夠被廣泛套用到物理學，更遑論是套用到

「精神」現象——例如高等哺乳動物之間的思想傳遞。不過，世上存在著高等哺乳動物，而且我自己身為其中的一員，這是非常令我著迷的事情。反正妳必須尋覓很久，然後才找得到有誰會比我對自身的存在更感到驚訝。這是一個相當大膽的說法，不過我敢這麼講。所以就「目光短淺」這項指責而言，我並不覺得自己是受到妳抨擊的對象。

可是妳自己到底變成什麼樣的人？妳究竟走向了何方？

妳表示現在妳對彼世深信不疑，並且宣稱世上沒有死亡。但妳是否仍然保持了自己原有的能力，有辦法對妳當下活在世上的每一分一秒感到喜悅？或者妳對彼世的關注，如今已逐漸排擠了此生的事物？

妳還會像以前那樣，因為生命「如此短暫，如此短暫」這個事實，於是感覺到「無盡的哀傷」嗎？而那些都曾經是妳自己的用語。當妳想到「老年」和「壽命」這一類的字眼時，仍然會熱淚盈眶嗎？妳看見日落的時候，還會忍不住潸然淚下嗎？接著妳又毫無預警地張大眼睛驚慌喊道：「斯坦，總有一天我們都會離開人間！」或者說：「有朝一日我們將再也不存在了！」

並非每個二十歲的年輕人都具備這種能力，能預先想像到自己總有一日將不復存在——至少其他年輕人反應不會像妳這般強烈。然而當我倆生活在一起的時候，那幾乎已成為我們每日的焦點。從前我們不是經常為此而一頭栽入各種最狂野的驚險動作嗎？時間久了以後，我不再需要追問妳為何哭泣。我知道原因何在，而且妳也曉得我知道原因。所以每當妳流淚的時候，我就提議前往森林或山區健行。我倆曾經在林中或野外進行過無數次這種撫慰心靈的郊遊。妳熱愛戶外活動。可是妳對時常被妳稱作「大自然」的事物之喜愛，在某種意義上就好比是單相思。因為妳始終明白，總有一天妳將被自己所鍾情的大自然離棄，到頭來只能自求多福。

從前的狀況便是如此。妳就在笑聲與哭泣之間來回擺盪。在妳所表露出來薄薄一層對生命的狂熱喜悅下面，總是潛藏著憂傷。我自己的情形也一樣。不過我認為妳的憂傷比我來得更加深切，妳的熱情和欣悅也更加真誠。

現在再回到「紅莓女」。我無意否認她的存在，而且當時我的的確確完全崩潰了。她們二人相似的程度實在高得嚇人。可是她怎麼會有辦法跟蹤我們呢？

不久以前當我的雙手顫抖之際，其實是我自己的人生在顫抖。三十年的光陰已經過去了，如今等到我們重新在同一個地方漫步的時候，我突然再清晰也不過地驚覺到，真正年輕的時候是何模樣，以及從前的我們又是何模樣。當年就在山坡上的樺樹林內出了事情，而那個該受詛咒的東西驟然將我倆撕裂開來、遠離了彼此。

那天我拉住妳的手，當然也是因為我們即將再度經過同一座樺樹林的緣故。我回憶起它在許多年前給我們帶來的慌亂。此外我也記得昔日我們有多麼膽戰心驚，而且我不否認，當天自己又重新感到一陣不寒而慄。但這並非擔心又要見到鬼怪才出現的畏懼。其實畏懼也能夠來自害怕無法擺脫自身的瘋狂——或者別人的瘋狂。畏懼就跟瘋狂一樣，也可以具有傳染性。

自從發生那個事件以後，妳就變得再也不是妳自己。接下來的幾個星期，有時我甚至害怕跟妳待在同一個房間。我只能屏息凝神，衷心期盼妳會恢復原狀。然而妳還來不及恢復原狀，就已經帶著自己的幾件東西離開了。隨後許多年內，我心中不斷惦記著妳。我認為妳隨時都有可能回來按下我的門鈴。到了夜半時分我又覺得，妳或許將在我入睡以後走進房間，因為妳把妳的那一串鑰匙也帶走了。我躺在空蕩蕩的雙人床上對妳思念不已，但同時我也害怕，妳在變回昔日我所認識的蘇倫以前就驀然重返。於是過了幾年之後，我在門上加裝了一道安全鎖。

「紅莓女」直到現在仍然是我生命中的一個神秘事件。可惜當時我們都還太年輕。更何況那是三十多年前的往事，我已經不曉得該做何感想了。

唉呀！斯坦。

你剛才所說的又是什麼意思呢？

現在尼爾斯·佩特又回來重新站在那裡，害得我無法集中注意力。只要他站在梯子上，反覆把刷子浸入一桶綠色油漆裡面，我就無法回想三十年前的事情。莫非油漆一定要塗上兩層嗎？難道不應該至少等上一天，讓第一層油漆乾透嗎？

那麼妳就先去做一些其他的事情吧。我會繼續在這裡待上幾個鐘頭。

我拿來一杯蘋果汁，在裡面放了四塊冰。現在那兩條腿和鋁梯都已經消失不見，謝天謝地！但他總不至於又走過來塗上第三層油漆吧？

就不可知論者而言，我們都曾經是「活生生的木偶」！你還記得嗎？從前我倆隨時隨地都抱持一種神秘的人生觀，並且認為只有我們才擁有那種觀點。我們都是邊緣人：我們為自己創造出一個神奇的化外之地，讓自己有機會冷眼旁觀一切事物，就彷彿我們創立了自己的宗教。當時我們也真的這麼講：我們擁有自己的宗教。

但我倆不只是獨善其身而已，有一段期間我們還進行過某些傳教活動。你想必還記得，我們經常在星期六拿著一個裡面裝滿小紙條的袋子穿越市區，彷彿散發傳單似地把紙條遞給周遭的人們。在前一天的晚上，我們就用一台舊打字機敲打簡短訊息——給全體市民們的重要通告：世界就在當下，就在這裡！

我們把同一則訊息打出了好幾千份，很小心地將它裁成紙條並且折疊起來，然後搭乘有軌電車前往國家劇院。我們下車以後或者在「學生林園」的花園內找好地點，否則就在捷運站階梯前方散發我倆的小小思想結晶，試圖藉此將一部分的市民從我們眼中的精神麻木狀態搖醒過來。我們樂此不疲。許多人友善地向我們微笑致意，但也有不少人出乎意料之外地表示不滿。某些人因為我們提醒了他們自身的存在，於是感覺受到冒犯。

更何況一九七〇年代初期的氛圍，使得對生命意義的苦思冥想，在政治上變成了不正確的舉動。許多左傾人士認為，向世人指出宇宙是一個謎團的做法具有反革命色彩。他們所在乎的不是要了解世界，而是要改造世界。

我們那則小小訊息的靈感來源，就是聖誕節拉炮裡面的愚蠢笑話紙籤，而且我相信我們原本是打算在一場大學生派對上，舉辦類似聖誕節的慶祝活動，然後將這紙條散發出去。你還記得這回事嗎？此外我們更發揮幻想，打算號召一場另類的示威活動，例如在五月二日上街遊行。雖然我們只不過寫出幾句標語以後就沒有了下文，但即使是我們的標語也不是隨便寫的，而是有先例可循。巴黎大學生進行抗議活動期間，他們在索邦大學牆壁上塗寫出來的口號當中，也包括了「一切權力歸於幻想」或「死亡是反革命」！我們甚至還想像出一個遊行隊伍，所有人的手中只持這種標語牌。斯坦，你真是創意十足。

我們經常前往畫廊和音樂廳走動，但主要目的並非為了欣賞藝術或音樂，而是要觀察活生生的木偶。我們將此類活動一概稱作「魔術劇場」，而那是我倆閱讀赫曼．赫塞《荒野之狼》以後的事情。有時我們也可以坐在咖啡館裡面，對特定的活木偶仔細進行觀察。他們當中的每一個男男女女，本身都是自成一格的小宇宙。我們不也把他們稱作「靈魂」嗎？我確定我倆曾經那麼做過。反正我們所觀察的並非「機械化的」木偶，而是「活生生的」木偶。那是我們當時的用語。你可還記得，我倆如何坐在一家咖啡館的角落內，以那些活木偶為角色，編織出複雜的故事情節？我們更可以將其中若干「靈魂」帶回家，於隨後幾天內繼續精心處理。我們給他們取了名字，並幻化出他們的完整人生傳記。透過這個方式，我們以純虛構的標準建立起一座萬神殿。而在我們「宗教」當中的一個重要因素，就是這種幾乎不受羈絆的人類崇拜。

接著我們在臥室牆壁掛上了馬格里特的那幅海報。我相信我們是在位於賀維庫登的「赫妮翁斯塔藝術中心」把它買來的。

講起臥室，我們能夠在大白天鑽到床上，而且往往在床頭櫃擺放一瓶「香檳」和兩個水杯，連續好幾個小時坐著相互大聲朗誦。我們閱讀了斯坦．麥倫以及奧拉夫．布爾的作品——儘管所謂的「核心文學」在當時遭到鄙夷，①我們還是那麼做了。不過我們也閱讀揚．艾瑞克．沃爾德，並把他寫出的每部作品都讀過一遍。此外當然還有「拉斯科尼柯夫」（《罪與罰》）以及《魔山》，而且就連整本的小說也能夠成為此類「床上香檳計劃」當中之一環。我們口中所稱的「香檳」，其實只是一種名叫「金力」的水果氣泡酒。儘管它價格低廉而且味道很甜，喝起來卻相當強勁，於是得到了香檳的名稱。

我們發現擁有血肉之軀是多麼神奇的事情。過著男人和女人的生活多麼美妙，而且我們享受了那些日子。但正是由於肉體上的幸福，我們才同時意識到自己是會死亡的凡人。那時我們宣稱：「秋季之始在於春」。雖然我們年方二十出頭，但我們都相互承認，已經感覺自己開始變老了。

生命是一個奇蹟，對我們而言它顯然是值得不斷慶祝的東西。慶祝的方式可以是臨時起意在奧斯陸近郊森林內的夏夜漫步，或者是同樣隨興而發的駕車出遊。有一天你說道：「現在我們去斯科訥。」②五分鐘以後我們就坐在汽車裡面出發上路了。我倆都從未去過那個地方，甚至還不曉得該在哪裡過夜。

你還記得我們何時來到了當地著名的「隆格倫姐妹」田園咖啡屋嗎？我倆都未曾闔上雙眼，只是不斷地開懷大笑。後來我們躺在草地上睡著了，結果被一頭母牛驚醒。假如牠沒有跑過來的話，幾秒鐘以後我們鐵定也會被螞蟻咬醒。我倆就像發了瘋似地到處跳來跳去，企圖把那些小討厭鬼從身上拍掉，但牠們不光是在我們的衣服外面流竄而已，甚至還鑽了進去，鑽到最下面。那些你所稱的「瑞典螞蟻」讓你氣得咬牙切齒，覺得一切都像是對個人的侮辱。

突發奇想打算踩著滑雪板穿越約斯特達爾冰河，則是另外一個可相提並論的脫序行為，屬於你剛剛所稱的「驚險動作」。此事發生在三十多年前的五月某日。有一天下午你突然宣布：「我們要踩著滑雪板穿越約斯特達爾冰河！」那句話就像是命令一般，因為按照昔日我倆之間的不成文約定，每當一方出現任何這種怪念頭之後，另一方都必須無異議服從。過了沒幾分鐘我們就打包完畢，隨即駕車出發。我們可以在山中或者在萊達爾隨便找個地方過夜，否則在汽車上睡一覺也無妨。反正當年我倆既狂放不羈又毫不妥協。我們計畫一抵達那邊的峽灣之後，肩上就扛著滑雪板直奔冰河。我們曾經聽說，假如時間太晚而來不及立刻展開滑雪板之旅的話，當地有一棟石頭小屋可供人過夜。但我倆從未接受過任何與冰河有關的訓練，由此可見我們的做法完全不負責任。反正不管怎麼樣，那次的冰河之旅最後還是不了了之。首度有東西讓我倆敗興而去（你曉得我講的是什麼），結果我們在旅館待了整整一個星期，然後才垂頭喪氣地回家。旅館的住宿並不便宜，而且大學生無法享受折扣。但我倆並不只是因為手頭拮据才會傷透腦筋，畢竟我們身上還有支票簿。

我寫出這些東西，是為了強調今天我仍然對人生抱持完全相同的著迷態度。你曾經問過我：「但妳是否仍然保持了自己原有的能力，有辦法對妳當下活在世上的每一分一秒感到喜悅？」而我對此的答案是肯定的。

不過在很多方面還是有所改變，因為中間發生過特殊的事情——其實是出現了一個全新的時空。你並且問道：「妳還會因為生命『如此短暫，如此短暫』這個事實，於是感覺到『無盡的哀傷』嗎？……當妳想到『老年』和『壽命』這一類的字眼時，仍然會熱淚盈眶嗎？」如今我可以如釋重負地回答：不會。我已經不再哭泣。現在我是用寧靜的生活態度，來看待自己未來將面對的事情。

肉體上的存在依然帶給我極大喜悅，即便喜悅感已不像昔日那般強烈。況且在我當下的生命裡，身體只不過是個外殼而已，亦即是一種外在和非本質的東西。我不至於長時間繼續拖著它走。現在我確信的是，我自己口中所稱的「我」將在肉體死亡以後存活下去。我不再覺得我的身體就是「我」。它「是我」或「屬於我」的程度，不會超過衣櫥裡面的舊衣服。我將不會把它們帶著一起帶走，就好比我也不會把洗衣機，或者是汽車和信用卡帶走一般。

我非常樂意告訴你更多這方面的事情——而且比樂意還要樂意。目前我經常鑽研聖經，並非只是閱讀超心理學的資料而已。對我來說，聖經與超心理學可並行不悖，說不定這與你同時排斥二者的態度有著異曲同工之妙？

現在我想問你的是：今天你到底相信什麼？我知道你的信仰背景，可是你的生命中是否也添加了新成分呢？

謝謝你傳出上一封郵件。你已經比較不像在其他某些郵件當中那般自以為是。現在你稍微伸出了友好之手，但手上是空的，斯坦。我真巴不得能夠將一些奇妙的東西放入你手中。我盼望有朝一日可以設法給你一個生動鮮明的示範，來證明世上沒有死亡。等著看吧，總有一天我會那麼做！但直到那時為止，我都會感謝你在我們斷絕音訊三十多年之後，至少還願意開啟這個管道。

我很難過地讀到，最後你竟然對我心生畏懼。你從來都沒有那麼表示過。當初我還以為你只不過是打算自我隔離，因為我的新想法讓你感覺厭煩。

但不管出現過什麼樣的狀況，我們彼此都有義務要珍惜從前的我們，以及我倆在發生「你也曉得的那件事」和你認為我「失去理智」之前所共同擁有的事物。我從來都沒有失去理智，只不過昔日發生的那個事件確實充滿了戲劇性，使得我忽然從一種人生哲學轉換到另外一種。最富戲劇性的事件卻是我倆的決裂，因為我所離開的社群裡面，總共就只有兩名成員。

你可還記得其他的一切？你可還記得我倆進行過的各種冒險活動？我認為你只記住了你自己想記住的東西。

我當然還記得，而且我經常回想起我們共同生活的那五個年頭，把它們看成是我生命的真正核心。

有一次我們決定步行前往特隆赫姆，於是我們真的就大老遠走路過去！當我們決定要在米約薩湖駕駛帆船之後，果真就到那個湖上揚帆。③某天我們坐在「藝術之家畫廊」裡面的咖啡廳，突發奇想打算騎自行車去斯德哥爾摩。於是我們回家睡了幾個鐘頭，接著便騎自行車一路前往斯德哥爾摩。

我們所做過最瘋狂的事情，就是那次在哈當厄爾高原的探險活動。我倆打定主義，想要嘗試連續幾個星期過一過石器時代人類的生活。我們搭乘火車進入山區，然後在海於加斯特爾西南方幾公里外的山坡上，將石壁下端一個狀似洞穴的岩架建設成我們的家。我們帶著禦寒衣物和毛毯一起過去。我們預先準備好兩大包三明治，以便在設置營地的最初幾個小時內有東西可吃，而且為了安全起見，更攜帶薄脆麵包片和餅乾做為緊急口糧。此外我們還備有一口鍋子、一捲釣魚線、一把獵刀和兩盒火柴。而那也就是全部的家當。換句話說，唯一真正時代錯亂的東西，就是妳帶去的一板避孕藥。避孕藥的硬紙板包裝也被我們拿來當作日曆使用，因為我們沒有其他計算時間的方法。我們在第一天主要是以岩高蘭、雲莓和藍莓之類的漿果維生，同時我們用熱騰騰的杜松子茶來增強活力。第二天我們發現了一些可改造成釣魚用具的鳥類骨頭；接著我們又挖出蚯蚓，從此開始用一塊石板烤熟捕捉到的鱒魚。我們原本還希望能夠抓一隻野兔或松雞。可是野兔跑得太快，而松雞總是在我們撲向牠們的關鍵時刻振翅飛走。我們對肉類的飢餓感與日俱增，於是當我們瞥見一群野生馴鹿之後，便移開大石塊挖出一個陷阱，用矮樺枝、地衣和苔蘚在上面偽裝。雖然我們從此再也沒有看到過那群馴鹿，但最後有一頭小羊跌入我們的陷阱，於是我們狠下心來把牠宰殺剝皮，靠著牠又過了幾天日子。我們用羊骨製作了魚鉤和廚房用品，同時我磨製出一件首飾，把它用強韌的蔓藤串起來掛到妳的脖子上。此後我們多出了一張羔羊毛皮。這是一大福音，因為白晝已開始變得越來越短，有一天早晨地面上還鋪滿了霜花。等到那個時候我們才收拾行囊，而且心中泛起一股勝利感。妳的包裝盒內只剩下四顆藥丸，表示我們已經度過了十七天的穴居人生活。我們顯然也藏匿得非常好，因為我們在那段期間內沒有遇見任何人。我們已經向彼此證明了，自己有辦法像石器時代的人類那樣生存下去。不過能夠回到家裡真好，可以享受沐浴、雙人床和一瓶「金力」。我們接下來幾乎有一天半的時間都沒有離開過床。我們渾身僵硬，而且深受時差之苦：我倆宛如在時光中旅行了好幾千年一般。

如今回想起來非常有趣，而我生命的精髓說不定就涵蓋在那十七天，當我們主動與世隔絕，聯袂在山間置身蒼穹之下的時候——只有你和我。可是你今天的想法如何？你相信什麼？

不過這個問題也許有點兒含糊。現在就讓我們玩一個小遊戲：你正以教授的身分，百般無聊地斜靠在大學研究室的椅子上，而我是一個過來敲你房門的女學生。你邀請我進來，但你其實是因為有人登門造訪而喜出望外。我入內後開口問道：「教授，你在課堂上教給我們的一切都非常引人入勝，可是你對你自己不曉得答案的事物，又抱持著什麼樣的信念呢？」你最喜歡的女學生提出這個既直接又高度個人化的問題，讓你感覺受寵若驚，於是即席進行一場小型講座。來吧，斯坦！我正在等待這個小型講座。（但是請不要講得太長。看樣子今天晚上又要烤肉了，到時候我最起碼也必須準備沙拉。）

妳真會打趣！我又怎能拒絕得了這種誘惑呢？

反正你不得拒絕。

那麼我就從上次停下來的地方繼續接著講，因為我相信我們就是那些石器時代人類的苗裔——而且他們沒有猛吃避孕藥。我們和他們同樣都屬於「智人」這個物種，是「直立人」的直系後代，而「直立人」又源自「巧人」以及更古老的「非洲南猿」。

我們是靈長類動物，蘇倫。妳還記得此事嗎？如果我們回溯到好幾百萬年以前，便可發現我們與黑猩猩和大猩猩具有相同的起源。但妳當然知道這一切。我們曾經就這件事情進行過討論。而「我們與黑猩猩和大猩猩有相同的起源」這項認知，產生了刺激的作用，使得我們對生命產生了強烈的感覺，覺得自己是大自然的一部分。其次，我們是哺乳類動物，與哈當厄爾高原上的野兔和馴鹿並無二致。而這種類型的脊椎動物是在二億年前，從「似哺乳爬行動物」——所謂的「獸孔目」——演化出來的。

不過為什麼要回溯呢？因為回溯過去就像是是逆流而上。我們何不乾脆把自己擺在另一端，從開天闢地之初來進行一場驚心動魄的旅程？但我在這裡只簡略回顧一下就好。

依據最新的估算，這個神秘莫測的宇宙大約誕生於一百三十七億年前。當時所發生的事情，被我們稱作「大霹靂」或「宇宙大爆炸」。如何？為何？不要問我。而且也不必問其他任何人，因為沒有人知道答案。反正在不到幾分之一秒的時間內出現了一個巨大的能量釋放，隨即凝聚成質子和中子，此外還有電子以及其他所謂的「輕子」。等到宇宙冷卻下來之後，先是出現輕物質，隨著時間的發展又形成恆星和行星、星系與星系團。太陽系和我們自己的行星已經存在了四十六億年左右，也就是說，其年齡大約為宇宙的三分之一，而且我們已逐漸對地球的歷史和演進過程略有所知。

三十或四十億年前，地球上開始出現最原始的生命形式。它們或許是從無到有在這裡發展出來的（如果妳想要的話，可以稱之為「本土產生的」）；然而生命的基石（我們亦可稱之為「生命起源之前的材料」）也有可能來自遙遠的地方，是彗星或小行星撞擊的結果。但無論如何已可確定的是，當時地球的大氣層中還沒有氧氣，因此我們的行星起初也完全缺乏具有保護作用的臭氧層。二者都是重要的先決條件，有助於生命大分子的形成，於是我們在此遇見了一個有趣的矛盾現象：在剛開始形成生命的時候，一定缺乏了繁衍生命所必需的條件（諸如富含氧氣的大氣層，以及具有保護作用的臭氧層）。因此最初的活細胞據推測是在海洋中進化出來的，也許是在很深的水下。自由存在的氧氣以及臭氧層都是光合作用的結果，因此它們是生命本身的產物，成為較高等生物能夠在地球生存下去的必要基礎。但從此不可能再度演變出全新的生命。在這顆行星上面，一切生命的起源因而極可能同樣久遠。

一直要等到在地球歷史上的太古時期——或我們所稱的「前寒武紀」——演化出光合生物之後，才有了適合諸如植物和動物之類較高等有機體生存的條件。接著在「寒武紀」（五億四千三百萬至五億一千萬年前）出現了第一批軟體動物和節肢動物，在「奧陶紀」（五億一千萬至四億四千萬年前）則是第一批脊椎動物。內骨骼給予生命嶄新的機會，於是脊椎動物的一個小分支在五億年以後派遣代表闖入太空，並開始研究我們的宇宙起源。

志留紀時期（四億四千萬至四億零九百萬年前）出現了第一批陸上植物，而且如今也首度形成陸上動物，其中最早的是蝎子。牠們是「蛛形綱」的節肢動物，率先在乾陸地上爬行。但是早在泥盆紀（四億零九百萬至三億五千四百萬年前）的末期，已經有兩棲類動物爬到岸邊，其中尤以「迷齒亞綱」為然——牠們源自「肉鰭魚綱」的一個分支。到了石炭紀（三億五千四百萬至二億九千萬年前），陸地脊椎動物演進得非常快速，起先出現種類繁多的兩棲動物，而後爬行動物也逐漸登場；這個發展趨勢並且在二疊紀（二億九千萬至二億四千五百萬年前）繼續進行下去。此階段最典型的現象，就是有許多爬行動物適應了較乾燥的氣候；在這個時期也開始出現第一批「獸孔目」，而這種類型的爬行動物就是一切哺乳動物之共同祖先。

在三疊紀期間（二億四千五百萬至二億零六百萬年前）出現了第一批哺乳類動物和第一

批恐龍。恐龍從三疊紀末期開始主宰陸地上的生活，接著通過整個侏羅紀（二億零六百萬至一億四千四百萬年前），直到爆發一場全球性的大災難為止——據推測有一顆隕石在白堊紀（一億四千四百萬至六千五百萬年前）末期撞擊墨西哥灣的猶加敦半島，消滅了最後的恐龍。但恐龍並未就此完全退場。所有的跡象都指出一個事實，當初妳和我試圖在哈當厄爾高原捕捉的松雞，其實就是一個特定恐龍家族的直接後裔，而且松雞的起源與其他各種鳥類一模一樣。古生物學家們現在往往開玩笑表示：鳥類就是恐龍。

不過妳和我以及其他所有的靈長類，則都起源自一種類似「尖鼠」的食蟲動物——牠們一等到暴虐的食肉恐龍在六千五百萬年前滅絕之後，便迫不及待地跑出來大顯身手。妳還記得我們曾經以此大開玩笑，自稱我們都是尖鼠嗎？

在整個第三紀（六千五百萬至一百八十萬年前），我們這個分支的哺乳類動物——靈長類——演化得極其快速。而我們自己的遠祖，亦即我已經提到過的「南方古猿」或「類人猿」，則在接近第四紀的時候現身（一百八十萬年前），而第四紀正是我們自己的地質時代。

這就是我所相信的事情！我相信宇宙學和天文物理學提供給我們的知識，而且我相信生物學與古生物學所能告訴我們的地球生命演進過程。我對自然科學的世界觀完全深信不疑。縱使那種世界觀不斷出現改變：相關研究往往每向前走兩步就走偏一步，或者向前走一步就有兩步走歪了。但我仍相信自然法則，而且追根究柢下來這就意味著相信物理學和數學的法則。

我相信實際存在的東西。我相信事實。我們固然還不明白一切，我們還無法看透所有的事情——我們的知識漏洞百出。可是我們所通曉理解的事物，已經比我們的祖先遠遠多出許多。

我們光是在過去的一個世紀就洞悉了那麼多東西，難道妳不覺得此事確實令人印象深刻嗎？我們可以把一九〇五年的愛因斯坦「狹義相對論」當作我們世紀的起點。在「$E = mc^2$」這個公式背後所隱藏對宇宙本質的認知，深刻得幾乎不可置信：能量可以轉化為質量，而質量可以轉化為能量。哈伯在一九二〇年代發現了「宇宙紅位移」現象，並可藉此確定星系相互遠離的速度與彼此之間的距離成正比。這絕對是二十世紀最重大的突破之一，因為它讓人曉得宇宙正在膨脹中，而大霹靂就是宇宙的起源——這個理論此後已經多方面得到證實，其中的證據之一就是「宇宙背景輻射」，因為它告訴我們，宇宙自從一百三十七億年前的大爆炸以來，至今仍然是熱的。一九九〇年的時候，以哈伯命名的巨型太空望遠鏡被送入環繞地球軌道，它經過必要的修理和矯正後，已可將極為重要、來自數十億光年外的照片傳給我們，於是同時也回溯了數十億年以前的宇宙歷史。因為向外瞻望宇宙就等於是回顧時間。今天已經沒有多少東西能夠阻止我們回頭看見宇宙的起源，即便我們無法更進一步回顧到大爆炸之後三十萬年以內的情況。在這整個世紀當中，生物化學以及我們對生命的認識，也以驚人速度有了長遠的進展。其里程碑之一就是克里克與華生在一九五三年測繪出DNA分子的雙螺旋結構。另一個里程碑則是為人類的基因組——亦即將近三十億個構成人類染色體組的「鹼基對」——製作圖譜。這份基因圖譜已經在上世紀末製作完畢。就我們對宇宙和物質本質的認知而言，下一個里程碑將是人類有史以來最偉大的物理實驗，由「歐洲核子研究組織」（CERN）在二〇〇八年的某個時候進行，將操作一具嶄新的粒子加速器，藉以研究在宇宙大爆炸零點零零零零零零零零零零零一秒之後，宇宙是由哪些基本粒子所構成的。我們對宇宙歷史的理解若能回溯到宇宙最初微不足道的幾分之一秒，或許從那天開始我們就可以停止對人類的認知不足做出抱怨。

從前人們往往喜歡表示，討論諸如「世界起源」或「生命內在本質」之類重大的問題，就跟爭辯月球背面的形狀一樣沒有意義，因為月球永遠只是用正面朝向我們。可是那種論調在今天已經變得既幼稚又站不住腳——自從展開探月之旅以後，我們隨便在一家書店都找得到月球背面的詳細照片了。

我留下了深刻的印象。其實一點也不，我是在講反話！

你讓我聯想起一個小男孩，因為無法回答別人向他提出的問題，於是顧左右而言他。我問的是「現在你對世上的奇蹟抱持何種信念」，而非你自以為你自己或其他人已經曉得的東西。

你總不至於認為，我們那個可愛的小女生之所以走進你的研究室，是為了向你提出那樣的問題吧？她八成不會想把你當成參考書使用。

我絕對無意駁斥你針對天文學、古生物學，或科學史所做的詮釋。我歡迎你那麼做。可是你卻滔滔不絕地陳述了一般事實。這表示你根本沒有回答任何東西。你未曾提出論據來說明那一切是如何及為何發生的。你只不過是反映了我們每一個人眼前出現的世界。

有一個最大的謎團，你卻連一個字也沒有提到，而且那或許也是最重要的謎團：為何除了肉體之外，我們還擁有閃耀的心靈？我們每個男男女女都是宇宙中的靈魂之一。從前我們不也曾經在那些「活木偶」身上看見此事嗎？

不妨想像一下，有一個小孩走到母親身旁問她：「我是誰？」或者：「什麼是人？」母親卻拿起一把刀子，想把孩子的身體剖開，以便把孩子提出的問題回答得更好。

儘管如此，我還是讀到了一小段文字，而且反覆讀了好幾次。你寫道：「依據最新的估算，這個神秘莫測的宇宙大約誕生於一百三十七億年前。當時所發生的事情，被我們稱作『大霹靂』或『宇宙大爆炸』。如何？為何？不要問我。而且也不必問其他任何人，因為沒有人知道答案……」

昔日我們兩人也曾經退避到那個光芒萬丈的邊緣地帶。一切「極度神秘」的事物使得我們委身於一種「欣喜若狂的不可知論」。或許正是這種狂熱給予我們能量，才得以度過整整十七天的穴居人生活。我們目眩神迷，想要探索窮盡一切事物。至少就石器時代人類生活的模樣而言，我們八九不離十找到了答案。

今日我倆之間的差距未必很大。所不同的地方也許僅僅在於，我把你口中的「宇宙大爆炸」稱作造物的時刻，或者看成是聖經《創世記》第一章第三節所記載的：「神說，要有光，就有了光。」

被你貶低成「能量釋放」的那個事件，對我而言卻是一種創造性的行為。此外我必須從我的觀點來表示：既然有辦法如此接近上帝的造物之手，達到只距離零點零零零零零零零零零一秒的地步，卻仍然絲毫感受不到神的存在，那簡直遲鈍得令人難以置信！我認為那樣的人顯然靈敏度不足。

不過現在我再給你一次機會。你到底相信什麼呢？我指的是：關於我們所不知道的事物。

妳刪除了嗎？

怎麼了？

妳還記得在撰寫回函之前，必須先刪除我的電子郵件嗎？

記得啊。

妳好像老是有辦法把我寫出來的東西記得一清二楚。例如妳不久前所引述的那個段落，甚至是用引號標示出來的。而假如我沒記錯的話，妳還一字不差地複述了我的字句。

你可真逗趣！我的記性向來好得很。我在某些方面頗有一些「能力」。

算妳行！

約拿斯和尼爾斯．佩特剛剛點燃烤肉架的炭火，我該去準備沙拉了。我現在才注意到，約拿斯已經長得比爸爸高一點了。不管怎麼樣，我已可確定自己將在接下來的整個晚上都被綁住。那麼明天呢？

明天我有充裕的時間。現在祝你們闔家今晚快樂。

也祝你跟你那機智風趣的岳父相處愉快。

①核心文學（Sentrallyrikk）是探討生命、愛情、渴望、悲傷、死亡等等人生「永恆問題」的北歐文學體裁。

②斯科訥（Skåne/Scania）是瑞典最南端的省分，當地方言比較接近丹麥語和挪威語。

③特隆赫姆（Trondheim）位於挪威中部，而奧斯陸位於挪威東南部，兩地之間有一條長約六百四十公里的著名朝聖路線。朝聖路線經過奧斯陸北方一百公里的米約薩湖（Mjøsa）。

3

早安，有人在嗎？

半個小時以前妳發了郵件過來。但我現在才坐到電腦螢幕前面連線上網。

外面這裡真是令人難以置信。現在完全沒有起風，而且天氣暖洋洋的十分舒服。我帶著筆記型電腦來到屋外，坐在小花園的桌子旁邊曬太陽，當初外婆就一面在園內照料花草，一面喃喃自語說道：「噢，那位斯坦真不錯。」

你也曉得，我們來自西挪威的人就是這個樣子，絕不錯過任何溫暖的夏日。為求融入陽光和周遭環境，我穿了一件有細緻櫻桃貼花的黃顏色夏裝，此外還在面前桌上的筆記型電腦旁邊，擺出我從碼頭隔壁「艾德斯雜貨店」買來的一小碗櫻桃。

那你呢？

我相信我已經提到過，我們定居在奧斯陸的諾德貝格區，離妳我當年的住處不很遠。而且我記得我倆其實曾經在散步的時候，有好幾次從我現在居住的這棟房子前面走過。它就位於松果路的末端，不過妳已經有三十多年未曾踏足這個市區，一定已經記不得此地的街道名稱了。

我坐在一個玻璃陽台上，俯瞰一座朝南的花園。這樣也跟坐在戶外沒有兩樣。由於我打開了兩扇大大的窗子，以致時而會有一隻熊蜂溜進來，不過牠只停留一下子就又飛了出去。貝麗特希望在這裡佈置鮮花，但是我已經成功勸她打消這個念頭，因為花園裡面的花花草草早就夠多了。然而做為交換條件，我必須同意整個冬季都要在玻璃陽台上面擺滿草木，反正到時候絕對不可能有熊蜂和大黃蜂從敞開的窗口飛入。所以我在此做出了一個典型的婚姻妥協。夫妻雙方採取折衷辦法來達成類似這樣的協議，算得上是最起碼的要求。

貝麗特剛剛結束休假回去上班。或許我告訴過妳，她在奧斯陸于勒沃醫院擔任眼科醫生。我的兩個女兒伊娜和娜芸則跟往常一樣到處閒逛，而且她們就像夏天本身那般無拘無束，因此現在我是獨自待在家裡。

我還很清楚記得松果路，以及昔日我倆在那一帶漫步的情景。我們曾經步行前往貝爾格捷運站，有時還一路繼續往下走到大學校區，而且我們不只是兩三次那麼做而已，斯坦。現在每當我回到奧斯陸的時候，幾乎都還會特地前往克林舍轉一轉。可別忘記了，我在那邊住過五年，而且那五年的時間具有重大意義。當地曾經是我的家，而且直到今天我都還會偶爾前往松恩湖繞上一兩圈。①那兒總不至於是個禁區吧？

當然不是禁區。很高興聽說妳自從那時以後還重新來過這裡。

但我從來就沒有跟你狹路相逢。我的意思是，在松恩湖巧遇。

確實沒有。現在妳自己也看出來了。

看出什麼來了？

意外不可能老是發生。

或許那是為了把大團圓節省下來，留待我們一同回到峽灣旁邊的老陽台上……

妳真滑稽。不過當妳沿著松恩湖散步的時候，妳走的是順時針還是逆時針方向呢？

一直是逆時針方向，斯坦。當年我們也都是這麼做的。

看來我跟妳一樣守舊。這意味著，我有可能只是走在妳背後五十或一百公尺的地方而已。但現在我已經開始慢跑了，下一次我應該會有辦法趕上妳。

此刻我更想做的事情是組合出一個畫面，看見你如何面對電腦坐在諾德貝格的玻璃陽台上。我已經記下了那隻剛剛飛過去拜訪你的熊蜂，謝謝提供資料。不過我還需要若干細節才有辦法完全忘記，我們之間實際上隔著兩段渡輪航程以及六百公里的陸上距離。你還能進一步描述你的現況嗎？

就這麼說吧，我身穿一件白色T恤、一條卡其短褲，並且打著赤腳。我面前有一張小桌子（其實只是個小架子），桌面空間剛好足夠容納一台筆記型電腦，窗台上則放著一杯雙份的義式濃縮咖啡和一杯礦泉水。我坐在一個吧台高腳凳上面，但我已經記不得它是從哪邊跑過來的。室外的氣溫幾乎已經上升到二十五度。在一個被杉柏樹籬分隔開來的花園裡面，我可以看見一棵灰梨樹，果實還是青綠色的，以及兩棵李子樹——藍紫色的李子幾乎已經完全成熟，而且我剛剛想到，這個品種的李子好像叫做「赫曼」。一枚老舊日晷的四周擠滿了一叢叢黃顏色的「圓葉遍地金」，而且它們幾乎整個夏季都開花；碎石子路兩側密布著白色與紅色「泡盛草」的繖形花朵，它們的花期雖然比較晚，可是直到入秋許久之後，那些花朵都還會像小柱子一般地傲然挺立。

這些訊息是否足以彌補兩段渡輪航程和六百公里的陸上距離呢？

這些訊息非常有用，因為現在我可以看見你了。可是，短褲？當初你從來都沒有穿過那種東西。以前你通常穿的是燈心絨長褲，有時是褐色、有時是米色，有時還是大紅色。可見你確實改變了不少。

現在你可以開始告訴我了，斯坦。我就坐在這裡。

開始告訴妳？

你還有第二次機會來告訴我，你對你自己無法解釋的事物抱持何種信念。

哦，是的。我相信昨天妳在家裡的時候曾經問過我大致同樣的問題，但我已經不大記得自己是怎麼回答的了。當你們夫婦在那個星期三離開圖書村以後，我繼續在旅館外面的花園來回走動了很久，並且再度捫心自問：當初我倆為何會離開彼此？那正是因為信仰方面的問題。由於我又被迫想起了「紅莓女」，所以我也試著回憶一下，昔日我倆在突然變得死也不肯開口、一切都四分五裂之前，對這一類事情所進行過的各種討論。

我有一點害怕把那些東西重新挖掘出來。因為妳說得很對，我在分手前一天的晚上和夜間已經絕望到這種地步，只能坐在臥室裡面一根接一根地抽著悶菸。那時我們已經再也無法相互交談。我們甚至很難一起待在同一個房間內。當我在清晨時分躺下之際，盒內的二十支香菸只剩下了一支——我對這件事記得非常清楚，因為等到我大約一個鐘頭以後又爬起來的時候，我坐在床沿把它點燃了。但我吸了還不到一半就把最後的那支香菸按熄，接著走入客廳，看見妳也拿著一支香菸坐在沙發邊緣。

雖然妳只說出了「斯坦」，但妳的眼神意有所指，於是我點了點頭。

我知道妳會在那一天搬出去，而且妳曉得我已經曉得了。但我並沒有設法慰留妳。

如今過了三十多年之後，妳卻驀然重返，問我到底相信什麼。但或許會令妳大失所望的是，我並不確定我個人是否「相信」任何東西。在這種情況下，描述我所不相信的事情可能反而會比較簡單。

我覺得你現在有一點讓人傷腦筋。那就這麼做吧，你到底不相信什麼？

我可以用一個字眼把它表達出來：我不相信任何形式的「天啟」。更何況除此之外已經有足夠的東西可以令人感到驚嘆，而且還有許許多多我們所不知道的事情。在人們可相信或可懷疑的事物之間，幾乎不存在任何界限。

是嗎？

我們所使用的「相信」一詞，可以出現在許多不同的脈絡中。比方說，我們可以相信曼聯隊將會擊敗利物浦隊，或者我們可以相信明天將會有好天氣。而我們藉此表達出來的意思是，我們認為其中的一種可能性大於另外一種可能性。或許曼聯隊比較有可能打贏星期天的足球賽，而且說不定也有許多跡象能夠讓人推斷，明天確實會有好天氣。不過那並非我們在這裡所討論的問題。

此外還有另一種類別的信仰問題，但我們不妨暫時也先把它擱置一旁——我在這方面特別想到了妳最近提出的一個問題：我們所稱的大霹靂究竟是一個自發性的事件呢，還是上帝造物的結果？沒有任何人能夠對這個問題做出終極答覆；它是一個典型的信仰問題，而且我非常尊重將大霹靂視為上帝神蹟的看法，即便「上帝」這個字眼或概念充滿了太多的個人想像，以致我自己無法加以使用。我認為在同一範疇內，有另外一個問題也與妳切身相關：我們體內是否具備可在死後繼續存在下去的「靈魂」或「精神」？我自己雖不相信，我體內有任何東西將會比現在的我活得更久，但這並不表示我認為這種看法違反自然科學，儘管它稱得上是處於一個「灰色地帶」。我更無意將「對死後的生命之信念」貶低為「沒有科學根據」，遑論是勸妳放棄這種信念。

你真好。可是呢？

可是我絕不相信有任何超自然的力量正不斷干預人們的生活，而且會過來向我們「顯靈」。當初分手之前，我實在應該把這一切表達得更清楚許多才對，因為昔日導致我出現激烈反應的因素，並非妳忽然變得相信死後另有生命，而是由於我反對妳基於那種觀點，將「紅莓女」視為來自彼世的啟示。正如同妳之前所指出的，「紅莓女」曾經是我倆共同的經歷。雖然我也立刻把她跟我們在山上湖畔所看見的事情連結到一起，可是我無法相信她已經死於山中，如今從「另外一邊」回來跟我們見面。

我明白了。但沒有關係，你就繼續講下去吧，斯坦。現在我想先設法充分理解你的觀點，接下來輪到我的時候，也絕對會讓你懂得我的意思。所以就請暢所欲言，我可以承受得了。

好吧，那麼我就繼續講下去：我不相信在人類的整部歷史上有任何案例能夠證明，神明或天使、精靈或祖靈、陰魂或鬼怪曾經現身，或者透過其他方式向任何個人或任何民族宣布自己的存在。其中的理由簡單得不能再簡單，因為天下根本就沒有那樣的東西。

現在我已經吃了五顆櫻桃。我吃完就把櫻桃核放回我面前的桌上，這樣比較容易追蹤到底吃了多少。

這裡不斷有謠言表示，自從一八八三年以來就由同一個家族經營的艾德斯雜貨店，現在即將關門大吉。雖然在諾拉以及伊特瑞格蘭等地也有商店，而且固定居住在這整座島上的人口不超過二百人。可是失去我們這個岬角上的商店，還是讓我覺得非常可惜。人們當然可以開汽車或騎自行車去諾拉買東西，可是像庫格魯夫這樣的小聚落一旦失去了自己的商店以後，恐怕將會分崩離析——至少在冬季如此，因為遊客只有在夏天才會過來。

你還記得那年夏天我倆在島上進行過的無數次自行車之旅嗎？我知道你一定記得。那時我倆每天傍晚都一定要騎車前往南約納沃格眺望大海和西沉的夕陽，接著於返家途中必須在所有的小湖裡面都游過一次泳。

儘管繼續說下去吧，斯坦。我並不像你所想像的那麼脆弱。你寫道，你不相信超自然的力量……

好吧，既然妳提出了要求，現在就請用我的伽利略望遠鏡來觀察。妳不妨設想一下，「超自然現象」的各種面向都絕對純粹源自人類自己的想法，而且它們一離開人類以後便失去了任何根據。然而那些現象卻在人類身上得到補償，找到了非常肥沃的土壤。我認為有三個重要的因素在此起了作用：首先是我們過度發達的想像力；二是我們與生俱來的需求，務必要找出隱藏的原因，甚至不惜在找不到原因的地方去尋覓；最後是我們先天的渴望，想要在身後獲得一個全新的存在形式，亦即死後的生命。

這種人類天性的大雜燴已被證明為創意十足。在所有的時代，而且在每一個社會和文化當中，人類都想像出一大堆超自然的存在物，諸如自然精靈、祖靈、神明、妖怪、天使與魔鬼。

天哪！我不得不指出，你實在太自以為是了。不是嗎？

不過，請妳先看一看我們多彩多姿的幻想生活。每一個人都會做夢，因此沒有人能夠完全避免自己出現幻覺，而且在某些特定情況下，幻覺更可能發生於清醒狀態。結果我們自以為看見了和感覺到什麼現象，卻不曉我們觀察出來的東西到底有沒有事實根據。有誰不曾問過自己：我的這個記憶或那個記憶是否真正來自親身經歷過的事件，抑或那只是我聽說過、考慮過、夢見過或想像過的事情？

我自己就曾經遇到某些人聲稱：他們親眼看見過「小精靈」。然而我們的頭腦隨時都塞滿了各種感官印象，無怪乎它有時候會熱過了頭，以致出現一些通常被我們稱作「錯覺」或「幻想」的小故障。

這些「極為自然的感官錯亂症狀」之所以會躍升為我們口中所稱的「宗教真理」，其原因就在於：我們把自己或別人憑空想像出來的東西，看成是一種「客觀獨立存在於自我意識或他人意識之外的實物」。我在這裡想起了各種東西，從自然精靈（亦即我們在各地古老本土宗教所看見五花八門的神祇），一直聯想到世界各大宗教所呈現給我們的檔次較高、或經過學術化的概念——例如有一位全知全能的上帝在地球，也就是在我們這顆位於銀河系的行星上面，向人類做出了啟示。

但話要說回來，我必須在這裡針對一個重要的細微差別做出補充說明。除了一些道德理念之外，各種宗教還蘊涵著豐富的人類經驗，因此本身就可以具備極大的價值。而且正如同前面已經提到過的，我在這裡批評的對象並非人類的信仰生活。事情只有在一種狀況下才會超過我所能承受的極限，那就是如果我聽見或讀到有人宣稱，他們與全知全能的上帝有過私人接觸，而且上帝曾經向他們說話或者做出啟示，交代了每個人都必須聽從的特定訊息。地球上仍有數以百萬計的人們相信，上帝單獨地跟他們講過話，並且告訴他們該做什麼。此外更有千百萬人深深相信，全知全能的上帝掌控了世上所發生的一切事情，不管那是海嘯、一場核子戰爭，還是蚊蟲叮咬。

我這台筆記型電腦的電池，可能很快即將在此地開闊的海濱「精神衰竭」。我會設法解決電池方面的問題。不過你可以儘管寫下去。我的電池眼看著就要沒電了，接下來我大概無法繼續跟你高談闊論，但既然碰到這種好天氣，我可不想待在屋子裡面。

我真的還應該繼續這麼寫下去嗎？

是的，斯坦。而且等到你寫完以後就輪到我講，我希望你已經做好了心理準備，或許接著我有責任來捅一捅馬蜂窩，講明我們當初遭遇過什麼樣的情況。我不知道你到底還記得多少那方面的事情，但現在你就繼續講下去吧。

我沒辦法假裝自己期待看見妳「捅馬蜂窩」。不過既然我們會刪除所有的電子郵件，我同意接受妳的條件，所以我就繼續講下去。

我們到目前為止只稍微探討了可被稱作「宗教解決方案」的事物。可是人類的本性不會改變，而且妳知道我從來都不相信超心理學關於「超自然現象」和「超感官現象」的一切論調。當我這麼講的時候，我不只是想到了維多利亞時代用於舉行降靈會和各類亡魂召喚儀式的沙龍房間。反正那種對現實加油添醋的做法，現在已經有一點過時了。我所想到的，其實是現代有關心靈感應、超感視覺、念力和鬼魂之類紅透半邊天的想法。除此之外，諸如天使和「冥助」之類的古老概念，過去幾年來也重新大行其道。但上述各種想法都是以某種形式的「啟示信仰」為依歸，而且該信仰與一種概念具有密不可分的關係，那就是相信可以跟某些超自然或超感官的力量進行接觸。不久以前還出現過一個相當聳動的數據：百分之三十八的挪威國民宣稱，他們相信人類能夠與天使進行溝通。

剛才提到心靈感應、超感視覺等偽現象，我現在要在那些偽現象的清單上面增列「各種類型的預言」。因為它們也是建立在「命運已經預先注定」的大前提上，而且命運可藉由特定的技巧來顯示或揭露——尤其往往是透過一些收入頗豐的女預言家來進行。我們在此談到了一整個命理行業，而且其營業額或許可與性產業等量齊觀。色情行業和神秘主義想必同樣容易銷售，即便前者涉及「過於自然」，而後者涉及了「超乎自然」的現象。

在我看來，所謂「超心理學」唯一有辦法做到的事情，就是向我們勾勒出一個並不存在的圖像，亦即一個被虛構或想像出來的景觀。但這並不表示一切與超心理學有關的文學作品都毫無價值。就描述廣泛存在於百姓心中的想法而言，這種文學作品能夠成為有趣的讀物，可與宗教史、民俗學，以及其他的人文科學項目相提並論。我們同樣不認為神話故事毫無價值，而且慶幸有斯諾里這個人大量蒐集了北歐和日耳曼的古代神話，②及時拯救它們免於遭到遺忘。

其實我還有更多的話想說，不過我喜歡一邊講一邊聽意見，於是我趕在妳的電池完全陷入癱瘓之前，先把上述試驗性的觀點傳送給妳。

＊＊＊

我沒有收到妳的任何答覆，顯然妳的電池可能已經出了問題。那麼我就利用等候回音的空檔，繼續發表我的淺見。

當我駁斥一切與「超自然」或「超感官」現象有關的看法之際，我同時也對各種正統宗教的類似概念抱持懷疑態度。它們在我眼中是一體的兩面，而且我懷疑是否確實有必要畫出一條涇渭分明的界線，將各種「啟示宗教」與比較散漫無章或非教條式的「超自然現象論」區隔開來。相較於超心理學有如雨後春筍般冒出的「超自然現象」傳聞軼事，世界各大宗教的類似敘述已經被凍結成教條，以有條理和有組織的方式，在一個信仰「神力干預」的框架內繼續存在下去。

但怎麼可能會有辦法在「信仰」和「迷信」之間劃分出界線呢？一方的信仰就是另一方的迷信，而且反之亦然。這也是為什麼正義女神的天平有兩個秤盤。

像我就看不出「說方言」與降神師的招魂術有何區別。教會中「說方言的人」不也正是

「靈媒」嗎？而且我同樣無法分辨的是，宗教性的預言跟不斷推陳出新的降神術之間究竟有什麼差異。不管我們把那些現象稱作「奇蹟」或「念力」，還是「升天」或「飄浮」，在我看來只不過是殊途同歸而已，因為它們在每一個案例當中的做法都是違反了所有的自然法則。

有關「超自然力量」可在某些罕見情況下向我們做出啟示的想法，是民間信仰、超心理學和世界各大宗教的共通之處——與我們所稱的自然法則或科學世界觀完全背道而馳。妳雖然使用了「現身」一詞，但那在意義上跟「啟示」幾乎沒有什麼差別。

就妳所談論的超心理學研究而言，其主要動機之一正是企圖為死後另有生命的信仰找出科學根據，而自從達爾文主義和自由思想開始對傳統宗教造成威脅以來，那種做法已不斷獲得新的動能。妳曾經提到過萊恩夫婦，而我對他們也略有研究。他們夫婦二人以及其他「實驗超心理學」先驅們的主要願望，就是想要證明靈魂不死。只要他們有辦法提出確鑿證據，證明心靈感應是一個真實的現象，那麼應該就可以比較容易捍衛對「人類靈魂不死」的信仰——亦即相信「自由的」靈魂只是暫時客居在大腦內，與大腦並無不可分割的關係。可是直到現在都還無法在這方面找到難以反駁的證據。

現在我也發出這封郵件。妳收到它了嗎？

收到了！我在工具棚裡面找到一條老舊的延長線，現我已經連接到屋內的電源。有了長長的紅色連接線以後，這台筆記型電腦彷彿成為島上電力系統的衛星。它因而暫時在實體上與房子和周遭地區連接起來——但這樣的連接卻並非不可分割。

此外我們剛剛在屋內架設了無線區域網路，而且整個小花園也位於有效範圍內。因此我不需要任何插座或連接線，就可以坐在這裡跟全世界溝通。

你不妨試著想像一下，不光是只有人類能夠建立起這樣的無線網路……

妳正在想著心靈感應，或許也還想到了與死者靈魂的接觸嗎？

我想到了各式各樣的東西。不過我寧願先讓你講完自己的意見，這樣我可以有足夠機會來理解你。所以就由你先講出自己的看法，而我會在中間不時插話和提問。接下來再輪到我說出跟我有關的一切。

那絕對沒有問題。但我們可千萬別忘了最後一部分，因為我也想嘗試去理解你。

此外我還必須向你詳細敘述，當初我們到底經歷過什麼事情，因為我無法將那次的遭遇與我今日的宗教立場分開來看待。我認為你很可能忘記了某些事情——我指的是某些最具關鍵性的重點。而剛才已經提到過，我的記憶力非常好。

難道我們接下來真的有必要舊事重提嗎？我是說，難道你果真打算那麼做，而且我們應該那麼做嗎？畢竟當初我倆曾經相互做出承諾，永遠不要把那件事情再重新挖掘出來。

就讓我們拭目以待吧。反正現在才剛開始而已。

當我剛找到那條長長的延長線，並且把它拉到花園來的時候，英格麗就已經眼睛骨碌碌地盯著我看。她喊道：「我還以為妳在休假呢。」她顯然以為我正在處理教師課程研討會的相關事宜，或者是準備下學年度的法語課程——對了，今年我還會教幾個小時的義大利文。其實那兩種可能性本身都不會特別令人驚訝，因為再過一個星期左右就要開學了。尼爾斯．佩特和約拿斯不久前剛剛釣完魚回來。尼爾斯．佩特簡直是以焦慮的眼神看著我和延長線，然後才走過來摸了摸我的脖子，並且拿走幾顆櫻桃。他裝做若無其事地故意不看我的電腦螢幕，反正在耀眼的陽光下也不那麼容易讀到螢幕上的東西。我相信他早就料到，我正在跟某個人互相交換電子郵件。而且我懷疑，他已經猜出來那個人就是你。我不敢說出自己正在寫些什麼，或者寫郵件給誰；但他似乎也不敢提出這樣的問題。

諾德貝格有什麼新鮮事？如果那個玻璃陽台上面再不立刻出現動作，你恐怕就會從我的視線消失無蹤了。

我這整段時間幾乎都只是坐在這裡撰寫郵件、等候回音和閱讀答覆。妳總是在我把郵件傳出去以後立刻作答。而我必須誠實招認，剛才我曾經走到角落櫃那邊，給自己倒了一小杯「卡爾瓦多斯」。③手上的這杯義式濃縮咖啡太沒勁了。

別再走去角落櫃那邊了，斯坦。現在就繼續寫下去吧。你剛剛談到了超心理學和超自然……

……

我的確談到了那些東西，是的。

著名的魔術師詹姆斯・蘭迪在美國懸賞一百萬美元，只要誰能夠率先「在適當觀測條件下展現任何通靈能力、超自然能力或者特異功能存在的證據」，即可獲得這筆獎金。蘭迪早在一九六四年的時候，就已經展開這項被稱作「一百萬美元超自然挑戰」的行動，當時他自掏腰包拿出一千美元，準備送給第一個有辦法示範超自然能力的人。逐年下來已有更多人紛紛共襄盛舉，使得獎金總額很快便增加到一百萬美元。可是直到今天為止都還沒有人通過考驗。

妳當然可以提出異議，表示那些千里眼或具備超自然能力的人們不一定都見錢眼開。就連那成千上萬名嗜錢如命、在報紙專欄和廉價電視綜藝節目招搖撞騙的人，也幾乎從未有誰報名參加過「一百萬美元超自然挑戰」，從蘭迪那邊賺取這筆唾手可得的獎金。他們為什麼不那麼做呢？答案非常簡單：因為沒有任何人具備「超感視覺」或「超自然」的能力。

曾經有不少人報名參加過蘭迪的「一百萬美元超自然挑戰」，但他們多半都不是「超自然」那個行業的職業玩家。該團體的成員通常對他避之唯恐不及，因為蘭迪構成了威脅，使得他們的整個行業恐有毀滅之虞。（但蘭迪當然絕對無法成功摧毀那個行業，因為世人就是喜歡受到欺騙！）

幾年以前，那些美國「千里眼」當中的一位要角——蘇菲亞．布朗——曾經在「賴利．金現場節目」與蘭迪針鋒相對。蘭迪對她提出挑戰，要求她在受到監控的條件下證明自己本事的時候，她當場對著電視鏡頭答應接受測試。如今雖已時隔多年，她還是不曾過去拜訪蘭迪。她有一次提出的藉口是：她不知道該如何與蘭迪取得聯繫。我覺得那種講法實在讓人大開眼界。她號稱自己具有超感視覺的能力，卻居然沒辦法在電話簿裡面找到一個特定的電話號碼！

報名參加「一百萬美元超自然挑戰」的人，大多數都天真浪漫、似是而非或心智混亂。因此蘭迪必須不斷採用更加嚴格的規則，避免參加挑戰者面臨任何危險或傷害。比方說，若有人宣稱自己有辦法毫髮無傷地從十層高樓跳到地面，蘭迪就不同意對他進行那種測試。

但假如確實有人具備超感視覺或超自然能力的話，那麼整個「一百萬美元超自然挑戰」活動都會是多餘的，因為那種人絕對有辦法找到更多發財的機會。我已經提到過輪盤賭，但除此之外還有其他各種典型的博奕遊戲，同樣可以為具備超自然能力者提供許多賺錢的機會。然而我從來就沒有聽說過，有任何撲克玩家因為自己是「千里眼」，結果被逐出牌局。老千才是撲克牌局所應提防的對象。

反正一提起超自然能力和騙局，我們就等於是談到了跟人類本身同樣古老的一對難兄難弟。

詹姆斯・蘭迪的百萬美元獎金則至今依然原封未動。

對許多人來說，「超自然現象」的最後一座堡壘，就是「有意義的巧合事件」或「不期而遇」之類的經驗，亦即瑞士心理學家卡爾・古斯塔夫・榮格所稱的「時間同步性」。當我們談論自己在那個峽灣分支的重逢經歷時，曾經對此進行了討論，而且有過類似經驗的人不只是我倆而已。例如我們才剛剛想起一個幾十年沒有被想到過的人，結果那個人卻突然在拐角與我們面對面相逢。許多人經歷過此類意外相逢之後，可能就會把它看成是超自然時空的確鑿證據。無怪乎就在這種巧合事件剛發生的一瞬間，當事者會感覺有一點暈眩和無助了，但那其實並無驚人之處。

正如我們在最初幾封郵件之一所討論過的，榮格口中的「時間同步性」在我看來只不過是純粹的巧合罷了。

你老是那麼自以為是。儘管一切「已存在」或「正在發生」的事物，或許無法完全用科學方法來驗證。但如果這個世界的科學只有辦法驗證來自這個世界的東西，我一點也不會覺得那有什麼奇怪。

難道你就不能好好讓每個人都相信自己打算相信的事情？有句俗話說道：「自己活，也要讓別人活」。不是嗎？

當然能夠，而且每個人都應該有權相信自己所希望相信的任何事物。但如果有人硬要表示，曾經有超凡的力量向他啟示了真理，那麼我們就不無理由對他斜眼相看。妳也曉得，經常會有單獨的個人或者一整群人宣稱自己從真神那裡接獲了任務或使命——不管那些使命攻擊性十足也好，還是慈悲為懷也罷。另外一些人則僅僅抱怨他們聽到了「聲音」，於是跑去接受心理醫生的治療。

各種所謂的「異象」和「奇蹟」，在歷史上經常遭到單獨個人或一整個人群團體的利用，藉此除了鞏固自己的地位與特權之外，同時也挑起各種高壓迫害和不人道的措施。我們固然曉得，宗教能夠激勵人們做出虔敬，無私和慈善的行為，可是歷史和每天的報紙也不斷呈現出來，宗教觀念如何遭到濫用。以神明、教長、祖宗之名所犯下的暴行，自古就一直與人類的歷史形影不離。

耶穌雖然曾經阻止一群男人用石塊砸死一個犯下通姦罪的女人，可是用石頭處決的做法至今依舊存在。而且在世界上的某些國家，強姦犯能夠獲得無罪開釋，受害的婦女卻有可能被判處死刑而接受「石刑」。

沒多久以前，在某個阿拉伯國家有一名男子遭到處決，因為據說他企圖使用巫術來促成一對夫婦離婚。在同一個國家還有一名女子被判處斬首，因為她施法讓一個男人變得性無能。讓男人變得性無能，那當然是卑劣的行為。不過在此關聯性中，我們大可對「魔法」和「巫術」等概念做出駁斥，否認它們是真實存在的現象。邪惡固然無所不在，但我認為有必要強調的事情是：人類所犯下的惡行都是人類自己的勾當，不應該歸咎於魔鬼或惡靈。

如果我們環顧一下，便可發現人間仍舊大量充斥著迷信，例如相信巫術、相信可與祖先或死者接觸，此外還相信各式各樣所謂的超自然現象。在非洲、亞洲和拉丁美洲的部分地區，相信巫術、黑魔法和祖靈可影響個人行為的觀念如此深植人心，以致主宰了千百萬人的生活。但是迷信也在工業化的國家大行其道。歐洲和美國有很大一部分的人口表示，他們相信鬼魂的存在、相信邪靈附身的事件，而且相信有可能與死者溝通；此外他們還相信一些比較「文明」的現象，諸如超感視覺、心靈感應和預知未來等等。

我曾經寫過：宗教觀念不但有可能遭到濫用，就連酷刑和暴行亦可根植於宗教規範。從來就沒有過任何針對特定敵人、異教徒，或一整個族群而發的激情，完全不是以神明做為榜樣。更何況對基本教義派的人士來說（而且這樣的人存在於世界各個角落），一切記載於古老的聖典和啟示錄裡面的事物都能夠成為規範。因此我們需要不斷地對宗教做出批評。就大多數國家而言，這項工作已經不再直接對生命造成威脅，可是人世間仍然存有許多例外，讓宗教批評顯得益發重要。

＊＊＊

妳在那裡嗎，蘇倫？

是的，斯坦。我還必須稍微喘一口氣才會有辦法回答。請再等一等。

我等著。

我同意你的最後一點，而且我也願意接受你對教條主義和基本教義派的譴責。雖然我在新約聖經中找到許多令我愉悅或驚嘆的段落，但我並不相信聖經中的每一個字句都是由上帝口述的。在我看來，其中關鍵的問題之一就是對基督復活的信仰。

沒多久以前尼爾斯．佩特又爬上鋁梯，在窗框塗上第三層油漆！現在他卻跑去採摘覆盆子了。他之所以會在花園忙過來忙過去，似乎只不過是因為我坐在這裡寫東西的緣故。有一次他還問我到底在寫些什麼，而我如實以對：「我剛剛傳了一封電子郵件給斯坦。」

你還想講更多的話嗎？還是說你對宗教的批評暫時已告結束？我覺得你已經講出太多東西。也許你說夠了？

我還剩下最後一點。

那麼就說出來吧，斯坦！至少這裡絕對沒有新聞檢查。

「啟示宗教」多半都以一個概念為基礎，認為在這個世界上的生命僅僅是前往天國途中的停靠站。其言外之意就是，此世和當下的情況不如彼世來得重要，甚至日後將出現一個更偉大和更加真實的世界。

既然身為氣候研究者，我總是不厭其煩地提醒別人，我們或許只能寄望於這一顆行星。然而許多人對生命的觀點卻是：從長遠來看，我們無須刻意愛護地球和照顧這裡的實質生活環境，因為反正「上帝的審判」和「信徒的救贖」已經近了。這麼一來，我們的「世俗存在」很容易被當作一個過渡階段，甚至有若干信徒團體巴不得生物圈崩潰，因為他們把它看成是「末世來到」和「基督復臨」的前兆。聖經當中便出現了那樣的講法！

依據「美國有線電視新聞網」的一份民意測驗，百分之五十九的美國人相信聖經中《啟示錄》的預言將會發生，而且最後審判之日將會來臨——屆時情況將符合那種最異想天開的天啟方式。但事情還不止於此。有許多傳教士和宣教師進而協助播下國際衝突的種子，這樣他們就可以實際致力於加快耶穌的復臨。此類的世界末日基督徒甚至還深深影響了白宮高層，因為他們就宛如鼴鼠一般，老是在美國舉行總統大選的時候浮上檯面。

妳曉得我並不畏懼關於世界末日的預言，而且我可以確定妳自己的情況也一樣。可是人們所稱的「自我實現的預言」卻讓我害怕得無以復加。因為此後或許將不會出現新的天空與新的地球。或許到時候更不會有「最後的審判」與「信徒的救贖」。說不定我們只有一個地球，而且它是我們唯一的家園和我們唯一的歸宿。在此情況下，我們最重要的工作莫過於為這顆行星和它上面的所有生物，擔負起「管家」所應盡的責任。

那當然，斯坦。我們必須好好照顧這顆行星。但是我覺你應該不至於傻到把環境惡化的責任硬推到信教者身上的地步。我相信我們這些有信仰的人，往往比沒有任何信仰的人來得更加尊重大自然。難道你沒有看出來，世界大多數地區的盲目過度消費，就是唯物主義橫行之下的結果？而如果你問我的話，我必須表示：其結果與精神導向的做法正好相反。目前人們正想盡一切辦法來減少溫室氣體的排放。卻沒有人敢把一種做法列入討論，也就是「我們是否有可能降低自己的巨大消費」——我指的是有史以來最具致命性的商品盲目消耗與盲目拋棄兼而有之的危險作風。我們正生活在一個歷史關鍵時代，而我們的後代子孫或許會把我們這個世代稱之為「消費者法西斯主義的時代」。同時我非常確定，我們這個時代的消費者意識型態，可在很大程度內被看成是宗教的替代物。

也許你是對的，而且我很樂意在這一點上面讓步。我的確沒有任何證據來證明這種講法：相信死後另有生命的人跟反對那種信仰的人比較起來，前者比較缺乏意願來為我們的這個星球負起責任。但是我必須告誡別人切勿沉迷於下列觀點——「天地都會成為過去」，而且信徒將獲得一個帶來救贖的新世界。

恐怕很快就會出現一些場景變換——至少在世界的這個盡頭即將如此。我相信其他人早就對我今天的自我孤立忍無可忍，而且我必須承認，我的自我隔離方式未免太過招搖。或許那長長一條從屋內通往花園桌上的電線確實有一點誇張。這是我們待在此地海邊的最後一天，而你和我已經一起坐了六個多小時。其間我只不過中斷了幾次，起身拿著一個大噴壺在花壇之間穿梭，等到桌上電腦再度發出嗶嗶聲以後，又丟下噴壺匆匆趕回我的小小天地。尼爾斯．佩特從旁走過的時候已經再也不看我一眼，他氣得連眉頭都皺起來了。

我已經把延長線捲起來放回工具棚。現在電池早已充電完畢，碗中的櫻桃卻空空如也。

我必須做出補償措施。因此我已正式宣布，我將會獨力負責擺出一桌鱈魚大餐。他們父子二人今天上午抓了三條大鱈魚回來，但我幾乎還沒有正眼瞧他們一眼——我指的是那幾條魚。不過我相信，全家大概只有我曉得關於一瓶布根地紅酒的事情。今天它可望變成我的一張小王牌，或許我更應該把它稱作我的「贖罪券」。我把那瓶酒藏在五斗櫃的抽屜裡面，還在上面蓋了許多層亞麻桌布，而當初我正是因為最後一天晚上可能會吃鱈魚大餐，才刻意那麼做的。

他們父子倆總是喜歡在最後一天划船出海釣魚；但即便擁有非常強效的保冰袋，我也不想把魚帶回城裡。卑爾根人可不會拿著裝在保冰袋裡面的鮮魚，在西挪威到處跑來跑去。我們寧願去市場購買活鱈魚。

對了，我還有個想法。你能否稍微說明一下氣候展覽會開幕時的情況，藉此為我們今天的郵件往來圓滿畫下句點呢？

現在我準備過去用煮魚鍋燒水、把一些本地土產的馬鈴薯削皮，並且攪拌沙拉和佈置餐桌。接著我會回來繼續讀下去。但今天我就不再撰寫回函了。

這樣可以嗎？

那天妳離開後，我花了很長時間在峽灣旁邊的大草地上來回走動，然後才回到我的房間淋浴，隨即下樓來到旅館大廳。我在那裡向其他一些房客打過招呼之後，便在米克爾咖啡館針對「冰河融化、氣候變遷與極地研究」舉行小型講座。接著我們喝了一杯白葡萄酒，並且聆聽一場非常有趣，以這家旅館、當地村落和冰河旅遊為主題的歷史簡介之後，就一起坐下來享用晚餐。結果我被安排到「貴賓桌」，讓我倍感榮幸。

用罷晚餐後，我打算點一杯卡爾瓦多斯。那整段時間我一直想著妳，或者也可以換種講法：想起了我們二人，以及當初我倆開車前往諾曼地旅行時的情景。可是他們如今再也沒有卡爾瓦多斯了。那簡直像是我自己在做白日夢，彷彿他們從來都不曾窖藏過那種蘋果白蘭地一般。我的記憶到底還正不正確呢？假如我對卡爾瓦多斯酒的印象竟然源自我的記憶謬誤，那麼我又怎能相信自己對當年前塵往事的任何記憶呢？於是我一口回絕了由旅館免費奉送的白蘭地（我相信那位年輕的女侍已經從小道消息那邊聽說，我將在第二天的午餐時間發言致詞），反而自掏腰包點了半公升啤酒和一杯伏特加。

旅館大廳內人聲嘈雜，因此我很早就上樓回房間就寢，而且幾乎是立刻睡著。當天我不光是喝了啤酒和伏特加而已，我甚至還與妳重逢、來到山上的牧羊人小屋，更再度從小樺樹林旁邊走過。

我第二天一大早就被海鷗的尖銳叫聲驚醒，於是下樓走入剛剛開門的餐廳吃早飯。那天清晨我也端著咖啡杯走上陽台，可是妳早已無影無蹤。我只能獨自在那邊坐在朝陽下，聆聽紫葉山毛櫸的葉片隨風沙沙作響。海鷗從超級市場和舊渡輪碼頭的上方振翅呼嘯而過。峽灣水面更有一個身穿綠衣的人影在划艇上垂釣。

這種過於充滿田園風情的晨間景致，不禁令我心中的某個角落浮現抗議之聲。

幾個小時以後，有車子過來接我們前往冰河博物館。館內的資料告訴我們，如果無法有效控制氣候變化的話，幾十年後的峽灣水位將高達何種程度。但我不禁開始納悶：他們可曾一併考慮到，不斷從冰河沖刷下來的大量沉積物，正導致三角洲持續朝著這個峽灣分支的方向延伸過來。結果今天已經能夠在一千年前維京人港口所在的位置種植馬鈴薯了！

來到氣候展覽會本身的場地並且被編成幾個小組之後，我們首先穿越一個小房間，在轟隆聲中體驗了四十六億年前地球誕生時的情況。次一個單元則告訴我們，地球在大約四千萬年前的生物形態是何模樣，以及最後一次的冰河期如何影響了地球表面。然後我們又進入一個小房間，裡面向我們呈現出溫室效應的作用方式，並且說明若完全缺乏溫室效應的話，我們這顆行星上面的環境將變得如何不適居住。但我們接著立刻被告知，人為溫室效應所導致的結果，對原有的「碳平衡」造成了多麼嚴重的影響。我們在下一間展覽室則可發現，如果我們不採取斷然措施來減少溫室氣體排放的話，地球在二〇四〇和二一〇〇年的時候看起來將是什麼樣子。那並不是一次非常愉快的經歷。幸好館內也做出對比，指出我們若能聯合全球人民協力採取積極措施來抗拒溫室氣體排放，並且阻止對森林和熱帶雨林濫墾濫伐的話，二〇四〇和二一〇〇年時的地球又將是何光景——這顆行星仍然有機會恢復元氣。我們在最後一間展覽室看見來自全球許多動植物棲息地的精彩幻燈片，它們呈現出這顆行星上面的生物多樣性。英國環境學者大衛・艾登堡對此做出了評論。等到那些展示各種獨特動植物的美妙照片放映完畢之後，他用英語總結道：「……但我們仍然有時間採取行動，做出改變來保護這顆行星上的生命。這是我們所擁有的唯一家園……」

盛大開幕完畢之後，我們擠上幾輛大巴士一同駛往蘇佩勒冰河，參加在那裡舉辦的露天歡迎酒會，享用香甜熱紅酒、草莓和各式小點心。當我們還待在冰河博物館裡面的時候，旅館的工作人員早已把一切都擺放妥當。等到我們抵達以後，那位友善的旅館女主人很快又發現了我（她在之前二十四個小時內顯然忙得焦得爛額）。我相信她早就明白，我是為了參加氣候展覽會的揭幕儀式才來到他們那裡，而且過了幾個小時以後，我還必須於午餐時間在旅館內簡短致詞。

她面露熱忱友好的微笑向我走過來，而且她當然問起了妳。

她問道：「您的太太在哪兒呢？」

我實在不想讓她失望，而且我根本就沒辦法那麼做，蘇倫。所以我乾脆告訴她，妳不得不匆匆離開菲耶蘭，因為我們在卑爾根的家中突然出了一點事情。

「跟小孩有關嗎？」她繼續追問。

我隨便撒了個謊表示：「無關，那是一位老阿姨。」

她站在那裡考慮了幾秒鐘，或許她還拿捏不定，到底可以對私事關心到何種程度。

接著她又問道：「那麼你們有小孩嗎？」

我該說些什麼呢？之前我早已開口撒謊，現在我總不能改口表示：我們純粹是湊巧在此地重逢而已，其實我們已經有三十多年沒見過面了。我只得設法用最含糊其詞的方式做出回答。

「有兩個，」我一面開口一面還點了點頭。畢竟那種講法跟事實相去不遠，因為妳有兩個小孩，而我自己也有兩個小孩。

但她還是不肯善罷甘休，想知道更多有關我們小孩子的事情。而我不知為何緣故，從此只是緊咬著卑爾根不放。我對自己的兩個女兒未置一詞，反而只是簡單地提起十九歲的英格麗和十六歲的約拿斯——雖然我是在幾個鐘頭以前與妳重逢的時候，才剛剛聽說了有關他們的事情。這麼下來以後，我只能不斷地想辦法繼續圓謊，而那就意味著：說謊的人必須要有很好的記憶力。總而言之，我把自己假裝成是妳的丈夫。

不過她想必快速心算了一下，因為她問道：「哦，真的嗎？難道你們拖了那麼多年以後才生小孩？」④

我心裡想著，莫非她期待我坦白承認：當初我們還年紀輕輕的時候，就已經在明達爾旅館裡面「做人成功」？

但我只是指著冰河開口表示：「當年它比現在大了很多。」

她點了點頭，並且笑了出來。我不曉得她在笑什麼。反正她說道：「能夠重新看見你們個人，真好！」

此時各種雜感在我的腦海中快速盤旋。或許它們主要是圍繞著我倆分離以後各自所過的生活打轉。但是我也想起了位在雷夫斯內斯的渡輪碼頭、⑤萊康厄爾的警察巡邏車，以及明達爾山谷的樺樹林。

我朝著冰河的方向點了點頭，開口說道：「可是我更擔心喜馬拉雅山脈的冰河。那裡的好幾千條冰河也在不斷後退，而且它們為數億百姓提供水源。」

我讓她把我的杯子重新裝滿以後，便轉身逃避更多的問題，沿著藍綠色的溪流向下走了幾步路。走著走著，我想起了妳在那天晚上拿進我們的旅館房間，最後還順手帶回奧斯陸家中的那一本書。自從遇到「紅莓女」以後，它就像一把劍似地阻擋在我們中間。假如妳沒有湊巧發現那本書的話，我倆很有可能直到今天都還會繼續在一起。妳對此有什麼樣的看法呢？

本來我倆應該絕對還應付得了關於「紅莓女」的問題。可是妳在短短幾天的時間內，就已經把她置入一個內容擴大了許多的脈絡。

斯坦，雖然千思萬緒湧上心頭，但現在我必須結束了。我馬上就把電腦關機，隨後幾天內我會從卑爾根繼續跟你聯絡。

①松恩湖（Sognsvann）是奧斯陸北郊森林內的湖泊，湖周三點三公里。蘇倫和斯坦昔日公寓的所在地「克林舍」（Kringsjå），以及斯坦夫婦後來所居住的「諾德貝格」（Nordberg）都位於松恩湖附近。

②斯諾里·斯提爾呂松（Snorri Sturluson, 1179-1241）是古冰島歷史學家、詩人和政治家。

③卡爾瓦多斯（Calvados）是法國「下諾曼地」卡爾瓦多斯省特產的蘋果白蘭地。

④蘇倫和斯坦都出生於一九五二年，書中的故事發生在二〇〇七年，二人首度前往明達爾旅館的時間則是一九七六年。旅館女主人心算以後不難發現：十九歲的英格麗出生於一九八八年，而那年蘇倫已經三十六歲。

⑤雷夫斯內斯（Revsnes）位於松恩峽灣南岸的萊達爾（Lærdal），是蘇倫和斯坦一九七六年在「埃德勒瓦特內」肇事逃逸之後前往的渡輪碼頭（見第七章）。

4

我正坐在窗前的書桌旁邊，從斯康森眺望卑爾根市區。天氣好得沒有話說，簡直已經略有秋高氣爽的味道了。今年我第一次發現樹上冒出黃顏色的葉片，而白天已開始變短。

我坐的地方是我小女孩時代的臥室。自從英格麗三歲以來，這個房間又歸她所有，但兩個月前她搬出去和幾個女生在外面合租公寓以後，我把房間收了回來。我立刻開始對它進行整修，移除鋪滿地面的舊地毯，將地板磨平，並且把牆壁漆成乳黃色。於是我重新將這個房間變成我自己的小窩。我稱之為「圖書室」，但尼爾斯·佩特卻把它看得像是我私人的空間一般。他實在非常體貼。

英格麗真可愛。當她和一位朋友一起過來，把她留下的最後幾個紙箱衣服和衣架等物品搬出去以後，她突然熱情萬分地擁抱我，感謝我把房間借給她使用。英格麗感謝我從她三歲那年開始，就不斷把房間借給她住！她始終曉得那裡從前是我的房間，而且無論在孩提時代或成年以後都是這樣。

我這一輩子當中，不住在那棟公寓的時間總共只有五年。

當年分手後那天，我走進下午開出的快車車廂時，不禁淚流滿面。你曉得當我們在海於加斯特爾靠站的時候，我正在做什麼嗎？——直到火車抵達芬瑟為止，①列車長都坐在我旁邊安慰我。我什麼話也沒說，而他也沒有提出任何問題，只是設法安慰我。列車長在米達爾下車揮動綠旗以後，又走了過來。他發現我還是哭個不停，於是給我端來一杯茶，但不是手推車上裝在紙杯內販售的那種茶，而是真正的一杯茶。這時我終於有辦法抬起頭來對著他微笑，並且向他表示謝意。然而我不可能告訴他有關石器時代的事情。

我一心一意只想回家，回到我父母親的住處。這是我唯一能夠完全確定的事情。我不曾打電話向他們報備我即將回來。除了曉得我只想走進家門之外，我無法考慮到其他任何事情。反正他們不得不接受我返家時的模樣。

我再度住進我昔日的房間。等到我過了幾年遇見尼爾斯·佩特的時候，父母親早已開始擴建外婆位於峽灣出口、在外敘拉島上的那棟老房子。我的父親則如他自己所說，正在開始「放鬆身心」。最後他賣掉了自己的事務所，於是變成一個生活寬裕的人。他曾經半開玩笑地告訴我：「蘇倫，住在卑爾根是非常美好的事情。可是我不認為，死在這座城市裡面會是一種健康的做法。」

我的父母後來又在庫格魯夫生活了二十多年，所以從這一點來看，他的講法正確無誤。三年以前，父親在毫無預警的情況下溘然長逝。據說當時他坐在高背安樂椅上，手中拿著一杯白蘭地，而那個酒杯是祖傳遺物。結果酒杯落到地上，在他辭世四分之一秒以後摔得粉碎。而我一定已經告訴過你，家母是在去年冬天去世的。我坐在她身旁緊緊握著她的手。那時她只剩下了我一個人。

當初我剛去奧斯陸上大學的時候，我的年紀剛好跟今天的英格麗一樣大。想來也有趣，我倆竟然都還那麼年輕！

我抵達市內才不過幾個星期，就已經認識了你。某天在「新堡大樓」參加一項演講活動以後，你走過來借火點菸——或許那只不過是一個藉口而已，可是從此以後我們就不斷在一起了。到了十月的時候，我們即已遷入位於克林舍的小公寓。大學校區內的其他同學時而會露出又羨又妒的表情。我們在某種意義上自成一個天地。我們是那麼的快樂！

我當然在火車上哭了。我一路哭著返回卑爾根。我再也無法明白任何事情。如今我只曉得我們的想法驟然變得大相逕庭，可是我無法理解，為何我們就不能那麼繼續共同生活下去。畢竟我們絕非世上唯一一對信仰南轅北轍的情侶。難道你認為，一個信教者和一個不信教者不可能待在同一個屋簷下，過著夫妻般的生活嗎？

斯坦，你是多麼地痛恨那些書籍，特別是其中的那一本。你鄙視那本書，於是也鄙視閱讀那本書的我。或者說，你只不過是在吃醋罷了？你曾經在整整五年的時間內完全占有我的注意力。而我心中也只是單單想著與你和我倆有關的事情。但自從我們邂逅了紅莓女，而且自從我開始閱讀我從旅館借回家的那本書以後，我對死後還有生命這件事發展出了堅定的信仰。難道你就不能好好讓我保有這份信仰嗎？

你到底是誰呢？我的意思是，今天的你究竟是怎麼樣的人？我問你相信什麼以後，你卻完美無缺地依據你所任職科系的老本行，從自然科學的觀點發表了長篇大論。所以你顯然絕非異議人士，而且竟然還有辦法提到「獸孔目」和「非洲南猿」之類的東西。接著我重新又問了你一次，而我得到的唯一答案，卻是一長串連你自己都不相信的東西。但我會緊咬不放，斯坦。你知道我很固執。我想把你一起帶回當初我們共同的出發點。在針對我自己所相信的事物做出更多說明之前，我想把你帶回我倆昔日那種陶醉入迷的生活感覺——即便你我都無法將那種感覺與一絲一毫的希望連接起來。我所問的是：斯坦，世界是什麼？人類是什麼？而我們以有意識的（亦即擁有心靈、性情和精神的）「神奇粒子」之身分沉浮於其中的宇宙神話故事又是什麼？難道你就是無法為像我們這樣的靈魂看出一線希望來嗎？

哈囉，我回來了！

讀到妳當初返回卑爾根老家的經過，實在令人心酸。

除此之外，妳最後指出的事項也令我感覺正中要害。或許我只是針對妳的大哉問，給出了微不足道的答案。而妳可以注意到，我長年大量進行學術探討和專題研究之後，變得有一點坐井觀天。但我們還是必須堅持事實。我們固然可以提出各種假說和理論，但即使是假說和理論也必須建立在我們自認為已經確定的事物之上。

說不定是「信仰」一詞轉移了我的注意力。在我的詞彙裡面沒有這個字眼。我覺得談論「直覺」會比較容易。我所擁有的直覺想必多過了我的信仰，而且或許當我們談論到「意識」這個課題的時候，情況更是如此。

那麼你就把它寫出來吧，斯坦。我認為「直覺」也是一個很好的用語。例如你不妨向我敘述一下，我們重逢前一天的晚上你夢見了什麼。你不是曾經表示過，夢境跟宇宙有關嗎？

是的，而且它還一直給我留下刻骨銘心的印象。我彷彿果真經歷了夢中所發生的事情。的確，我真的坐在一艘太空船裡面……

我可以洗耳恭聽嗎？

不過做夢前那一整天——也就是遇見妳前一天——的經歷同樣深深烙印在我的記憶中。雖然當天我幾乎只是坐著火車和巴士穿越野外，我卻無法把那一天的本身和由那一天所衍生出的夢境完全分隔開來。所以我覺得必須從那天的本身開始講起。

只要你不忘記提到那一場夢的話，我不在乎你從哪裡開始講起。而且你想花多少時間都沒關係，因為有各種理由使得我只能在明天晚上回信給你。其中一個理由是，只要尼爾斯．佩特在家的話，我就無法暢所欲言地打出自己的話。但這並不表示他無法容忍此事，而是因為我只要一想到他聽見我不斷彈指敲打鍵盤，我心中便會覺得難以忍受。像我自己就不喜歡聽見別人打字。那讓我感覺不舒服的程度，就好比是坐在巴士或火車上面，或者在林間小徑漫步時被迫聽別人講電話。那只會給人一種拘束和尷尬的感覺。另一個原因則是，明天我們將在校內舉辦教師課程研討會。我甚至已經對此雀躍不已了。畢竟開學以後，心神可以比較安定。

太好了，而且那樣正合我意，因為我還需要花一點時間來撰寫。但我無法保證何時可以回來向妳報到。

慢慢來，你想花多少時間都沒關係。反正我在這裡，斯坦。

現在我聽到他正在清喉嚨，所以我必須馬上結束。我想我會提議和他共飲一杯紅葡萄酒。

我稱之為「睡前酒」，而且這已經成為我們家中的術語。今年他第一次在壁爐裡面生火。感覺起來很舒服。

①從奧斯陸坐火車前往卑爾根時，芬瑟（Finse）是海於加斯特爾（Haugastøl）的下一站，兩站距離二十七公里。

5

那天是二〇〇七年七月十七日，星期二。我在拂曉時分被一場相當猛烈的雷暴雨驚醒。天色一片灰暗，鉛黑色的烏雲瀰漫於奧斯陸上空。我正準備搭乘火車前往古爾，然後從那裡轉搭巴士繼續朝著萊達爾和菲耶蘭的方向前進——整段旅程耗時九小時左右。我向來不喜歡獨自駕車上路，寧願搭乘大眾交通工具，這樣我就可以悠哉悠哉地坐著看書，或者乾脆完全放鬆。

那天早上貝麗特開車送我前往利薩克火車站。①她反正必須順路把乾淨的換洗衣物交給她父親，而我則在月台上停留了幾分鐘，等候開往卑爾根的列車於八點二十一分進站。當地也轟隆隆響著此起彼落的雷聲，那是一個陰暗得無以復加的夏日早晨。雖然尚未下雨，但焦灰色的雲層讓四周昏暗得宛如夜晚一般；雖然按照季節來看這時早已是大白天，我卻能夠清楚望見劃破長空的每一道閃電。駛往卑爾根的火車緩緩滑入站內以後，我上車找到了自己的座位——我每一次都預訂靠窗的位子，這回是第五節車廂的三十號座位。

我們很快就來到了德拉門，鐵路沿著德拉門河的河道轉往北方，朝著維克松以及赫訥福斯的方向繼續前進。雲層依然低垂，樹梢多半被包裹在濃霧中，但雲霧下面二至三公尺處的能見度良好。德拉門河此時正在漲大水，就連提里峽灣湖周圍樹木的枝幹也浸泡在水中，而且有些碼頭突堤已經沒入水下。這種情況已在今年夏天發生過好幾次，而且許多農民認為今年是一個災難性的夏天，因為全挪威有廣大的地帶泛濫成災，其中尤以「德拉門水系」沿岸地區為然，②使得農作物遭受了嚴重損失。

我不知道那是否與氣候有關聯，但我打從一開始就坐在車上陷入深思。突然間，我感覺自己以異乎尋常的方式驚醒過來，變得幾乎比平常的任何時候都更加開竅一點。當我坐在黃顏色車廂內疾馳穿越煙雨濛濛的鄉間景致時，對窗外的一切感同身受。我隨即問我自己：什麼是意識？什麼是記憶與沉思？什麼叫做「記住」某些東西，或者「忘記」某些東西？像這樣「坐在這裡思考」意味著什麼，思考「何謂思考」又意味著什麼？而尤其重要的問題是：意識是否為宇宙中的巧合？這個宇宙是否歸功於不折不扣的巧合，才在此時此刻有了能夠體認到「自我」和「自我發展」的意識？或者說，「意識」反而正是這個宇宙的根本特質？

我並非第一次苦思冥想這個最基本、而且實際上平淡無奇的問題。我偶爾會向生物學家和天文物理學家們提出同樣的問題，但他們所做出的第一反應，通常都是不願意對此問題闡述意見，或者寧可三緘其口。他們看樣子簡直是替我覺得不好意思。其中許多人甚至感到納悶，怎麼可能有人天真到如此不可救藥的地步，竟然會提出那種問題——而且他本身還是個自然科學家呢？等到我重覆這個問題，並且強調我僅僅是在徵詢直覺反應以後，他們的答覆通常都十分肯定。他們會執意表示：是的，意識這種現象只不過是宇宙中的巧合。

在宇宙中並無與生俱來的意向、目標和本質，也就是沒有俗稱為「天經地義」的先驗條件。宇宙間之所以開始形成了生命，而生物圈之所以發展出妳口中「由意識所構成的神奇粒子」，一切都只不過是出於純粹的意外。或者如同法國生物學家及諾貝爾獎得主雅克·莫諾所說：「宇宙並不孕育生命，蘊含人類的生物圈也是絕無僅有。出現我們號碼的機會，就跟在蒙地卡羅賭桌上贏錢的機率一樣低。」

莫諾使用下列說法，來表示他拒絕承認「生命範疇」是一個重要的或必要的宇宙現象：「我想指出的是，生物圈內並沒有可預測的物種或現象，生物圈只是構成了一個特殊的事件，它雖然可與初始原則並行不悖，卻無法從初始原則推論出來。因此生物圈在整體上是不可預測的。」

這是一種很有用的陳述方式，而且我們當然可以把莫諾的聲明照單全收——即便似乎很難找到實例來證明其正確與否。至於此處所稱的「不可預測」則必須用這種方式來理解：我們所談論的那些現象都非常獨特，它們因而具有侷域性，幾乎位於物理法則的最邊緣地帶。

但這並不是我的立場。自從當初我倆生活在一起以來，我便產生一種直觀上的感覺，認為宇宙的本質特徵正在於它孕育出生命和意識。因此，在我的心中或許仍然潛藏著一個異議分子，而那個異議分子即使稱不上是世界公民，那麼至少也是「數學和自然科學學院」的研究人員。我所見過的大多數天文學家、物理學家和生物學家卻往往堅持相反意見：生命和意識都無法被溯源到原始的無生命狀態，二者皆非「重要的」或「必要的」產物。

當代的自然科學認知模式顯然主張，原子與次原子微粒（亦即恆星與星系）、暗物質與黑洞等等，比生命和意識更加能夠表達出宇宙的真實本質。而依據這種化約論的科學，生命和意識只不過代表著純粹的隨機和偶然，因此是自然界「無關宏旨」的一面。也就是說，恆星與行星乃宇宙大爆炸的必然結果之一；大爆炸之後另外出現的生命與意識，則僅僅來自不折不扣的巧合，是一個巨大的偶發事件、一種宇宙中的異常狀態。

當火車駛入赫訥福斯車站的時候，我仍然繼續朝著那個方向思考。車門上方的小顯示螢幕打出了「赫訥福斯，海拔九十六公尺」的字樣。有兩名乘客趕緊走下火車，出去吸菸。

那時雖然尚未下雨，可是低垂在原野上的天空已經密鑼緊鼓，隨時都有迸裂的可能。接著響起了發車的哨聲，火車繼續向前行駛，途中一側是黃綠相間的原野，另一側是林木茂密的山丘。雲杉樹的上方飄浮著朵朵烏雲。

我設法回想一切是如何開始的。我嘗試回憶起宇宙的歷史。

在宇宙大爆炸最初幾個微秒的時間內，由夸克構成質子和中子，稍後又繼續形成氫原子核和氦原子核。擁有電子殼層的完整原子，則要過了幾十萬年以後才開始出現，而且它們幾乎都還完全是氫原子和氦原子。這些比較重的原子極可能是在形成恆星的初步階段被「烘焙」或「炮製」出來的，然後它們擴散出去為宇宙施肥。「施肥」，是的，我在選用這個字眼的時候顯然立場有所偏頗。畢竟要等到出現較重的原子之後，我們才開始接近了生命的起源和我們自己的根源，因為我們和我們所居住的行星都是由這些原子所構成的。

無論就質量或化合力而言，「我們的」原子都完全沒有偏域性。構成我們的那種原子在宇宙中比比皆是。因此我們絕對可以表示，它們就是宇宙的基本特質。粒子物理學則讓我們得以在不久前勾勒出宇宙於最初幾分鐘內的模樣；而且粒子物理學能夠非常精確地解釋出來，為何這些原子必然會組成被我們稱作「分子」的化合物。

比較複雜而且在宇宙中較為罕見的，則是能夠組成一切生命的分子，亦即我們所稱的「大分子」。對我們這顆行星上面所有的生命而言，最根本的大分子就是蛋白質，以及「去氧核糖核酸」（DNA）與「核糖核酸」（RNA）之類能夠自我複製的核酸——它們不但控制蛋白質的結構，並且存在於一切有機物的基因庫之中。地球上所有生命的共通現象則為，它們是由碳化合物所構成，而且能源（陽光）與流水在其間扮演重要角色。

四十多億年前地球上如何形成生命大分子的經過，現在已不再是什麼巨大的謎團。儘管仍有許多小困惑懸而未決，不過生物化學已經同時透過理論和實驗向我們表明，當初如何在原始地球大氣層缺氧的情況下，依然能夠形成生命的基石。而一直要等到植物開始進行光合作用之後，這顆行星才出現了富含氧氣的大氣層及臭氧層，保護地球上的生命不受宇宙輻射線傷害。

自然科學在自認為力所能及的範圍內解釋地球生命的起源（例如源自具備各種大分子的「太古渾湯」），同時並且承認，生命有可能是在那種「太古渾湯」之內逐漸形成的。自然界裡面所發生的一切事情，皆有其發生的理由。那麼同樣的原則為什麼就不能也適用於生命的創造呢？

今天我們曉得，有許多種生命的基石可以用簡單的化合物來合成製造。從前所稱的有機化學與無機化學之間，如今已不復存在明確的分野。即使在外太空也已經找到了構成生命的分子。而最近幾年來的新發現是，「星際塵埃雲」之中存在著諸如酒精和甲酸之類的有機化合物。新近更證明太空中存在著一種名叫「甘氨酸」的氨基酸——這些分子被發現存在於彗星的尾巴，以及距離銀河系幾十億光年的遙遠星系中。只可惜「天文化學」這門科學仍然停留在嬰兒期。

生命——或者地球上構成生命的分子——未必就是土生土長的。二者皆有可能源自於外太空，例如是由彗星把它們帶了過來。事實上，我們這個行星的大多數水分就極可能來自彗星。那些水分不見得都很「純淨」，很有可能帶有生命物質。

那時我正坐在現實世界之中，設法總結出這個宇宙的歷史。過去所發生的事情非常引人入勝，而同樣引人入勝的是，我可以坐在這裡成為那一段非凡歷史的記憶體。幸好我的座位面對火車行進方向（而且我每次訂位時都會做出這樣的安排），於是我得以俯視左側窗外的克勒德倫湖好一陣子。團團雲霧低垂在湖面上，宛如一艘又一艘顏色慘白的飛船。那些白茫茫「飛船」上方卻是灰鴉鴉一片的天空，而灰暗的天空又倒映在湖水中，讓克勒德倫湖顯得像秋天時那般陰沈。但當時並未下雨。

地球是我們在宇宙當中唯一能夠確認有生命的地方。沒有多少年以前，我們才首度在太陽系外面發現了行星。耗時這麼長久的原因在於，以昨日的技術根本無法偵測出那些「太陽系外行星」。但接下來在僅僅幾年的時間內，就找到了二百顆左右的行星，而且依據目前的估計，銀河系類似太陽的恆星當中，至少四分之一都有行星環繞。

如果我們今天詢問天文學家，是否相信宇宙中的其他行星上面也有生命，他們大多數人都會給出肯定的答案。他們大致會這麼表示：宇宙已經大到了無垠無涯的地步，因此我們這個小小後院裡面所發生的事情，必定也會出現在其他許多的星球上。但令人大惑不解的事情是，同一批天文學家當中卻有許多人仍舊不加思索地替莫諾的著名教條背書，認為宇宙並不「孕育」生命。但假如宇宙並不孕育生命的的話，那麼又該如何解釋宇宙與其最引人注目的產物之間的關係呢？

雖然幾十年前我們還面對著各種有關外星生命的千奇百怪幻想，今日的天文生物學卻集中精力在外太空尋找水分。有一種觀點已經日益成為生物化學的大前提：凡是找得到流水的地方，應該也就有找到生命的可能。如果有朝一日找到了一顆肥沃的小型行星，在上面發現有宜人的湖泊和流動的河川，但卻看不見任何生命的話，我們說不定反而會更感詫異。

生命的基本原材料其實無所不在，並可直接從「初始原則」推演出來。複雜的分子或「大分子」雖然罕見得多，但這並不表示它們比較「不普遍」。

我就那麼想著。我所建構的思路完全是連續線性，並出現了一連串邏輯清晰的念頭。或許整個地球上面，當天早上只有我一個人在那裡針對自己的意識或啟發進行思考。誰又能曉得呢？說不定那時我還是全宇宙間唯一這麼做的人。如果真是這樣的話，我就坐在那節黃顏色的火車車廂內，享受了巨大的特權。

抵達內斯比恩之前不久，天空開始下雨了。車門上方的藍色螢幕以白色字母打出如下字樣：「內斯比恩：月台在車門左側，海拔一六八公尺。」我們在內斯比恩車站被揮手放行之後，螢幕又打出：「歡迎登上開往卑爾根的列車。」緊接著又是一句友好的問候語：「歡迎前往餐車享用頂級餐飲、小吃、熱食以及各種糕點。」

在內斯比恩和古爾兩地之間，鐵路兩側都生長著樹林。我坐著凝視右下方的河道，偶爾可以看見一棟農莊。此時雲霧低低垂掛在山谷底部，空中的「飛船」看起來彷彿正準備降落。

在宇宙學當中有所謂「宇宙的原則」。那就是說，不管我們往哪一個方向走，宇宙都會呈現出同樣的特質。只要空間範圍夠大的話，宇宙就具有均勻性、等向性和共同性。

那麼這個原則為何偏偏就無法適用於我們的問題：我們是否可以期待，能夠按照發現行星、恆星和星系的同樣方式，也在宇宙各地找到生命？還是說，我們所稱的「生命」只不過是湊巧發生在我們這邊罷了？

宇宙總共包含了上千億個星系，而每一個星系裡面又有上千億顆恆星。如此一來，我們便有了多得用不完的「化學工廠」，而這還是比較含蓄的講法。我的意思是：那麼我們就有用之不竭的籌碼，可拿來在那一張「蒙地卡羅的賭桌」上面押注！這讓人更沒有理由把或許會出現的大獎稱作「好運當頭」。

勤於上賭桌的人時而大贏一把，那當然稱不上是「巧合」。對於這樣的人來說，偶爾贏贏錢其實是非常典型的事情。我們如果遇見有人吹噓自己經常中樂透獎或者賭贏賽馬，有時候會忍不住詢問那些幸運者，他們到底總共已經砸下了多少錢。這個問題通常不會受到歡迎。

我並沒有忘記「意識」。如果我們環顧一下我們自己的生物圈，便無法否認它裡面充滿了各種具備神經系統和感覺器官的生物。比方說，我們這顆行星上面發展出幾十種不同的視覺能力，而它們彼此之間並沒有基因關聯性。因此我們可以預期，其他行星上面出現的大型生物也已經發展出某種視覺能力。其中的理由顯而易見：在任何生物圈內，觀察周遭環境的能力都絕對屬於進化上的優勢——無論那涉及了不適生存的地形，還是敵人或獵物。在出現有性繁殖的地方，則更需要有能力來物色適宜的交配對象。別的感官功能也能夠帶來優勢，有助於在其他行星上的生存奮鬥——例如聽覺、回聲定位能力、痛覺、味覺、嗅覺，或許還有我們在這裡所不曉得的各種稀奇古怪能力。

每一種較高等生物都需要一個高效能的控制中樞或「大腦」，以便協調各式各樣的感官印象。我們自己的行星也在這方面提供相關例證，顯示出各種不同的動物如何在相互獨立發展的情況下，演化出或多或少都非常精密複雜的神經系統。有趣的是，神經學家已經著手研究魷魚的神經組織，希望藉此增加對人類神經系統本身的理解。

因此我們關於生命「是一個普遍存在現象」的理論，也可以套用到神經系統與大腦的發展上面。

顯示螢幕打出了：「古爾，海拔二〇七公尺。」我收拾了自己的物品、一件夾克和一個小背包。「下一站是古爾。月台在車門右側。」

過了沒多久，我已經站在外面的濛濛細雨之中。等到搭上駛往古爾巴士總站的公共汽車以後，我啟動了我的GPS隨身定位裝置，馬上就接收到人造衛星訊號。當下時間是十一點十九分，我位於北緯六十度四十二分六秒、東經八度五十六分三十一秒，定位誤差為正負二十英尺。日出時間為四點二十一分，日落時間為二十二點三十八分，然而此時雲層蔽日並且還下著毛毛雨。月升時間為八點十一分，月落時間為二十三點二十三分；但即便是在晴朗無雲的夏日，我恐怕也很難看見天空的月亮。全球定位系統針對在古爾打獵和釣魚所做出的預報為：「正常日子」。好吧，姑妄聽之……

抵達巴士總站以後，我坐下來喝了一杯咖啡，並點了一份搭配乳酪和青椒的牛角麵包。但我仍然深陷思緒，幾乎心不在焉地繼續想著宇宙，不過其間我由於偶然很直接地和一位比我年輕許多的女性四目相接，才讓自己被打斷了一會兒。那時我心中冒出一個愚蠢的念頭：她或許會以為我比實際年齡小了十歲。

窗外穿越古爾鎮中心的唯一一條大馬路，現在下起了傾盆大雨。那或許促成我的心境更加偏向於大氣現象。於是我乾脆暫時放下心中對宇宙根源的探究，為我兩天以後必須在午餐時間發表的致詞寫下了一些關鍵字眼。我當然根本不可能料想得到，等到我發表演說的時候，妳已經與我重逢過了。但幾乎無庸贅述的事情是，我在古爾那邊還是免不了會回想起來，當初我倆如何駕著一輛紅色的金龜車，途經該地前往西挪威的冰河。

那天中午我休息了很長的時間，因為巴士在十三點二十分才發車離開古爾。動身沒多久以後，我們就在濃濃霧氣中向上駛入了海姆瑟達爾。③巴士也設有一個顯示螢幕，上面指出車外的氣溫為十四度。接著霧氣稍稍消散了一些。

正如同我們自己的行星所見證出來的，即使擁有大腦和神經系統以後，距離我們所稱的「意識」仍有很長一段路要走。而且其距離還會更加遙遠，如果我們眼中的「意識」指的是一項具有重大意義的實際能力：能夠思索我們自己「所存在的位置」——除了某個特定的棲息地之外，那同時也意味著宇宙，而現實世界自然更不在話下。就另一方面來說，脊椎動物一旦開始以兩條腿站立，並將前肢空了出來（例如用於製造工具），從此便享有決定性的優勢，可以學會一些有用的技巧，並且把這些「生存技術」拿來與群體內的其他成員和自己的子孫共同分享。用我們所稱的「意識」來過生活之後，人類等於坐擁一個空曠的新天地。假如我們未曾率先占據那個新天地的話，或許遲早會有其他脊椎動物的代言人開始思索，這個宇宙以及其中的生命和意識是如何形成的。

這種觀點或許不值一笑，但我們還是應該顧慮到一個事實，那就是我們迄今已確定上面有生命存在的天體，百分之百都培育出意識，而且那種意識所具備的潛在視野，幾乎可以一直向後延伸至宇宙大爆炸。

宇宙的發展也在很大程度上，涉及到各種日益「擴大分歧」或「殊途同歸」的生理演化進程。截至目前為止，人腦是我們所知道最複雜精密的機制。意識就棲息在大腦這個器官之中，不斷向外瞻望太空，並且代表整個宇宙問道：我們是誰？我們從何而來？

從語意學的觀點來看，這些緊湊的句子是如此簡明扼要，所以如果在距離我們「銀河系後院」許多光年外的某個角落，同樣的句子也被大聲對著太虛喊出來的話，那是不會令人感到驚訝的事情。即便語言本身的結構或許有所不同，而且我們根本難以將其發音辨識為語言，可是那麼一個「地球外文明」很可能與我們想法類似，此外他們的科學歷史無疑會跟我們自己的沒有太大不同。當地最傑出的居民一定也曾必須在漫長而曲折的道路上面進行摸索，然後才得以找到途徑，來更深入理解他們那個世界的本質、宇宙的誕生，以及元素的週期律。

既然所謂的「尋找地球外智慧生命合作計劃」（SETI）不惜耗費巨資，想要偵聽宇宙內其他生命——「有智慧生命」——所發出的訊號，其出發點就幾乎不可能是打算在距離地球區區幾光年外的地方，尋找另外一個令人難以置信的宇宙巧合。主其事者的目標想必在於做出確認，來證明我們這個物種具備了放諸全宇宙而皆準的基本特質。

不過也有論者主張，只有在我們這邊才普遍出現了具有意識的生物。假如其他天體上面也演化出原始的生命形式，那麼我們千萬別忘記一個事實：我們這裡首度出現生命將近四十億年以後，人類才呱呱墜地。而對一顆行星來說，四十億年是相當可觀的歲月。僅僅再過十億年以後，我們這顆行星將不復具備適合生存的條件，地球將失去大氣層，水分將會蒸發殆盡。

或許我們終究還是孤單的。但目前我們也無法完全否認，這整個宇宙宛如一座噴泉，匯聚了許許多多物體形式千變萬化的靈魂和精神。

我忽然回憶起來，當我還是小孩子的時候，我經常思索一模一樣的事情。我想著，也許宇宙中充滿了生命。那是一個扣人心弦的想法。但我同時也出現一個完全相反的念頭：或許除了這裡之外，在全宇宙的其他地方都找不到生命。那同樣是一個令人興奮的想法。這兩種可能性都強調出來，「我」的存在是一個非凡的奇蹟。

此際巴士正在快速穿越海姆瑟達爾。我當然心知肚明，在很短的時間內就會經過「那個地方」。我設法對此做好了心理準備。說不定我各種有關宇宙的思緒，也都是那個準備工作當中的一環。而妳想必也還記得當初在雷夫斯內斯渡輪碼頭的情景。那時我倆必須談論一些非常龐大的東西，藉由一個層次更高、幾乎無垠無涯的背景，讓我們這顆行星上面剛發生的一個瑣碎事件相形見絀，變得微不足道。

雲層依然低垂，但我們又怎能分辨出密霧和濃雲之間的區別呢？反正雲層離地面只有三公尺左右。

有一塊路牌告訴我們，穿越海姆瑟達爾山區的幹道——五十二號公路——現在已經開放。那條公路當然應該已經開放了，畢竟現在正是仲夏。

我們沿著河道右側行駛了很長的時間，只見水流異常強勁湍急，那一則是由於近來的雨量已經打破紀錄，但同時也因為山區的積雪在今年夏天融化得比較晚。我們路過一座滿水位的水庫，而且其蓄水已經溢出壩頂。這是山谷下方「海姆西爾河」如此水流奔騰的原因，同時也可以說明為何「提里峽灣湖」周圍的碼頭突堤已經沒入水下——它們都屬於同一個水系。④

緊緊聚集在一起、彷彿觸摸得到的霧塊，正搖擺穿越山谷的底部。當日的天候已開始變得像是氣象學上的鬧劇。然後越來越濃密的雲霧又將兩側山峰團團裹住，讓人只看得見山谷底部。

當我目睹那一切的時候，同時也聚精會神地想著：多麼不可思議啊，我竟然能夠坐在這裡，對宇宙的歷史和地理出現如此清晰的概念。此外我還優遊於不同的念頭之間，探討如何及為何會產生出像我這樣的人。

宇宙並不孕育生命，蘊含人類的生物圈也是絕無僅有。出現我們號碼的機會，就跟在蒙地卡羅賭桌上贏錢的機率一樣低。

雅克·莫諾那種化約論的觀點不禁令人想跟他唱反調——只不過為了想聽聽新的講法順耳還是不順耳：「宇宙孕育了生命，而生命孕育出宇宙本身的意識。」

我覺得那聽起來還不賴。最起碼它不會跟我或許還擁有的直覺產生牴觸——假如那具有任何意義的話。這個宇宙對自身若有所知，說不定它還具有自己的意識。此一顯而易見但令人驚訝的事實，絕不可完全任由神秘學來掌握解釋權。

因為還另有事物位於更高的層次——我在巴士接近分水嶺的時候如此想著，並且認為那是能夠用科學來論證的最高層次。或許正如莫諾所言，意識本來不「應該」演變出來，而且生命本來也不「應該」演變出來。說不定就連宇宙本來也不「應該」演變出來。

宇宙在肇始之初的結構只要與實際情況稍有不同的話，那麼就會在形成後的幾百萬分之一秒時間內立刻崩解。莫諾所稱的「初始原則」甚至只要出現了細微差異，就會造成一個無情的後果，使得宇宙根本無法形成。我想在此簡短舉出兩個例子。首先，假如在剛開始的時候，宇宙中的「正物質」沒有比「反物質」多出一點點的話，整個宇宙將在大爆炸後的一瞬間自我毀滅。其次，假如「強核子力」的力道弱了一點點，那麼整個宇宙將是由氫氣所組成；但假如力道強了一點點的話，或許將完全沒有氫氣存在。而且這一類的例子多得不勝枚舉。正如斯蒂芬．霍金所指出的：「在宇宙大爆炸之後，有極高的機率不會形成我們這個宇宙。」

其實，形成了竟然可以運作的宇宙一事，就跟演化出生命和意識同樣「出於偶然」。所以出現莫諾「初始原則」的機率，也渺茫得如同在蒙地卡羅的賭桌贏錢一般。既然如此，或者我們可以允許自己深思熟慮一下，在大霹靂所創造出來的時間與空間的「後面」或「外面」，是否可能「另有其物」高高在上？沒有任何科學證據能夠完全排除「另有其物」孕育出這個宇宙的可能性。

宇宙若希望幻變出自己的意識、美麗和秩序，必須先符合一長串的標準——甚至在宇宙大爆炸後的最初幾微秒之前就必須如此。宇宙就是這個樣子。我們應該對此事實牢記不忘。

我的思緒便如此上下起伏。許多專業領域內的同行們恐怕會把它看成是一種異端邪說。畢竟我所沉迷的那些想法，肯定已經遠遠超出了自然科學的框架之外。但我直覺上的想法正是如此。

現在公路往河道的左側叉開。我們穿越了農地、草地和小樹林一段時間以後，又繼續沿著河道行駛。接著巴士爬坡上山，朝畢約貝格山區旅舍的方向前進。我看見一座壯觀的吊橋橫跨河面。那時我們應該是在海拔七百公尺左右的高度。河岸兩旁遍佈著濃密的樺樹。

此際霧氣更加濃密，但我仍可看見左側山坡上的大量積雪，以及右側的若干小屋——那很可能是我們進入山地以前所能見到的最後幾棟房子，因為再過來就是禁建令生效的地區。

我們駛近了位於兩個郡交界以及分水嶺上的埃德勒瓦特內湖。自從上次以來，我是首度回到那裡，但我已經做好心理準備，而且很高興這次不是親自開車。可是當我們經過湖畔的時候，我沒有瞧右側窗外的湖面一眼。我僅僅看了看手錶，那時是十四點二十分。雖然我並未刻意如此安排，但我的背包裡面剛好有半瓶伏特加酒。於是我神不知鬼不覺地把它拿出來，接著扭開瓶蓋，猛灌了一大口。我不認為有其他任何旅客發覺我做出那個動作。但即便已經時隔三十餘年，往事仍然近在我的身旁。她是一個謎——我指的是那名圍著粉紅色披巾的女子。

接著巴士開始下山駛向挪威西部。我們在十四點二十九分的時候，經過懸崖旁邊的第一個急轉坡道。我又從酒瓶喝了一大口伏特加。我在此地所思所想的一切，似乎都跟昔日發生的事件脫離不了關係。當初我倆曾經打算在雷夫斯內斯的渡輪碼頭小睡幾個鐘頭，結果卻只能閉目而臥，繼續不斷地講話。

巴士沿著湍急的河流，朝萊達爾的方向行駛了一段路程，不過現在的幹道在來到玻爾袞附近的中世紀木板教堂之前，就已經轉入一座隧道。濃雲密霧宛如處於失重狀態的綿羊一般，此起彼伏地飄浮於山谷底部上方。我們進入了萊達爾的中心地帶，而那裡是我倆當初不打算過夜的地方。⑤妳還記得嗎？巴士在城內搭載了新的乘客之後，便穿越一條長長的隧道向外駛往福德內斯。我很高興有了那條新隧道。因為這麼一來，我就不必重新前往雷夫斯內斯那個會令我精神崩潰的渡口。⑥

在從福德內斯跨越峽灣前往茫海勒爾的短暫渡輪航程中，我試著總結自己心中幾乎從奧斯陸一路想過來的東西。

撇開一大堆細節方面的問題之後，今日的自然科學面對兩大謎團：一是宇宙在剛形成後的最初幾分之一微秒時間內究竟發生過什麼事情，二是意識的本質為何。也許我們沒有理由相信，攸關人類和自然科學的這兩大獨特謎團之間存在著關聯性。但此種關聯性也無法遭到排除。假如我必須打賭的話，我會表示其間有關聯性存在。

我相信，在形塑出我們這個宇宙的物理法則背後，必定還存在著一個更深層的解釋（或者是根源和起因）。妳可以把它看成是我最基本的信仰。如果有「神性」存在的話，那麼它一定隱身在宇宙大爆炸的背後。我認為從大霹靂開始，自然法則——而且只有自然法則——便起了主導作用，此後所發生的一切都絕對有自然規律可尋。

如果有人想找出「神存在的證據」的話，能夠找到最明顯證據的地方應該就是「宇宙常數」，亦即無神論者雅克．莫諾所稱的「初始原則」。反正如同我已經提到過的，我唯一不相信的東西，就是來自超自然力量的「啟示」。

我一連串的思緒已經到達終點，而且我乘坐巴士穿越鄉間的旅程也即將告一段落。我唯一想補充的事項是，我相信妳必須尋覓很久，然後才找得到一個像我這樣的物理學家，竟然願意指出：生命和意識確實有可能是我們這個宇宙的基本特質。但我的推論並非建立在任何啟示或信仰上面；它們直接衍生自我對大自然本身所做的解讀。

茫海勒爾那邊有了一條新的隧道，於是我們很快就可俯瞰左下方的凱於龐厄爾地區，而那裡是當年我倆離開渡輪登岸的地點。接著我們又向上進入一片新的霧海，然後才通過松達爾，來到了另外一個山口。

當我們駛出高高位於菲耶蘭峽灣上側山區的長隧道時，我除了下方的濃霧之外，什麼也看不見。但縱使我從未走過這條路線，我仍然相當確定，往日的景色正好端端地在雲霧下面等我。⑦然後我們鑽入另外一座隧道，而等到離開它的時候，我已經位於雲層之下，看見了蘇佩勒山谷、博雅山谷和明達爾山谷。

然後我忍不住冒出一個念頭：「她會在那裡嗎？她也會過來嗎？」但那純粹是反射動作而已。就連我自己也曉得這種衝動很不合乎理性。

我在冰河博物館走下巴士並且打電話給旅館，過了幾分鐘便有汽車開過來接我。於是時隔三十多年之後，我很快又回到那棟古老的木造建築裡面。我住進了二三五號房，窗外的視線良好，看得見下面的峽灣、商店和書店街，也可以向上遠眺冰河與群山。由於雲霧又變得宛如一團團棉花球，低低飄浮在峽灣的上方，因此我得以從旅館的窗戶舉目越過雲霧向外張望。

飯廳裡面坐滿了人，我很高興看見那個老地方如此生意興隆，但或許人潮都是參加氣候展覽會的開幕儀。我點了一壺旅館自己的紅葡萄酒，四分之一公升要價九十克朗。雖然我無法判定葡萄的種類以及酒的產地，但那壺紅葡萄酒的品質非常好，或許它是「卡本內蘇維儂」。我點了一份有四道菜的正餐：西海岸沙拉、花椰菜湯、小牛肉菲力牛排，以及草莓加鮮奶油。

用罷晚餐之後，我走回樓上房間打開行李。我喝了一口伏特加，並且遠觀窗外的夏日夜景。滂沱大雨就那麼唏哩嘩啦地落下。海鷗在峽灣和超級市場屋頂的上方聒噪。我在就寢之前又從瓶中喝了一口。

接著第二天早晨我就在陽台上遇見了妳。你們夫婦是在前一天傍晚剛過了晚餐時刻以後才抵達那裡，也就是當我拿著一瓶伏特加酒待在樓上房間的時候。我當然免不了會想起我們，而那時妳已經進入旅館。你們在飯廳裡面只獲得了一頓比較陽春的晚餐，那時咖啡車早已被推離配菜台，而且飯廳內已經別無其他食客。

我躺了很長一段時間，在入睡之前聆聽海鷗的叫聲。當我把頭靠到枕上閉目而臥時，我心中想著：這裡面是多麼的美好與溫暖。能夠當我自己，是多麼的美好與溫暖

接著我陷入一個奇異的夢境。它感覺起來彷彿持續了一整個晚上，或許為時更久，而且直到現在都還讓我覺得那果真是我親身經歷過的事情。

我的確經歷過夢中的景象。

現在就結束我的小小奧德賽之旅。我已經坐著寫了一整天，幾乎完全不曾停下來吃東西。我只喝了咖啡和茶，其間我還幾度走去角落櫃，喝了一小杯。

妳呢？妳是否已經結束課程研討會回到家中？

是的，我回來了，不過我覺得你應該想辦法避開那個角落櫃。畢竟現在還只有五點鐘左右。你能不能乾脆給自己訂出一個規則：在晚上八點或九點以前不准把那個櫃子打開？其實我們從前還在一起的時候，早就討論過這件事了。我時而會在傍晚前後走進烤肉酒吧檢查你在做些什麼。結果發現你已經坐在那邊喝啤酒了！

妳瞧，即使那個時候我也在跟一些令人震撼的想法周旋。每當妳想到自己是宇宙一部分的時候，不也很容易覺得有一點頭重腳輕嗎？我剛才所寫的是：我可以察覺到我自己的意識與一百三十七億年前宇宙大爆炸之間的關聯性。而妳卻開始在那邊談論，我應當如何避開松果路家中一個破破爛爛的角落櫃。妳仍然如此關心我，實在令人相當感動。

我知道那或許會令人感動。

不過，現在請給我妳的答案。我從利薩克穿越鄉間地區前往菲耶蘭時所冒出的各種念頭，讓妳產生了什麼樣的感想呢？

我實在不曉得該如何表示才好。我只能說出大致類似「你那位女學生」的講法：「這一切都非常引人入勝喔，斯坦！」但這一回我不是在諷刺，我的確那麼覺得。畢竟看見你寫出了這樣的句子，的確讓我感到欣慰：「……但目前我們也無法完全否認，這整個宇宙宛如一座噴泉，匯聚了許許多多物體形式千變萬化的靈魂和精神。」而且下面這個講法也很不錯：「我相信，在形塑出我們這個宇宙的物理法則背後，必定還存在著一個更深層的解釋——或者是根源和起因。」或許這些字句果真包含了你所謂「最基本的信仰」，於是你最起碼已經設法藉此回答了我的問題，說出你到底相信什麼。

但我除此之外還問到了更多的東西。我想知道你的夢境如何。可是我卻又一次收到了關於唯物主義的長篇大論。我一秒鐘也不會懷疑，那稱得上是自然科學方面的精心傑作，或者也可以被看成是遊記，然而你卻只談到了我們心靈本質的外殼。對我來說，你就像是把注意力集中在貝殼上面，卻忽略了裡面圓滾滾的珍珠。但每一個裡面藏有珍珠的貝殼，往往伴隨著成千上萬個空殼子！

你總是會有新東西讓我大吃一驚。

我坐在一艘環繞地球軌道的太空船內，發現自己正處於失重狀態。我感覺自己彷彿沒有了身體，只剩下純粹的意識。

我下方的行星已被粉塵和煙霧所遮蓋。整個地球是黑鴉鴉一片。我既看不見海洋，也無法分辨陸地。就連喜馬拉雅山脈的冰原島峰，也無法從黑色的「核子冬天」向外探出頭來。我不斷呼叫：「休士頓控制中心！休士頓控制中心！」但我曉得這一點用處也沒有，因為無線電已是一片死寂。我原本應該攔截的那顆小行星，看來已經毀滅了全人類或所有的脊椎動物——至少是那些生活在陸地上的動物。

我繼續沿著軌道環繞這顆焦黑的行星，並且再度經歷了從前所發生過的事情。正如同在白堊紀與第三紀之交，或者在二疊紀和三疊紀之間所發生的那般，又有一顆小行星撞擊地球，幾乎摧毀了所有的生命。上一次的撞擊導致恐龍滅絕。這一回恐怕根本不會有任何脊椎動物存活下來，而那是我的錯！如今一切都只能怪罪於我。

那顆巨大小行星的直徑有好幾公里，而且它早就位於跟地球相撞的軌道上。聯合國召集了一個危機應變委員會，於是在歷史上首次出現各國同心協力的行動，希望避免地球遭到毀滅。

經過精心策畫之後，決定派遣一艘攜帶大型核子彈頭的載人太空船升空，執行一項自殺任務。我跟哈桑和傑夫自告奮勇報名參加了這項行動。核子彈頭將在我們接近小行星的時候引爆，但爆炸時應該保持足夠的距離，以免將小行星炸成碎片。我們的工作只不過是把小行星推入另外一個軌道，使得它大角度偏離地球。

發射升空之前的最後任務簡報指出，小行星撞擊地球的機會高達百分之九十九。但我們當然不必親自引爆核子彈頭。那一切將由電腦代勞。我們的任務只是一直保持航線，朝著那個敵對物體飛去，而核子彈頭會在進入恰到好處的距離範圍時自動引爆。整個任務執行起來就是那麼簡單。

我們是好幾百名志願太空人當中的三個。篩選的過程非常漫長，而且我們的生理和心理特質都經過測試，不過最後的人選是由抽籤來決定。這麼一來，所有的入選合格者被派赴出任務的機會都相同，並非人人都得以身殉難。那完全是一個自願行動，只有到了最後關頭才宛如俄羅斯輪盤一般。結果我們三人中選以後，不管抽到的算是「勝籤」還是「空籤」，我們都馬上變成了英雄。我們這批人即將飛入太空，把地球從毀滅中拯救出來。能夠脫穎而出成為先鋒一事，令我們十分自豪。

我們必須在火星和木星之間向那顆小行星展開攻勢。全人類甚或整個生物圈的命運，都有賴於我們這組人馬的精確和冷靜。

可是我沉不住氣，突然驚慌失措起來。因為再過幾分鐘以後我們就必須死亡。而無線電傳來的最後一句話是：「夥伴們，祝好運！現在請喝下最後一杯。感謝你們！」

然而我不想死。我還打算多活一點時間，於是在關鍵時刻駕駛太空船偏離原定路線好幾度，使得整個任務註定無法執行。我仍然記得哈桑與傑夫發出的抗議吼聲，可是一切為時已晚。反正我被訓練得太差勁了——要不然就是那些心理、生理的測試對我沒用。

我們在陽光映照下，眼睜睜看著那顆小行星從旁疾馳而過。依據最後的預測，小行星一定會命中地球，而且全人類在撞擊後遭到毀滅的可能性高達百分之九十九。

那是一顆巨型的小行星。它外觀猙獰，不禁讓我聯想起馬格里特的那幅畫作。小行星將落在中亞細亞，可是撞擊的地點已不具任何意義，因為此次碰撞將為整個地球帶來毀滅性的後果。

我環繞著一顆焦黑的行星運轉，可是我無法辨識各大洲。煙霧和粉塵向上竄升，瀰漫於大氣層中，而且大氣層本身顯然已經嚴重受損。於是我又回憶起太空艙內所發生的狀況。

現在我想了起來，我曾經感覺非常羞愧。哈桑和傑夫只是坐在那裡瞪著我看。傑夫掌心向上、兩手一攤，做出人們在一切都被搞砸之後會出現的動作，並且萬念俱灰地向後躺倒。哈桑則開始號啕大哭。我深深感受到傑夫的輕蔑鄙視與哈桑的哀痛欲絕。哈桑是一位虔誠的穆斯林，堅信自己將在成功完成任務之後立即進入天堂。可是我覺得那種定見實在令人難以理解，因為哈桑也同樣堅定地相信，真主決定他是否能夠成功完成任務。這麼說來，真主顯然已經貫徹了祂自己的意願。

但我再也無法忍受這一切恥辱。於是我做出幾個技巧十足的動作，把他們二人的氧氣供應切斷。這表示我同時也延長了自己在太空艙內存活的時間。跟之前幾分鐘比較起來，我能夠活下去的時間多出了三倍。我把太空船朝著地球開了回去。我一定要看個明白，我自己的行星上面到底出過什麼事情。結果至少可以確定的是，情況不可能更糟。我有足夠燃料讓太空船返回環繞那顆焦黑行星的軌道，並且有足夠氧氣讓我繞著地球運轉很多圈。

我希望利用自己所剩餘的最後幾個鐘頭時間，徹底想清楚一切到底意味著什麼。如今是進行沉思的時刻——什麼是生命？什麼是意識？因為我在此時此刻才完全確定，除了我正在環繞的那顆焦黑行星之外，全宇宙的其餘地點都不曾演化出理性與智力。我是整個宇宙當中唯一殘存下來的意識。

既然身為全宇宙的代表者，我只要一想到宇宙即將陷入一個令人難以置信的沉悶階段，便不覺悲從中來。擁有意識的宇宙和沒有意識的宇宙，畢竟是兩個截然不同的東西。但我也為自己感到難過。因為我只剩下那麼短暫的時間來繼續當我自己。假如我不曾把傑夫和哈桑的時間據為己有的話，那麼我們三人現在都已經死了，宇宙中的意識也早就隨之而消失得無影無蹤。而我自認為非常重要的事情是，我延續了宇宙本身的意識。

接著我開始回想起我自己的生活。但或許我並非在回憶，而是果真又重新回到一九七〇年代，並且在克林舍看見了妳：妳是那麼興高采烈、妳露出淘氣的微笑，同時我倆又一起做著昔日常做的事情。我們在晚餐以後散步前往于樂沃塞特森林中的咖啡屋。⑧我們騎自行車前往大學的布林登校區，或者各自坐在家中沙發的一個角落埋頭準備功課。我們開車來到諾曼地，趁著海水退潮的時候徒步走到外面的小島，而且妳從海床撿起一枚藍色的海星。我倆還騎著自行車前往斯德哥爾摩旅行。途中我們更在托騰湖這個地方暫停，划了划當地一位老農借給我們的老舊扁舟。他已經領悟到我們兩個人一定發瘋了，⑨而他願意把小船借給我們的唯一理由，就在於同情我倆精神不太正常。

我向下遙望那顆焦黑的行星。它是我自己的搖籃，而且也是意識的搖籃。遙望的同時，我更可選擇前往自己於地球上生活過的任何時間和地點——例如在梅拉倫湖畔的馬路旁邊。⑩我倆必須在那裡停下來，因為我有一個輪胎癟了。我氣得咬牙切齒，而妳對我直言相勸。事到如今，當我還在自己的太空軌道上運行，而妳和全世界都遭到毀滅之後，我才終於領悟妳那天早上講得很對：「你不可以光是因為要修補自行車內胎，於是就失去了好心情。你這個傻瓜，現在正是夏天，而我們還活著！」

如今我又向下返回地面，將往事全部重溫了一遍。我們開著從妳父母親那邊借來的汽車，從卑爾根前往呂特勒達爾搭乘渡輪。我們站在甲板上眺望松恩峽灣，隨即抵達洛斯納和敘拉兩座島嶼之間的狹窄海峽，並在克拉克海拉這裡靠岸。我倆駕車穿越幾座島嶼之後，又搭乘小渡輪來到諾拉。那整座被蝕刻出來的群島自成一個天地，遍佈著海灣、岬角、渠道與湖泊。而我們在當地的最後幾公里路程，是從諾拉繼續開車西向來到庫格魯夫，不過途中妳要求在一個特定地點停車，以便把最美麗的海景介紹給我看。妳因為能夠與我一同來到兒時的天堂而難掩心中的興奮，妳喜不自勝。最後我們在妳外婆蘭蒂的房子前方停下車，而我才剛剛和她見面，便感覺好像已經認識她一輩子了，但那只不過是因為我可以在她身上看見妳的緣故。我們在那裡表現得就跟小孩子沒有兩樣。我們去艾德斯雜貨店買糖果和冰淇淋。每到晚間，我倆就躺在藍色房間裡面的床上，輕聲細述自己於漫漫夏日所經歷和探索過的所有事物。

一切都圍繞著兩個故事打轉——我自己的故事，以及全宇宙的故事。但這兩個故事已相互交織在一起，因為假若沒有宇宙自己的故事，就不會有我的故事，更何況我還花了半輩子工夫來鑽研宇宙的歷史，而且現在萬一沒有我的話，宇宙就沒有自己的意識了。如今除卻我的記憶之外，已經別無其他的記憶存在。

我仍可在太空艙內坐上很長時間，看著地球和宇宙的歷史事件宛如騎馬接受檢閱似地，從我眼前列隊穿越太空，直到「記憶與意識的年代」在幾個小時以後永遠磨滅為止。而當我用這種方式來進行思考的時候，我所代表的對象已經遠遠超出自我。我感覺自己彷彿一直坐在太空艙內，在那裡出現了我上述的各種想法。這回我一次也沒有遭遇過平常在睡夢中經常會出現的情況——於半睡半醒之際體會到自己正在做夢，卻完全不受干擾地繼續做夢下去。一顆巨大的小行星撞擊了我下方的行星之後，我果真就置身那艘太空船上。我仍然記得儀表板的全部細節，以及螢幕和顯示器所呈現的一切。我可以非常清楚地看見傑夫和哈桑，看見他們臉上的特徵與線條——我跟他們十分熟稔，彼此熟悉的程度甚至超過了其他任何人，因為我們曾經在狹窄的太空艙內共同度過那麼多個小時。如今他們卻已經沒有生命地躺在自己的座位上。

不過我是以雙重的方式來經歷那一切，因為我同時也能夠離開太空船，與妳共同前往我們曾經去過的任何地點，那就彷彿我好幾度有過強烈的靈魂出竅經驗。那整件事情完全缺乏連貫性，而且不合邏輯，但我可在某種程度內隨心所欲選擇自己在地面所處的位置和時間，情況就好比是薩滿巫師所進行的精神之旅。當我們一起待在諾曼地的時候，我們真的就在那裡。當我們坐在哈當厄爾高原的大石頭上、共同享用烤鱒魚之際，我們的確在那麼做，因為我能夠重新聞到烤鱒魚的氣味。其間已無生命狀態，而且缺乏時間先後順序，所剩下的只有延續性和永恆性——它們宛如一個巨大的容器，任人從中抽取一小塊又一小塊的馬賽克碎片。不對！那些馬賽克碎片是以色彩繽紛的玻璃所製成，被密封於一個萬花筒內，而我就坐在太空船裡面看萬花筒。我可以選擇將哪一塊記憶的碎片使用為焦點，並且再度身歷其境。

我突然冒出一個想法，感覺妳仍然還活在那厚厚一層煙霧、粉塵和黑炭的下面。我開始意識到，說不定妳就是唯一的倖存者。畢竟那是夢中的邏輯，或者更準確地說，那是很典型完全沒有邏輯的夢境。我繼續想著，妳必須協助我返回地面。妳之所以能夠存活下來，是因為妳躲進了西挪威一座深長的隧道避難。只有妳才會有辦法在下面接應我。我很快即將落入約斯特達爾冰河下方的峽灣分支，而等到太空艙在峽灣中央載浮載沈的時候，妳就會把艙門打開。那在夢中根本易如反掌，因為妳只需要划著小船過來，就可以把我接出去。

我又一次經歷了昔日划船橫渡峽灣時的情景。我倆躺在對岸舊穀倉旁邊的草地上曬太陽，因為妳不願意在旅館前面的草坪做上空日光浴。現在我們就躺在那裡。此時天氣非常暖和，想必至少有二十度，不過我們已經把一瓶汽水放入岸邊的水中冰鎮。過了一會兒我們又划船回去，看見幾隻鼠海豚。牠們從巴勒思特朗一路穿越峽灣游到這裡，現在繞著我們的小舟轉了好幾圈，讓我們心神不定。不過牠們很快就游開了。

我環繞那顆焦黑的行星運轉了一圈又一圈。我心急如焚，因為只要再過幾個小時以後，宇宙中就再也沒有精神生活了。於是我雙手合十，向我並不相信的上帝祈禱：「請把時間倒轉回去！請再給我一次機會！難道這整個世界就不能再獲得唯一的一次機會嗎？」

然後出現了一個奇特的狀況，而那是在電影裡面不可能演出的事情，畢竟夢境本來就是一個截然不同的劇種。傑夫和哈桑冷不防動了動身子，並且還眨了眨眼睛。那麼接下來又如何呢？接下來瀰漫於地球周圍的粉塵和煙霧驀然消散得無影無蹤，我可以清楚望見下方蔚藍色的大西洋。現在我們正高高在太空中航向非洲西海岸……

那時我醒了過來。我怎麼樣也無法相信，那只不過是一場夢而已。其中最奇特的莫過於傑夫和哈桑。他們是如此栩栩如生、活靈活現，而且與我在現實生活中所見過的任何人全無相似之處。我心中留下了一種神魂顛倒的感覺，認為不同的真實世界必定可以平行存在，而且這種精神上的旅程確實有可能發生。

遠處的山坡上依舊雲霧縹緲，不過峽灣清晰可見。

當我走下樓吃早餐的時候，仍然完全沉浸於自己的夢境中。然後我端著一杯幾乎滿溢出來的咖啡走到外面的陽台。

而妳就站在那裡！

①利薩克火車站（Lysaker stasjon）是挪威第三大火車站，位於奧斯陸西郊的貝魯姆，斯坦的岳父就住在那裡。

②德拉門水系（Drammensvassdraget）長三〇一公里，由三條注入提里峽灣湖（Tyrifjord）的河流組成。德拉門河

（Drammenselva）本身長度只有四十八公里，從提里峽灣湖往南流向德拉門（Drammen），並在當地入海。在本章中，作者於古爾下車以前所提到的河流，主要就是德拉門水系的哈靈達爾河（Hallingdalselva）——哈靈達爾河谷是第七章和第八章的重要場景。

③海姆瑟達爾（Hemsedal）是古爾（Gol）西北方的行政區，人煙非常稀少（平均每平方公里只有三人）。沿著幹道（五十二號公路）往西北方向駛出該行政區之後，立刻抵達本書的主要場景之一：埃德勒瓦特內。

④海姆西爾河（Hemsil）是哈靈達爾河的支流（二河在古爾合流），哈靈達爾河繼續流向東南方注入克勒德倫湖（Krøderen）和德拉門河。

⑤萊達爾（Lærdal）是海姆瑟達爾西北方的行政區，人煙也非常稀少（平均每平方公里僅有二人）。「埃德勒瓦特內」就位於萊達爾的東南角落。

⑥萊達爾附近的松恩峽灣有兩個渡口，新渡輪碼頭位於福德內斯（Fodnes），舊渡輪碼頭則在雷夫斯內斯（Revsnes）。後者是男女主角在一九七六年肇事逃逸後，前往搭乘渡輪北上的地點（見第七章）。

⑦上述那些隧道完成於一九九四年，在此之前，渡輪是唯一可抵達菲耶蘭的交通工具。所以蘇倫和斯坦一九七六年前往菲耶蘭時，必須搭乘渡輪，從菲耶蘭峽灣的最南端駛往最北端（參見第七章）。

⑧于樂沃塞特（Ullevålseter）是奧斯陸北郊的滑雪勝地。

⑨托騰（Toten）是瑞典中南部的一個小湖，位置在奧斯陸和斯德哥爾摩的正中間。從奧斯陸前往斯德哥爾摩必須東向穿越整個瑞典，騎自行車那麼做確實略有「發瘋」的嫌疑。

⑩梅拉倫（Mälaren）是瑞典第三大湖，東西向延伸一百二十公里，斯德哥爾摩位於該湖東端。

6

是的，我就站在那裡。說不定當時你已經恍然大悟，曉得自己做了一個預示未來的夢？

嗯，是吧……

你正在做什麼特別的事情嗎？

沒有。怎麼了呢？

我的意思是，今天晚上你還會很忙嗎？

不會，恰恰相反。貝麗特剛剛和她的妹妹一起上劇院去了。

在這樣的情況下，我覺得應該繼續進行我們的對話。尼爾斯．佩特出門去找朋友打橋牌了。現在整個晚上都屬於我們兩人所有。坐在這裡遠眺下面的卑爾根市區，是多麼令人心曠神怡的事情。然而我的心中並不平靜……

那麼你呢？現在你正待在哪裡？

我坐在家中一樓的一間小工作室內。從我書桌前面的窗戶也可以俯瞰市區風光。暮色正開始籠罩奧斯陸，市內的燈火已變得越來越明亮。我還能夠望見艾克貝格和奈索登兩個郊區城鎮的燈光。

我正向下遠眺港區、十字教堂，以及位於背景部分的聖約翰教堂。此外我還看見了就在小隆額果斯湖正前方的消防局和市政廳。①

你寫著：「而妳就站在那裡。」說不定當時你早已體會到，你的夢境預示了未來……

當我在前一天傍晚抵達那家古老木造旅館的時候，我感覺隨時都有可能在大廳或餐廳與妳不期而遇。通往樓上客房的每一步階梯、牆上的每一幅圖畫和掛毯，都讓我忍不住聯想起妳。此外還有那個老舊的電話亭，妳還記得它嗎？或者換一種不同的講法：我來到明達爾旅館之後被迫認清的事實，就是妳不在那裡。無論在哪一個角落，妳都蹤跡全無。無怪乎我會夢見昔日我倆生活在一起時的情景了。而最不可思議的事情是，妳卻突然站在外面的陽台上。那正是我所稱的「離奇巧合事件」。不過妳也來到當地一事，並非我夢見妳的原因。

並非原因？當你繞著你那顆焦黑行星運轉的整個夜晚，我剛好就躺在附近的一張床上就寢。難道你不認為，在你各種夢境的背後，極有可能出現了我們之間的心靈滲透？你是否知道，人們在做夢的時候——處於「眼球快速轉動睡眠階段」之際——心靈感應和預知未來的能力特別敏銳？用專業術語來說，那種現象叫做「超自然夢境」。在這方面已經做過了不少實驗室研究，而且人類學的資料也呈現出完全相同的事情。你有沒有讀過冰島關於「蛇舌京勒伊格」的薩迦傳說？②但無論如何，你一定還記得聖經〈創世記〉當中記載的約瑟和他做過的夢。那些都是很典型的超自然夢境，或預示未來的夢境。

當我年紀很小的時候，我母親曾經把關於海爾嘉、京勒伊格與赫拉芬的薩迦傳說故事讀給我聽。妳應該還沒有忘記我是在冰島出生的吧？其實真正的問題只在於那些傳奇夢境的文學真實性如何。不過我也同意，幾乎世界各地都盛行解夢這種做法——我是說，意圖藉此道出與未來有關的事物。

你夢境中所具備的一切特徵，都完全符合我所稱的「預示未來的夢」。那是一個典型的「啟示之夢」。難道你不同意我的講法，不認為那個夢境格外緊湊，並具有強烈的表現力嗎？

我當然同意妳的講法。我甚至在重逢後我們前往山上的牧羊人小屋那邊時，就已經告訴過妳：我做了一個生動有力得異乎尋常的夢，而且說來奇怪的是，我醒來幾個小時之後竟然便與妳一同漫步。或者我應該表示，那是在妳把我從太空接回地球幾個小時以後的事情？對我而言，那個夢境讓我多方面體會到，當初我倆共同度過的歲月如何繼續縈繞在我心中，並且深深影響著我。同時我或許也感覺得出來，自從分手以後，我就或多或少繞著一個「軌道」運行，置身於自己從此所過的生活之外。夢境很可能多半衍生自人們在前一個白天所經歷的事物。而當天大多數時候，我都在穿越籠罩於濃霧下的大地。

但那同時也是一個令人心生畏懼的惡夢。那種情況就好像是，你渴望找到自己能夠信仰的事物。認為自己是宇宙間唯一意識的想法，其實正在乞求遭到反駁。我的意思是：你正在懇求自己駁斥這種錯誤的觀點。斯坦，還有更多的我們——我是說，宇宙中還有更多的靈魂，而且我相信我們是一大群靈魂。我當然不知道我們的數目有多少，可是我相信，我們幾乎多到了數不勝數的地步，多得就跟太陽在夏日灑落到海面上的光點同樣難計其數。

對不起，蘇倫。但我實在沒辦法在這種事情上面繼續跟著妳的意思走。妳能原諒我嗎？

我不只是能夠原諒而已，我還能夠非常寬宏大量。你顯然相信，物質將會比精神存在得更久，而從你的夢境也可以很清楚地看出這一點——於是這整個龐大無比的宇宙，有朝一日將會像廢物堆那般地被我們遺留下來。我的信念卻恰恰相反。我們的靈魂想必會比物質世界的泥濘更加恆久。如果我們二人在哪一點上面意見相同的話，那就是自然界的一切遲早都將朽壞。

不幸正是如此。依據《熱力學第二定律》，那是無法避免的結果。③

但沒有任何可相提並論的定律指出，時間的蹂躪有辦法對精神上的事物造成一丁點傷害。

因為「我們擁有一個自由的靈魂，而且它會在身體死後繼續存在下去」。我相信我聽懂了妳的意思。

不妨想像一下，你正在樹林裡散步，沿著一條你已經好幾個星期沒走過的小徑前行。接著你突然來到一棟你從未見過的嶄新小木屋。那裡冷不防冒出一棟小木屋，此事本來就已經頗不尋常。當你正在駐足察看的時候，只見大門一開，從屋內走出一個笑容可掬的男子。他有著蔚藍的眼睛和雪白的牙齒，看起來簡直像是特地為那棟小屋訂做出來的。他深深一鞠躬，並開口說道：「早安，早安。」整個場景非常超現實，而且相當神秘。

接下來的問題是：發生了什麼事情？是那棟小屋先用森林裡的樹木把自己搭建起來，然後又創造出那名男子，以便屋內有人居住？或者情況恰好相反，是那名男子先把小屋蓋好，然後才自己搬進去住？

我想問的是，那麼你覺得哪一種情況比較合情合理——到底先出現了精神，還是先出現了物質呢？你曾經在描述你的旅程時得出結論，表示你可以隱約察覺到，意識跟「宇宙在最初幾分之一微秒內所發生的事情」之間具有某種關聯性。而現在我所提出的問題就是，你認為在開天闢地的時候首先出現了什麼：是意識呢，還是在那最初一秒鐘之內所發生的巨大能量釋放？

你不也曾經表示過「在大霹靂所創造出來的時間與空間的『後面』或『外面』，可能『另有其物』高高在上」？這是你自己的講法。因此若將宇宙大爆炸說成是一切事物的「起源」，那豈非引喻失義嗎？我們所知道世上最巨大的這個謎團，很可能完全只不過是從一種狀態繼續發展到另一種狀態的過程而已。

我不知道。不，現在我再也不曉得了。我們其實什麼都不知道。

你在夢中陷入絕望。你產生迫切需求，想要從你的唯物主義世界觀那邊被解救出來。你甚至進而向你所不相信的上帝祈禱。由此可見你確實已經完全無助了。

可是難道你看不出任何化解心靈矛盾的可能性嗎？就連在有過那種意涵豐富的夢境之後還依舊如此嗎？那個夢境簡直是鄭重做出了再清楚也不過的宣示，說明你其實具有非常活躍的精神生活。更何況你在夢中的祈禱已得到回應。那只能表示，你至少已經在不知不覺當中，對自己的無神論產生了懷疑。

難道你從來都沒有過任何這方面的「經驗」，斯坦？難道你從未經歷過任何會讓你覺得意味著「心靈」和「先驗」的事情？

現在只有十點鐘，離我就寢的時間還久得很。

是的，我有過那樣的經驗——它發生在一九七〇年代。今年七月那天，當我們坐在山間牧羊人小屋廢墟的時候，我就已經打算向妳透露此事了。我正準備說出那個強而有力的夢境，結果卻跑來那些小牛，而且妳知道我們在下山途中為什麼沒有多做交談。我記得當時我們僅僅表示：說來幾乎令人心痛的是，到了我們這種年紀竟然還會承認，有某件事情能夠突然讓我倆彼此略感尷尬。我們就在一瞬間變得再也無話可說。所以我才建議，我倆至少可以開始偶爾互通電子郵件。而妳一定還記得，我是在走過山下的步槍靶場和紅色穀倉之際提出了那個建議。一等到我們在舊書店找到妳的丈夫之後，便結束了我倆之間的一切對話。本來我還以為我們可以三個人一起坐下來喝杯咖啡，藉此為重逢畫下完美句點。可惜我們沒機會那麼做。

當初妳離開我整整一年之後，我才再度聽見妳的消息。那時妳要求我收拾妳的物品，並且把它們寄往卑爾根。但正如同妳最近在電子郵件中所說的，那個任務可一點也不輕鬆，因為我倆從前所擁有的東西，多半都是我們一起買來的。我們在十九歲的時候住進同一棟公寓，所以過了五年後，實在很難在「妳的」和「我的」之間做出區分。不過我相信自己還算慷慨大方，絕對沒有讓妳吃虧。替妳整理東西時，情感上的價值是最重要的考量點，而且我十分清楚哪些物品是妳所特別鍾愛的。只不過當然沒有任何法則規定出來，一方基於情感因素而特別珍惜的東西，會讓另一方覺得比較沒有價值——其實情況往往恰好相反。妳還記得我們離開斯科訥之後，在斯莫蘭購買的那個玻璃鈴鐺嗎？④雖然我也非常喜歡那個鈴鐺，我還是很小心地把它用紙巾包裹起來，然後寄過去給妳。但願它在運輸過程中順利倖存，至今依舊完好無缺。

我曾經聽說過一個有關夫婦離異的故事。雙方已經協議分手，並且秉持合作精神開始平分他們所共同擁有的全部藏書。可是他們很快便發現，一方想要據為己有的書籍也是另一方所中意的對象。打算平分的書本越多，這種情況也就出現得益發頻繁，結果二人甚至開始討論起某些書中的內容。最後雙方注意到，他們實在是彼此太接近了，跟本就難分難捨。那對夫婦直到今天都還住在一起，而且覺得當初幾乎導致他們分手的那個原因，根本就是小事一樁。

在我們自己的案例當中，書籍也扮演了非常重要的角色，然而它們所產生的效果完全相反。我在此想到了妳關於那方面的大量書籍，但主要是聯想起特定的一本書，而且妳明白我指的是哪一本。有時單獨一本書裡面所暗藏的破壞力，甚至可以比一整個「插曲」還要超出許多。

當我把所有屬於妳的物品都打包寄出以後，我感覺我們的分手已成定局。畢竟不論是為了昔日的共築愛巢還是如今的勞燕分飛，我們都不需要任何相關證明文件。

那天早上我前往郵局寄出了三個紙箱的東西以後，卻不想馬上回家。我駕駛那輛福斯汽車開上環城大道，隨即按照我倆從前習慣的做法，繼續沿著德拉門路迤邐而下——因為直到通過桑德維卡，朝著蘇利赫格達以及赫訥福斯的方向移動之前，⑤我還不清楚自己到底打算前往何方。

我在五個小時以後經過了海於加斯特爾。接著我稍稍往南行駛，而後一路向上前往哈當厄爾高原，把車子停下來並且找到通向我們昔日營地的路徑。我在那一帶四下徘徊，並且在洞穴前面坐了很久，然後才走回汽車繼續上路。

那個地方本身的情況，看起來就彷彿我倆昨天才離開它一般。我俯身進入山洞，在裡面找到了我們的臥榻，以及那塊未經鞣製的羊皮。妳當初的想法是，如果有人在尋找走失羊隻的時候發現了這塊羊皮，那麼丟了一隻羊的那位農民或許能夠得到補償。反正妳一向乖乖付錢，從不白拿別人的東西。只可惜羊皮仍舊擺在那裡。

我雖然不至於表示當初生火的地點還在冒煙，但杜松與矮樺的焦黑殘枝依舊散布於石塊之間，跟我們剛離開的時候完全沒有兩樣。我還發現了當初我們留下來的其他許多痕跡。所以我或多或少有系統地開始進行「情色考古學」。妳遺失了一隻綠色手套、一枚五克朗硬幣，以及一個用輕金屬製成的髮夾，但髮夾豈不違反我們的石器時代規則嗎？幸好我不記得妳曾經在此地使用過髮夾，或許它只不過是從妳的口袋裡面掉出來罷了。那時我倆還變得越來越蓬頭垢面，可是由於肥皂和洗髮精都被列入黑名單，我們只得拿矮樺、地衣和苔蘚來代替肥皂。

我還找到幾枚我們自製的魚鉤，而且幾乎令我汗顏的是，在山洞外面到處是我們拋棄的魚骨頭。不過真正的穴居人當初一定也曾經在著名的克羅馬儂石窟那麼做過。我記得那時我們是這樣子相互表示的：我們不妨邋遢一點。對我倆來說最重要的事情，就是要把那種生活過得越逼真越好。畢竟我們還只能勉強算是人類而已。我們才剛剛通過了從動物過渡到人類的階段，因此我們不可過於循規蹈矩，我們必須有一點粗魯和馬虎。

緊接著就在倏忽之間——因為事情確實來得非常突然——我彷彿喪失了對自身的掌控能力，於是和周遭的景物融為一體。剛好就在此時此地發生了這種現象，讓我覺得它是一個巧合，因為我未曾做出任何動作來促成此事發生。那種感覺就這麼席捲而來，使得平常我在心中認定的「我」和「我的」都化為烏有，只變成了一種幻想。

我放棄了自我，卻不覺得那是一種損失。它只會讓我出現解放感和充實感，因為我同時也深切領悟到，我的意義遠遠超出了迄今汲汲營營的那個「我」。我不僅僅是我自己而已。整件事情原來就那麼簡單。我還是環繞在我四周的整座高原、整個國度，甚至是從最小的蚜蟲直到天上星系等等的一切存在物。一切都是我，而我就是一切。

我發現自己處於一種完全難以言喻的意識狀態之中。我既感覺得到而且又可以體會出來，我就是我自己正坐在上面的那塊大圓石——以及那邊的巨礫，還有這一塊和那一塊岩石，同時我也是所有圍繞在我身邊的石南花、岩高蘭以及矮樺木。接著我聽見一隻金斑鴴傳來憂鬱莫名的啼叫聲，但那也是我自己：我正在呼叫，想用叫聲來喚醒我自己的注意力。

我露出了笑容。原來在一個波濤澎湃、由各種感官印象、意念和渴望所組成的表層下方，我始終具備一個更深邃的身分——它沉默安寧，與一切存在的事物有所關聯。如今明白此事之後，我洶湧的表面也跟著平靜下來。我曾經是世上最大假象的受害者，誤以為自己能夠完全脫離其他的一切。此際我卻絕對不曾出現任何的「超凡脫俗」感覺。相反的是，那種經驗徹頭徹尾來自這個世界。

我感覺到一種強烈的無時間狀態。但這並不表示我自認為已經超脫於時間之外，我反而覺得自己正交織在其中——所融入的對象不僅僅是瞬息萬變的當下，還包括了所有的時刻。我不只是過著我自己的生活，我不只是「那裡」和「當時」，我更是過去、現在和將來。我正在全方位地成長，而且我會一直這麼進行下去，因為萬物都是一體，而融為一體的萬物就是我。

接著一切都開始消退，因為我所描述的是一個稍縱即逝的經驗。我有幸得以窺見永恆，看見了一切存在於我之前，或者將在我之後出現的事物。雖然那種狀態本身只維持短短幾秒鐘的時間，不過我在那種靈魂出竅的狀態下獲得一種全新的認知，而且我知道，這個境界將會一輩子伴隨著我。

就不多談我的親身體驗或意識狀態的本身了。雖然剛才我試著回憶一個真實的經歷，但我相信即便事後透過純粹的思維，照樣也可以在若干程度上獲致相同的感受。

我們往往喜歡表示，我們正置身在世界上、在宇宙中或地球上。好吧。不過若能拋開這些煩人的先入為主之見，那豈不可以成為一個引人入勝的遊戲，甚至是一種解放的動作？——我就是世界，我就是這個宇宙。

在那座高原上面，我達到了一種幾乎無法用言語來形容的意識狀態。然而我所經歷的事物卻都是真實的。我真的就是這個世界。

那麼妳的看法如何呢？妳能從我在此勾勒出來的軸線當中，看出任何和解的希望嗎？當妳想到，過了一百年，一千年或一百萬年後，照樣會有野兔、松雞和馴鹿在哈當厄爾高原奔馳，這種想法能夠讓妳得到樂趣嗎？妳是否同時也可以感覺得到，在某種程度上妳就等於是在妳身故以後依舊會出現的那種繽紛多樣性？這種感覺是否也能如同下述虛無縹緲的概念一般，帶給妳一絲心靈上的寧靜呢：「妳自己的『小我』將會比塵世的生命更為持久，然後以精神的形式存在於靈魂的天堂之中。」

請試著想像下列的兩難式。在妳前方的桌子上面有兩個按鈕讓妳選擇。如果按下其中之一的話，妳會立即死亡，而且離開塵世之後就沒有了個人的生命；不過同時妳卻可以做出保證，人類和地球上的其他每一種生命形式都能夠持續生生不息，亙古長存。這意味著，於數不勝數的世代內，還繼續會有小女孩在海岸的礁石間跑來跑去，一如當初妳在五〇年代末期所做的那般。妳也知道，我有辦法用我心靈的眼睛看見她們。此外我還可以察覺到，正有人群在下一個角落那邊摩肩擦踵。可是妳前方的桌子上面還有第二個按鈕，如果妳按下它的話，妳自己就可以健健康康地活到一百多歲。只不過——而且這正是兩難式所在之處——全人類乃至於地球上所有的生命都將跟著妳一同死亡。

妳會選擇哪一個按鈕？

我相信我會毫不遲疑地選擇第一個按鈕。我無意藉此表示自己宅心仁厚或者樂於犧牲奉獻。但我絕不只是我自己而已，同時我不僅僅過著我自己的生活。如果更深入察看的話，我也是全人類，而且我盼望全人類能夠在我死後繼續繁衍生息下去。這個願望其實是出自我的私心，因為我眼中的「我」，泰半立足於我自己肉體以外的事物。在這一點上面，我們的看法相當接近。我不只是我自己的肉體而已。並非所有的東西都會與肉體共存亡。

近來不斷有人企圖誘使我們相信，我們的「自我」才是真正的宇宙中心。然而這豈不是一種非常累人的生活方式嗎？我的意思是，難道我們只能面對這樣的前景：宇宙的中心只剩下了幾年或者幾十年的光陰能夠繼續存在？

我在那座高原上面體驗到心靈的解放。我感覺彷彿掙脫了自我中心主義的桎梏。那就好像是打破了一道鐵箍環，一道由自私和自利所構成的鐵箍環。

不過我還有更多的話想說。

雖然我走回汽車的時候已經快四點鐘了，我卻閃現一個念頭，覺得應該繼續開車往西邊前進，而非立刻朝著奧斯陸的方向踏上歸途。我很快便穿越了哈當厄爾高原，隨即又認為還可以繼續向下通過墨博山谷，接著我在欣薩維克搭乘渡輪來到峽灣對岸的諾爾哈伊姆森，然後從那裡開車途經克瓦姆森林山，一路前往阿爾納。⑥等到抵達阿爾納之後，我開始考慮掉頭回去，因為那時已經是晚上，而且克林舍更遠在四百多公里外。

但現在我已經離妳這麼近了，絕不可以掉頭就走。於是我乾脆開車進入卑爾根市區，把紅色的福斯汽車停放在諾德內斯。⑦隨即我從那裡出發，信步在街頭徜徉。此事看起來非常荒唐，而且我甚至在橫渡哈當厄爾峽灣的時候就已經領悟到：其實我大可親自用汽車把妳的紙箱載運過來，而非把它們郵寄給妳。反正那整件事情都愚蠢至極，因為假如我把紙箱帶過來的話，那麼我就可以名正言順地過去拜訪妳了。

不過我確定很快就可以跟妳在市內的馬路上見面，畢竟我已經開車跑了那麼遠的路過來。我轉過一個街角卻沒有看見妳之後，又相信只要走到下一個街角就會遇見妳。最後我一路向上走到斯康森，在那裡來回躑躅了好一陣子。從前我曾經幾度去過妳父母親位於南布列克街的公寓，但現在我可不能老是站在屋子外面，因為那未免太煽情誇張了，然而我也覺得不應該就這麼按下門鈴。我害怕會把令尊和令堂也牽扯進來。

我心裡想著，妳一定很快就會出門進行晚間散步。既然妳總是有辦法敏銳覺察我位於何地以及將在何時出現，那麼現在妳一定也能夠發揮自己的第六感，於是走到門外與我見面。可是妳並沒有第六感，蘇倫，至少那天晚上沒有——假如當時妳待在家中的話，因為妳說不定也有可能是在羅馬或者在巴黎。此際開始下雨了。我沒錢去住旅館，於是又向外走回諾德內斯，而且仍然感覺一定會在走回汽車之前先遇見妳。結果到最後我渾身濕透、頭髮凌亂地獨自爬進那輛紅色的福斯汽車。我只得插入鑰匙發動了引擎，不過那場奮鬥仍未結束，因為我即使在駕車出城途中，都還四下尋覓妳的蹤影，我心裡想著：妳可能只是出門拜訪朋友而已，此時正在回家的半路上。我甚至在抵達諾爾哈伊姆森之後，還看見一個與妳相似的身影。但那不是妳。最後我及時穿越峽灣，在第二天早晨返回位於克林舍的家中。我把自己鎖在屋內，並且開始哭泣起來。接著我喝完悶酒便去睡了。

我倆的分離就宛如動手術一般，然而手術時沒有麻醉。

是啊，斯坦……

自從當初寫了那封信給你之後，我就懷抱著一個微不足道的誠摯心願，希望你能夠親自開車穿越群山把我的東西送過來，而非只是把它們郵寄給我而已。那是我們所曾有過的最後一次機會了。我在隨後幾天內當然對你念念不忘，有一天晚上我更想著，你正失魂落魄地在卑爾根街頭走來走去。我還想像到，你已經把我的物品放進了那輛紅色福斯汽車，可是你沒有勇氣把它們帶過來當面交給我。於是我走出門外。那時已經開始下雨，所以我又衝回屋內拿了一把雨傘，但我同時也浮現一種感覺，必須想辦法趕快找到你。我先走去魚市場，接著繼續前往托爾高曼寧恩廣場，⑧然後又經過安恩和諾斯泰特兩個市區，還一直走到了諾德內斯。可是我在每個地方都看不見你的蹤影。接下來我就不再那麼確定你是否果真已來到卑爾根了，但至少我可以清楚地感覺到，那天晚上你正在苦苦想著我，而且我知道我倆仍然彼此相愛。

可是時間一年又一年地過去。我記得當初由於實話實說的緣故，我似乎曾經寫了幾行字給你，表示我已經跟尼爾斯．佩特住在一起。幾年以後我又從奧斯陸聽到一則謠言，指出你已經認識了貝麗特。但說來奇怪的是，我聽見那個消息以後並不感到高興。我非常嫉妒……

對我而言，你所提到最奇怪的事情，莫過於你竟然又一次上山前往我們昔日的洞穴。我十分確定，我絕對沒有在那裡使用過髮夾，它一定是從我的套頭夾克口袋掉出去的；而那枚五克朗硬幣則也很有可能來自你那邊。

但你沒有發現任何菸蒂？你還記得嗎？我們當然不可以帶著香菸一同進入石器時代。因此我們不得不一口氣把香菸給戒掉，或者至少必須在我們棲息於當地山區時抗拒香菸的誘惑。然而有一天當你釣完魚回來之後，我可以很清楚地聞到你偷偷抽菸所留下的味道——因為你沒辦法不跟我接吻。結果你立刻招認罪行並且愧咎不已。你心裡非常懊惱，斯坦。你馬上把那包香菸交給了我，而當天晚上它就在營火堆中化為灰燼。

那麼妳對我一年以後在那座高原上的經歷有何感想呢？

是的，我可以明白。我相信已經看懂了你的描述，而且你所經歷過的事情，或許未必與我自己的信仰格格不入。因為從物質的層面來說，萬物顯然皆為一體——其源頭更可一直回溯到你的宇宙大爆炸。但我們不都是獨一無二的個體嗎？我們不都是無與倫比的人類嗎？從前我倆就是那麼講的。今天我還想補上一句，我們是有靈魂的生物。

想起來不免感到滑稽的是，我身體所遺留下來的原子和分子，日後將會變成野兔或山狐狸身上的一部分。但對我來說，那只是一個有趣的想法，就僅止於此而已。因為到時候我已經死亡，斯坦！你看出問題的關鍵了嗎？昔日令我無法忍受的想法就是：我只能在很短的時間內繼續當我自己。然而我希望長久存在下去！如今跟你比較起來，我已經有了一個更神奇的希望，一個更神奇的信仰。

我無意貶低你在我離開一年以後，於重遊那座高原時所有過的美好經驗。可是我懷疑你到底在多大程度內，果真與你所刻畫出的泛神論觀點契合起來；而且我並不確定，當你描繪如何在兩個按鈕之間做出選擇的時候，你的態度有多麼真誠。畢竟你曾經在夢中做過恰好完全相反的事情。你犧牲了全人類的未來，好讓自己苟延殘喘多活幾個小時。更何況你還有辦法做出這樣的勾當，竟然為了奪取氧氣而殺死自己的兩位旅伴，這樣你才能夠高高坐在太空船裡面，於短暫時間內從你意識的鏡像當中看見你自己。

不過那只是一個夢境而已。難道妳從未在夢中做過妳實際上絕對不會去做的事情嗎？

當然做過，而且我知道你是一個體貼入微的人。你用令人動容的方式，那麼仔細地挑選出屬於我的物品，並把它們郵寄過來。此外你的確沒有跟我斤斤計較，你實在非常大方。想來令我感到安心的是，你至少把那輛福斯汽車留了下來。反正此事從來就沒有成為過話題，因為那時我還沒有駕照。況且當初是你自掏腰包支付修理保險桿和車頭大燈的費用。

那個老玻璃鈴鐺就擺在我面前的窗台上。現在我把它拿起來搖晃了幾下。你聽見聲音了嗎？

聽見了！我對斯莫蘭那邊一直難以忘懷。在那兒蘆葦蒼蒼的小湖上，有兩隻疣鼻天鵝依偎而游。當時妳指著牠們說道：「那就是你和我，我們在波平如鏡的水面上所望見的，正是我倆的靈魂。」妳還記得嗎？而我用一隻手臂摟著妳，表達出另一種雖然迥不相同，卻同樣深切和發乎內心的觀感。我說道：「牠們是世界的靈魂。牠們自己雖不曉得，然而正是世界的靈魂在湖面上戲水。」

我始終是一個熱愛大自然的浪漫主義者。其實妳也一樣，只不過除此之外，妳還感覺自己受到大自然的威脅。

貝麗特已經睡了。今晚妳還會寫出更多信給我嗎？

我也回憶起那些天鵝。同時我仍然記得，那時我倆無法針對牠們所象徵的意義達成共識。今夜我還會繼續撰寫和傳送郵件，但是你不必勉強自己保持清醒。斯坦，你就去睡吧，你可以等到明天早晨再來閱讀。

這點絕不列入考慮。我倆將一同揚帆穿越今夜。

你說什麼啊？我希望你沒有坐在那邊喝酒。

不要驚慌。難道我說出什麼不倫不類的東西了嗎？妳就儘管寫下去吧。我鐵定會保持清醒。

我將儘量長話短說，因為其中的許多事情你早已曉得了。

很久很久以前，當我十歲或十一歲那年在外敍拉島過暑假的時候，某天突然有一隻燕子砰地一聲撞上了外婆家起居室的玻璃窗。外婆認為我們在有所動作之前應該先等一等，因為撞上窗戶的鳥兒往往只是昏睡過去而已，過了一刻鐘或者半個小時之後就會回過神來繼續飛走。她表示，某些鳥兒有時還會獲得一個新生命——死後的生命。因為我們雖然看見小鳥明明已經死了，牠們卻突然又重新到處亂飛。可是過了一晝夜之後，那隻燕子還是沒有醒過來。牠在第二天早上仍然像廢棄物一般地躺在那裡，而我必須為牠舉行葬禮。我只能獨自那麼做，因為我的父母親都待在卑爾根。雖然我本來以為外婆能夠幫我忙，可是她覺得埋葬死鳥是小孩子的工作——我倆曾經好幾次在我症狀發作以後，談論過那一回的經驗。

然而從那個時候開始，也就是自從我十歲或十一歲的時候以來，便有一股強烈的意識伴隨著我長大，讓我感覺自己只不過是一隻羽毛凌亂的小鳥，而且我是大自然的一部分。我已經不再是小孩子了。無憂無慮的清純時光從此成為過去。

但是，斯坦，想起來令人感到高興的是，許多新生兒進入這個世界之後，仍可在很長一段時間內快快樂樂地活在當下，無須害怕死亡，而且沒有悲傷和恐懼。不過對我來說，這種生活在我十歲或十一歲的時候已經結束，自此開始了一個全新的轉變。我進入青春期很久之前即已生活於恐懼中，並且在某種程度上稍稍與這個世界脫節——至少我已經走上了遠離此世之路。

然後我來到奧斯陸並且與你相遇。中間的過程並不重要，反正那在我的記憶當中僅僅是一連串沒完沒了的鋼琴課、打網球和寫作業而已，在最後階段還包括了談情說愛與飲酒狂歡。但是你在我的痛苦本身與我心心相印，因為你自己也具有這種受到傷害的一面，或者比較嚴肅的一面。你跟我都深深感覺，對於像我們這樣的人而言，除了直接圍繞在周遭的世界之外，我們就再也沒有別的希望了。我倆便如此赤手空拳和孤立無援地相互扶持，並且縱情於大自然和各種可讓我們彼此產生過度刺激的瘋狂事物——至少這麼一來，我倆就可以暫時封鎖住一切有關我們最後歸宿的負面想法。

但自從與外婆共同度過那個夏天以來，我便不斷從二元論的角度來看待「存在」。我覺得靈魂就是我們的主體，至於我們所一再湧現、很容易即可滿足的各種肉體需求，則是截然不同的東西——它們只不過偶然依附於我們的男性或女性特質，雖然在狂熱的時刻令人愉悅，卻被我們在內心深處看成是變幻無常和膚淺脆弱的東西。那時你不也有過同樣的感受嗎？

每當你走到我的背後，把手掌放到我的額頭上、對著我的脖子呵氣、將我的頭髮輕輕撩起，並在我耳際低聲說出「靈魂，妳好」的時候，我的喜悅能夠比馬里亞納海溝還要來得深。在那種情況下，你所想到的事情已經超脫於性愛之外，而且那種現象發生的次數相當頻繁。你也曉得，那時你的確就在對著我的靈魂說話。你開啟了通往一個截然不同領域的窗口，走向精神的範疇，而我的靈魂做出了回應。通常我只需要開口說出「你……」即已足夠。當靈魂和靈魂進行溝通的時候，難道還會有多講話的必要嗎？反正我不可能做出與你更近距離的接觸。

然後我更經歷過一些與你有關的異象前兆，斯坦。我認為現在有向你提醒此事的必要。你經常在真正抵達我們位於克林舍的公寓之前，提前半個小時回家。最初幾次我聽見你過來的時候，都還以為那確實是你，於是立刻衝去大門那邊準備跟你打招呼，有時還打算直接引誘你進入臥室。可是我逐漸發現，那僅僅是預兆而已，表明你正在回來的路上。不過那些預兆其實相當管用。我可以有充足時間來佈置餐桌和準備一些好吃的東西，或者在設法引誘你之前先把自己打扮一下——而且我每一次認真那麼做的時候都大獲成功。你絕對還記得，那時你在某些個冬天晚上回來以後，可以走入燭光閃爍、預先加熱得暖烘烘的臥室。你曉得那意味著什麼，你稱之為「愛情三溫暖」，並且於笑聲中充滿了期待。可是斯坦，現在我寫出那些東西的目的，只不過是為了想提醒你：我對你如今所稱的神秘事物具有「靈敏度」。那對我而言是一個活生生的現實，至少自從我倆相識以來便是如此。

何況那還不是一切。我們在一九七六年五月某日的清晨一起醒了過來——那是我倆旅行穿越山區，打算前往約斯特達爾冰河健行之前不久的事情。我做了一個夢，並且驚惶失措地轉過身來對著你。當我盯著你看的時候，我的眼神讓你嚇出一身冷汗。莫非我的症狀又要發作了？

你問我：「出了什麼事？」

我回答：「我夢見比約爾內博已經死了。」

你卻表示：「胡說八道。」你向來把那種預兆看成是一派胡言。

「不，我知道延斯．比約爾內博確實死了。」我繼續說道：「斯坦，他再也無法忍受下去了。」

然後我開始痛哭失聲。我倆才剛剛讀完他描繪女作家蘭妮爾．約爾森生平的那本著作——《夢想與車輪》。⑨而且我們幾乎讀過比約爾內博所寫出的每一部小說。結果你氣沖沖地走進廚房，並且打開收音機。廣播電台差不多緊接著就開始播報新聞，而最重要的消息是：延斯．比約爾內博已經去世。接著你驚駭莫名地回到床上，重新依偎著我。

你開口表示：「妳到底在做什麼呢，蘇倫？趕快停止吧！妳讓我感到害怕。」

是的，我果真有過那種「超感應」經驗，而且當時比今日來得更加頻繁。但既然你的靈魂或你的「通報者」總是比你自己早半個鐘頭抵達家中，或者當我做了預示未來的夢以後，我倆在第二天早晨便赫然發現夢境已然成真，那麼我免不了會越來越容易接受一種想法：我們人類確實擁有一個自由的靈魂。我的意思是，一個不受當下所棲息的軀體羈絆的靈魂。

可是光憑這一點，仍不足以讓我對自己的「現實之過客」這種命運釋然於懷。我放聲痛哭，可是你非常勇敢，願意承受我身上所發生的一切。九月的某一天，我再度症狀發作。你還記得嗎，那天我們已經約好，等到我上完愛德華．貝耶教授有關韋格朗的課以後，就在「索菲斯．布格大樓」門外見面。⑩你竭盡所能地安慰我，接著你告訴我說：「今晚妳將是劇院咖啡廳的女王。」

其實我們根本就負擔不起劇院咖啡廳裡面的昂貴價格，幸好我們剛在不久前獲得了學生貸款，於是我們在那裡消磨掉整個晚上。我甚至還獲得了兩份甜點！你就是那麼可愛。然而你卻越來越變成了懷疑論者。我發覺你的態度開始冷淡下來。雖然你從未虧待過我，可是你已經逐漸成為犬儒主義者——我指的是在認知那方面。你的苦痛帶著你走上了那條路，而我的苦痛卻指向另外一條路。那是希望的道路。

自從聽到了你的第一個異象前兆以來，心靈感應、超感官知覺和第六感對我而言早就是真實現象。我已經聽見你會過來。但你遲遲未曾現身。接著你果然到了！

等到我們無意間發現那本書的時候，一切早已水到渠成。所以當我們過了幾個小時遇見紅莓女之際，我並非全無心理準備。我已經走到了路的盡頭。接下來總應該會柳暗花明，出現某種解脫之道……

什麼是人，斯坦？你是否經常想到，在你腿部和手臂薄薄一層觸感靈敏的皮膚下面，只有血和肉？你可曾試著想像過，你的肚子和腸道看起來是什麼模樣？我的意思是，從裡面來看！難道那就是真正的你嗎？你打算在自己身體的哪個部分定位出真正的中心，也就是會說話、思考和做夢的「真我」？你會把它安插在膽囊或脾臟？在心臟或神經？或者在你的小腸？還是說，我們應當換一種做法，在靈魂、在心靈——在真實的存在——之中來尋找這個主體，因為其他的一切都只不過像是鐘錶的滴答聲或沙漏內的沙粒罷了。而且如果你問我的話，我會表示那一切都是糟粕。

現在回頭談一談我們待在那家古老旅館的倒數第二個晚上——過了那個晚上以後，旅館主人的女兒就在早上出門去銀行辦事時，拜託我們花半個鐘頭幫她照顧她的三個小女兒。

當晚我們已經喝過了蘋果白蘭地，本來正準備上樓就寢。不過我們還是先去撞球室轉了一圈，打上一局撞球。但想來令人覺得奇怪的是，同樣三顆用象牙做成的撞球直到今天都還擺在綠色絨布上。⑪它們彼此碰撞的次數到底有多少呢？

撞球室同時也是旅館的圖書室和酒吧間。等到我獲得了十分而你只得到八分以後，我倆就如同每天下午或傍晚時所做的那般，走到書架前面看書。架上書籍的範圍非常狹窄並經過刻意挑選，它們全部都相當老舊，而且多半跟地理、地質以及冰河學有關。可是我卻宛如站在塵世的對立面一般，突然找到了那本《靈魂之書》。它一八九三年出版於「克里斯提安尼亞」，⑫而那只不過是這家老旅館與建完畢兩年以後的事情。該書翻譯自法文，其法文原版則一八五七年就已經在巴黎發行。

那是我倆與紅莓女見面前一天的晚上。我們甚至在離開撞球室之前就已經開始隨手翻閱那本書，我應該還對著你讀出了幾句，然後才把它拿到樓上的房間。回到房間以後，我們起先讀得津津有味，並且相互大聲朗讀。因為《靈魂之書》的編纂者雖然是一個活人，其內容卻不折不扣是靈界的告白。書中收集了舉行降靈會的時候，亡靈向在世者傳達出來的訊息。我還記得那天晚上到了最後，你如何把書放到床頭櫃上，並且悄悄告訴我：「十鬼在外，不如一女在懷」。我心甘情願地接受你的哄騙，畢竟那時已經入夜了。

可是從那個時候開始，已經有東西在我心中播下了種子。於隨後幾個星期的時間內，我變成了唯靈論者——或者更精確地說，變成了服膺於基督教義的唯靈論者。這成為我的信仰、我的慰藉、我心中的寧靜。

第二天下午，我們遇見了紅莓女。雖然那想起來令人覺得奇怪，可是你基本上不也認為，如果我們對某樣東西敞開心胸的話，那樣東西也會對我們開誠布公嗎？

無論如何，只要所有的窗戶都還關閉的話，小鳥就沒有辦法飛入屋內。牠只會一頭撞上玻璃窗。

一旦經歷了諸如「異象前兆」、「心靈感應」、「千里眼」或「預示未來的夢境」之類的現象後，便不難頓時領悟到：原來除了我們所暫時居住的身體之外，我們還是靈魂，歸屬於一個跟物質全然不同的範疇。對我來說，從此距離走上「相信靈魂不死」之路已經不遠了。

目前奧斯陸的情況如何？你已經睡了嗎？

還沒有，我正在閱讀。現在已經接近凌晨兩點了。妳仍然坐在電腦前面嗎？

是的。

那幾乎令人難以置信。看來妳果真找到了救贖。妳為自己惴惴不安的靈魂找到了出路……

我簡直對妳又羨又妒，因為我只能置身於妳的新信仰之外，凍得渾身發抖。

但我還沒有完全放棄努力，仍然想把你也一起帶進來。我將會給你一些顏色瞧瞧，斯坦。我可以向你保證，總有一天我會說服你。

我絕不會阻止妳做出這種嘗試。而且說不定連我也未必完全相信我自己的泛神論。不過現在我們或許都該去就寢了……

是的，現在我們最好都去就寢。想想看，你竟然首度在言語上對我做出了那種讓步！

晚安。

晚安。

還剩下一件事。明天我會空出所有的時間，想辦法詳細複述三十多年前發生那個事件的經過。現在我先去睡幾個小時，然後明日一早儘快開始著手。我會設法在一整天內分幾次向你發送郵件。既然你能夠在腦海中記住宇宙的整部歷史，我當然也有辦法完整回憶起來，我倆在三十多年前到底經歷過哪些事情。這麼做好嗎？我們是否終於到了願意談論那些事件的地步？

我們應該善用這一次的機會。昔日我倆曾經相互做出承諾，絕對不可舊事重提，但現在我們或許不妨自行解除保持緘默的義務。

妳猜得出來我整個晚上一直在啜飲什麼嗎？

卡爾瓦多斯！我能夠在這裡聞出它的味道。蒸餾過的蘋果酒……

實在令我印象深刻。看來妳確實具有第六感。請先好好睡一覺吧，然後明天早晨輪到我聽妳講。

祝好眠！

---

①小隆額果斯湖（Lille Lungegårdsvannet）是卑爾根市中心一個八角形的小湖，在本書第九章具有重要意義。

②京勒伊格是古冰島「毒舌派」吟遊詩人（983-1008），被稱作「蛇舌京勒伊格」（Gunnlaug Ormstunge）。京勒伊格與冰島第一美女海爾嘉（Helga）青梅竹馬並訂有婚約。但京勒伊格周遊四海返國之後，卻發現海爾嘉的父親已將女兒許配給其仇敵赫拉芬（Hrafn）。二人乃相約前往挪威決一死鬥；京勒伊格雖擊斃赫拉芬，自己三日後亦傷重而亡。海爾嘉的父親曾在女兒出生前做過一個夢，夢中有兩隻老鷹因為愛上同一隻天鵝而交戰，結果雙雙橫死。（那則冰島傳奇故事或譯為「貢恩勞格薩迦」）。

③熱力學第二定律可簡述如下：「任何高溫物體在不受熱的情況下，都會逐漸冷卻」。

④斯莫蘭（Småland）是瑞典東南部的省分，與斯科訥相鄰。當地的玻璃工業極為出名。

⑤桑德維卡（Sandvika）位於奧斯陸西郊；蘇利赫格達（Sollihøgda）位於提里峽灣湖東南岸；赫訥福斯（Hønefoss）則位於提里峽灣湖北側。

⑥阿爾納（Arna）原為卑爾根東北郊區的城鎮，一九七二年併入卑爾根市區。克瓦姆森林山（Kvamskogen）則是一座高原森林，位於哈當厄爾峽灣北岸的諾爾哈伊姆森（Norheimsund）與阿爾納之間。

⑦諾德內斯（Nordnes）是卑爾根市區西北端的一個小半島。

⑧托爾高曼寧恩（Torgallmenningen）離魚市場不遠，是卑爾根市中心一個廣場，以及一條主要商業街的名稱（意為「市場公地」）。

⑨延斯·比約爾內博（Jens Bjørneboe, 1920-1976）是著名的挪威作家，一九七六年五月九日自殺身亡。蘭妮爾·約爾森（Ragnhild Jølsen, 1875-1908）則是十九、二十世紀之交特立獨行的挪威女作家。

⑩愛德華·貝耶（Edvard Beyer, 1920-2003）是著名的挪威文學評論家。韋格朗（Henrik Wergeland, 1808-1845）是英年早逝的十九世紀挪威著名詩人。索菲斯·布格（Sophus Bugge, 1833-1907）則是著名的挪威語言學家。

⑪明達爾旅館的那種撞球桌沒有球袋，桌上只有三顆球。

⑫挪威首都奧斯陸在一九二五年以前的名稱是「克里斯提安尼亞」（Christiania）。

7

一九七六年五月下旬某天下午，我在我們「克林舍」公寓的臥室憑窗而立。窗子大大敞開、天氣十分暖和，而我盡情呼吸著春季的清香氣息。我不知道自己吸入的究竟是新一年的芬芳呢，還是去年落葉所散發的酸酸甜甜氣味。但我聞到的不可能是樹上新冒出的嫩芽，因此我斷定那股味道來自潮濕的地面——來自形成於去年，如今正在滋養新芽的肥沃土壤。我看到有一隻頑皮的喜鵲在矮樹叢間嬉鬧，還望見一隻野貓試圖把牠嚇跑。喜鵲讓我聯想起昔日我必須在蘇倫德埋葬的那隻鳥兒，於是我再度強烈感受到生命的短暫。我開始出現了反應，結果我的症狀又發作起來。起先我的眼眶噙著淚水，而後突然頭痛難耐。隨即我開始放聲痛哭，但之前應該還發出了驚恐的呻吟聲。

你曉得出了什麼事，因為我可以聽見你匆匆進入屋內。你從《庇里牛斯山的城堡》那幅海報前面快步走過，但你還沒有觸碰到我，我就已經連忙轉過身子對著你看。「總有一天我們都會死掉！」我啜泣著那麼說道，或許還是大聲把它喊出來的。接著我又潸然淚下，但是我讓你來安慰我。你想必是在絞盡腦汁以後終於領悟到：這一回如果光是小里小氣地提議去松恩湖那邊繞上一、兩圈，恐怕無法收到效果。而我相信自己應該還逐字記得你用雙臂擁抱我一會兒之後所講出來的話——從前你總是喜歡一面用左手撥弄我的頭髮，一面將右手扶在我的腰際。擁抱女人的方法有許多種，而你有你自己的方式。

你所講出來的話是：「現在擦乾妳的眼淚吧。我們去約斯特達爾冰河踩滑雪板健行。」

過了半個小時以後我們就坐上汽車出發了，在車頂架著我們的滑雪板、行李箱內擺放我倆的登山背包。我倆上一次進行的瘋狂行動，就是前一年夏天在哈當厄爾高原完成的「穴居人計畫」。如今太陽重新高掛於天際，瘋狂行動的季節再度開始了。我多麼喜愛那一切。我多麼喜愛我們的瘋狂行動！

我的情緒自然可隨之而改變。當我們離開奧斯陸不遠的時候，我已經心情十分愉快。而你也一樣，斯坦，我們都非常興高采烈！我開口表示，全世界沒有任何兩個人能夠像我倆這般心心相印。我們從十九歲的時候開始住在一塊兒，那整整五年讓我倆感覺彷彿廝守了一輩子。我們甚至相互表示，自己已經開始變老了。如今回想此事不免令人感傷，畢竟當時我們都還很年輕，仍然有一整個人生擺在面前。那已經是三十一年前的往事了。

我們開的是那輛紅色福斯汽車。當我們轉向北方朝著孫德沃倫前進的時候，我們彼此開玩笑說道：我們不但是老公和老婆，而且還像是一對翱翔於雲杉樹梢的燕子，正在俯瞰下方的紅色金龜車。你還記得嗎？接著我們發揮想像力，彷彿果真看見自己在車頂架著滑雪板，於六月開始幾天之前蜿蜒穿越大地風光。而且我們曉得，世上最融洽的氣氛，便於此時此刻出現在我倆的紅色福斯汽車裡面。當初我們為了購買那輛汽車，還一起打了兩個暑假的工。

沿著克勒德倫湖以及更北方的哈靈達爾河谷行駛時，我們已經懶得開口，因為我倆早就談遍了所有的話題！等到通過哈靈達爾河谷的布魯瑪以後，我們已可在一、兩分鐘的時間內默不作聲。反正我們看著一模一樣的景色，沒必要對眼前的一切做出評論來。我倆甚至還一度坐著沉默了整整四、五分鐘之久，完全沒有開口講話。然後你或者是我噗嗤了一聲，接著另一方也跟著笑了出來，於是我們又繼續嘰嘰喳喳說個不停。

車子開了又開，海姆瑟達爾和西挪威終於就在我們眼前了。途經海姆瑟達爾的最高處時，我們發現在馬路右手邊的空地上，停放著一輛懸掛外國車牌的連結大卡車。而那輛大卡車將在隨後一個星期內，成為我倆屢屢談起的話題。繼續向前行駛了幾公里之後，我們注意到有一位婦人正沿著公路踽踽走入山中，而且她的前進方向與我們相同。你先是說道：「妳看！」然後又問我：「妳看見了嗎？」

當時夜已經深了，因此我們不免感覺奇怪，怎麼會有女性於那個時刻獨自在野外行走。我們之所以未曾停下來邀請她搭一程便車，是因為她並沒有直接走在公路旁邊，而是沿著車道右側幾公尺外的一條小徑行走，心無旁騖地穿越荒郊野地進入山中。她身穿灰色的服裝，肩上圍著一塊粉紅色的披巾。那位婦人宛如置身畫境之中，而她圍著粉紅色披巾出現在夏日藍色夜空下的身影，至今仍彷彿電影短片一般浮現於我的眼前。不知為了什麼緣故，她正以快速有力的步伐走進山區——不對，她是打算穿越那整座山脈，斯坦。她也正在前往西挪威的途中。當你放慢車速從她身旁駛過的時候，我倆都向路邊張望了一眼。在接下來幾天裡面，我們對那位女子的外觀抱持相同的看法。我們對她的描述為，她是一個較年長的婦女，一個肩上圍著粉紅色披巾的中年婦人。或許我們還表示過，她已經年逾半百……

你醒了嗎，斯坦？你也是一大早起來的嗎？今天這幾個鐘頭內，當我坐在漆成黃顏色的房間裡面寫郵件給你的時候，你必須一直待在我的附近。整整一個世代之前，我們曾經彼此做出承諾，永遠不可重新提起當初在那邊山上所發生過的事情。但現在我們已經相互解除了昔日的約定。

我在這裡。雖然現在還只是破曉時分，我已經端著一杯雙份的濃咖啡坐在廚房裡面了。我收到妳的電子郵件之後就立刻打開來閱讀。我會一整天都這麼做，並且一直待在線上。我馬上就帶著筆記型電腦去辦公室。現在天色才剛剛放亮，我相信自己是第一次這麼早離開家門。貝麗特還在睡，而我留了一張紙條給她，表示我一大早醒來以後便再也無法入眠。我還強調自己有許多事情待辦。

現在我正坐立不安，所以就請繼續講下去吧。反正妳的記性比我好多了。

我倆置身海姆瑟達爾丘陵最高處的時候，你已經為了當夜恐怕無法找到床位而老大不高興。等到我們從那個圍著披巾的女子身旁駛過之後，你突然又冒出一個念頭：你想「要」我。起初你只不過半開玩笑地那麼表示，稱得上是隨便說說而已。可是你逐漸變得越來越厚臉皮，而且更加堅持不懈，已經有了當真的味道，讓我忍不住又笑了出來。但你隨即找到一條叉路，於是拐進去沿著溪畔的林業道路向下行駛了好幾公尺。當時天乾氣燥，所以我相信你一定是打算引誘我下車，走入林木之間的石南花叢。然而那時天氣相當冷，於是你又另外想出一個奇招。你真可憐！不知怎的，你異想天開一定要在那輛紅色金龜車裡面做出某種特技動作，而按照你的講法，你怎麼樣也無法擺脫那些在腦海中強烈閃現的景象。你說道：「我只是一個普通人而已。」我斜眼瞪著你，你則把目光移開並且承認：「我不過是個男人罷了」。

過了半個小時以後，我們重新回到大馬路上，而且你猛踩油門。激情既已得到滿足，我們感覺自己就像是空中飛馳的子彈——進入山中，繼續向山中前進！我們發現自己正行駛於五十二號幹道，而說來有趣的是，我倆都在一九五二年出生。你忍不住表示：「跟我們同一個年份的公路。」但那句話也有可能是我自己講出來的。

坐在方向盤後面的人則肯定一直都是你，因為那個年代我還沒有駕駛執照。當時可能已是午夜時分，然而每年到了這個季節，天色都不會真正變黑。那整個白天都非常暖和，此刻卻已經涼了下來，而且變得霧氣濛濛——我們畢竟是在深山裡面。若是在黑暗的秋夜，輪廓的對比應該會比較鮮明，而且我們可以利用車頭大燈獲得更佳視線。如今四下卻只是一片藍茫茫的幽暗昏沉。唯一的例外只有遠處地平線上方浮現的一道燦爛光芒。我相信我自己當時即已對此做過評論，但至少可以確定的是，我們在隨後幾天內又對此進行了討論。

來到地處分水嶺上、位於兩郡交界的埃德勒瓦特內湖時，①我們突然在薄暮之中瞥見一團飄動的紅色物體。接著我們感覺車子撞上什麼東西，而且我倆的安全帶都繃緊了一下。你隨即降低車速，否則至少是我們被迫減速下來，但你隔了沒多久便又重新加大油門。等到我倆終於有人開口講話的時候，已經出現過四、五分鐘左右的空檔。那無疑是最大的謎團，因為誰曉得其間你究竟在想些什麼，斯坦，而我自己又是怎麼想的？雖然我們或許根本沒有想到任何事情。說不定我們都早就嚇破了膽。

我們離開那座狹長的湖泊之後，遇見一輛白色的廂型車迎面駛來——它正穿越山區朝向東挪威前進。這時你慌慌張張地說道：「我想我們恐怕撞到人了！」

我倆就彷彿是用同一個心靈來思考一般，因為我也在那一瞬間冒出同樣的想法。你驟然把頭扭到我這邊，而我立刻用力點了點頭。

「我曉得，」我說道：「我們撞上了那個圍著粉紅色披巾的婦人。」

我們已經把布雷斯特倫山間旅舍拋在背後，眼看即將抵達第一個急轉下坡彎道。而你就在那個彎道前面嘎的一聲把車子停下，然後掉頭開了回去。你什麼話也沒說，但是我能夠從你的雙肩，以及從你緊繃的臉部表情來推斷你的想法：「也許她需要協助。也許她身受重傷。我們可能已經害死了一個人……」

幾分鐘後，我們回到之前汽車在暮色中與某樣東西相撞的現場。你又停了下來，而我倆都不約而同跳出汽車。此際天氣陰涼，微風習習。可是我們看不見任何人影。你發覺右側的車頭大燈已被撞破，還順手從路面上和溝渠中撿起一些玻璃碎片。當我們環顧周圍的時候，你突然伸手向下指著一個通往湖畔的斜坡——離開汽車和馬路只有幾公尺的地方，有一塊粉紅色的披巾飄飄然懸掛在石南樹叢之間。披巾看起來相當乾淨整潔，就像是剛剛從一位女性的肩頭飛落下來一般，此外它還彷彿具有生命似地輕輕迎風招展，讓我倆都不敢過去觸碰它。我們只不過在那邊四下張望，而即便當時是夏日夜晚，卻無論往任何方向都看不見人體的輪廓。除了粉紅色的披巾之外，我們一無所獲。你又找到幾塊車頭大燈的碎片之後，我倆就駕車離開了現場。趕快！

我們又一次嚇破了膽。當你腳踩油門踏板、手持方向盤的時候，始終渾身顫抖不已；而我不記得我倆曾經有誰開口講過話，但我們的心靈已經如此緊密交織在一起，於是可以洞悉對方的想法和感覺。

隨後幾個小時和連續幾天的時間內，我們徹底分析了那一切。但其實當我倆還坐在紅色金龜車裡面的時候就已經明白，我們輾過了那個像謎一樣的女子。我們在溪畔享受瞬間的歡樂之前不久，曾經在荒郊野地看見過她。我們停下車子以後，又給了她致命的起步優勢。

如今與她有關的唯一線索，就只剩下了粉紅色的披巾。我倆因而都覺得，一定曾經有人將那名女性傷患或死者從路邊抬起，然後用那輛白色廂型車把她載走了。我們斷定這就是她之所以會消失無蹤的唯一合理解釋。那是開始有行動電話許多年以前的事情，於是我們在腦海中充滿了這樣的景象：白色廂型車的司機或許就在海姆瑟達爾的第一棟農莊那邊停車求援，而且他當然還打電話報警和叫了救護車。要不然他就選擇一路把油門踩到底，以便把我們魯莽行為之下的受害者送往古爾鎮上的醫院。但我倆心中同樣揮之不去的念頭是，搞不好已經再也沒有拼命踩油門的必要了。白色廂型車的司機也許只是神情肅穆地駕車前往海姆瑟達爾派出所，將他在五十二號公路發現的一具女屍交給警方。說不定他還談到了一輛曾經對著他迎面駛來的紅色福斯汽車。

公路開始向下通往西方，我們第二次經過布雷斯特倫，又來到當初我倆掉頭離開的那個急轉彎坡道。說時遲，那時快，你就在懸崖前面突然停了下來，硬是要把我趕出車外。「出去！」你只是大聲吼叫著：「出去！」

你怒不可遏，讓我以為你是惡從膽邊生，正準備做出什麼事情來傷害我。然而我不敢違逆你的意思，只得解開安全帶，乖乖走下汽車。「斯坦，斯坦，」我哭喊道：「現在你到底打算幹嘛？難道你要把我一個人留在這裡嗎？」我在震驚之餘忍不住想到：「難道他準備把我殺了嗎？莫非他想除掉唯一的目擊證人？說不定他從前就已經殺過人了……」此際你卻讓引擎發出嘶吼聲，開車朝著懸崖衝過去。你是不是打算飛出馬路，用這種方式來自我了斷呢？於是我再度哭喊著：「斯坦！斯坦！」幸好你只是衝撞了懸崖邊緣上的一塊大石頭。接著你趕緊跳下車子，確定左側的大燈也已經撞得粉碎。此外保險桿也被撞彎了，幾乎對折過來。

我問道：「你為什麼要那麼做呢？」

而你連瞧都不瞧我一眼。

你只是冷冷地說：「我們的車子剛剛在這個路段出了一點小狀況。」

你拿出我倆從山上帶過來的玻璃碎片，把它們放到那塊大石頭前面，擺在新撞出來的碎片旁邊。你表現得就彷彿在拼圖一般，將最後的幾小塊也湊了上去。

當時已是午夜，而且頗為寒冷。本來我還擔心引擎或許再也無法發動了，但幸好那輛金龜車雖然有一點嘎吱作響，但仍可行駛。如今我倆可以宣稱：我們太過疲倦，而且一時精神不集中，以致在急轉彎坡道撞上了一塊大石頭——它一定是刻意被擺在那個角落做為路障，藉以預防有車子摔落懸崖。

我們向下行駛到玻爾衮的時候，不覺又是一陣心驚膽跳，因為那座古老木板教堂宛如令人毛骨悚然的舞台布景一般，驀然浮現於朦朧晨光中。更何況教堂四周環繞著老舊的墓碑，其中一塊墓碑前面還燃燒著蠟燭，也在灰茫茫的夏夜散發出粉紅色光芒。

當我們沿著萊達爾河前進時，天空已逐漸放明。但說來矛盾，那個早晨的天色越是明亮，我倆就越發提心吊膽。我們抵達萊達爾的時候幾乎已經是白晝了，不過我倆一致認為，現在去尋覓住宿的地點未免為時已晚或者為時過早，況且我們無意開著那輛撞得慘不忍睹的汽車招搖過市。於是我們又向前行駛了最後十公里路程，來到位於雷夫斯內斯的渡輪停靠碼頭。第一班渡輪還要過好幾個小時以後才會抵達，而碼頭旁邊就只有我們那一輛車子，結果我們決定將椅背放平，設法小睡一下。但我倆其實已經聽天由命了，並且認定警方一定會趕在我們渡過峽灣之前進行攔截。除非渡輪開過來把我們載走，否則我們必將無路可逃。即便那位婦人已經死亡，或者無法做出說明，可是白色廂型車的司機早已看見一輛在頂部架著滑雪板的紅色福斯汽車，而且沒幾分鐘以後他就在路旁發現一名受了傷或者已罹難的女子。反正顯而易見的是，警察隨時都可能在這裡現身。

可是她為什麼會半夜在那裡的深山徒步前進呢？當地沒有房舍，甚至連捕魚或狩獵用的小屋都找不到。她的穿著並不特別講究，而且那跟本就不像是登山健行的服裝。

那個女人是誰？我們可以確定她是獨自待在山上嗎？或許她另有同伴？說不定她涉入了某種活動。畢竟我倆曾經在海姆瑟達爾的最高點特別注意過那輛連結大卡車。莫非這其中另有蹊蹺……？

我們神經過度緊繃，所以根本就睡不著。但我倆都害怕見到光，只得繼續閉上眼睛躺著，像獲准一同過夜的小孩子那般地喃喃細語。我開口表示，我們僅僅在一顆圍繞太陽運轉的渺小行星上面移動了兩度的距離；而你還連忙補上一句，強調太陽只不過是銀河系裡面的上千億顆恆星之一罷了。我們便那麼繼續談論下去。相形之下，我倆親身經歷過的那個事件只像是大海中的漣漪而已。我們必須拓展自己的視野。我們絕不可畫地自限。但這一回我不再淚眼汪汪，而且不再哭喊著「有朝一日我們將再也不存在了」。如今哭喊已無濟於事——現在不再是哀傷的時候，更何況內疚早已取代了哀傷，因為我們很可能已經肇事致人於死。那是一個非常駭人的想法，令我不敢對它發表議論。我心中卻不斷地想著：「奪走了一條人命！」而我平常甚至還無法讓自己接受這樣的想法：總有一天我將會無意識地從地球表面消失，於是也從這個浩瀚的宇宙、從一切的事物那邊消失。並且從你的身邊，斯坦，也從你的身邊消失。

我記得，等到在渡輪碼頭撐過了那個破碎的早晨之後，接下來幾天內我倆就難得言及「被我們輾過的那個女人」，也不曾以任何方式直接議論所發生過的事情。每當不得不談到那個話題的時候，我們都只會說出「那個」或者「那件事」。不過你確實曾在那邊山中的高原飆過車；我們才剛行駛到一個緩降坡道，你就把油門踩到底，將那輛小金龜車的性能發揮到極致；接著我們很可能在海姆瑟達爾丘陵撞死了一位婦人。但後來我們就是不可以提起那些事情。從我們返回奧斯陸家中的時候開始，故事的那個部分便遭到了壓抑與排斥。這麼一來，我們又怎麼會有辦法生活在一起呢？「生活在一起」也正意味著相互交談，意味著一起大聲思考、嬉戲與笑鬧，此外還意味著同床共枕和彼此親近。

可是就另一方面而言，剛開始時我們卻相當坦誠地談論了那位紅莓女，而且正是因為她的緣故，我才有辦法在時隔那麼多年後的今天，幾乎了無罣礙地重覆一遍：我們在海姆瑟達爾丘陵撞死了一個人。等一下我還會重新講起那位神奇的紅莓女，別著急。但這一回我打算嚴格按照時間順序來敘述所有的事情。

你呢？現在你是否已經進了辦公室？

我進了辦公室，還剛在幾分鐘以前登入郵件伺服器，收到今天的第一封電子郵件。那封郵件的寄件人就是妳，現在我已經閱讀完畢，並且把它刪除了。

妳記得的相關細節比我多了許多。其中唯一讓我感覺似乎有言過其實之嫌的講法，就是妳所強調的：我倆早在事發之初即已心知肚明，被我們撞上的那位婦人不但受了傷，甚至已經當場死亡。其實她有可能是被撞得不輕而斷了一條手臂，於是搭乘便車，坐上那輛白色的廂型車返回海姆瑟達爾。不過那整個事件的確非常戲劇化，現在我就坐在辦公室裡面又把它重新經歷了一遍。

此外我同意妳的做法，也認為應該稍後才讓「紅莓女」登場。到時候我肯定會提出一些分歧的觀點。反正妳對此早有所知。

「分歧的觀點」，真是的！我簡直聞得出來，你正待在一個學術機構裡面。對了，那邊看起來是什麼模樣呢？我問的是，你的辦公室……？

我正坐在一間典型的大學陋室之中。它是數學大樓——也稱作「尼爾斯．亨利克．阿貝爾大樓」——裡面的一間長方形研究室，室內的書架、桌子和地板上面堆滿了各種科學報告、彙編和期刊。不過今天我幾乎未曾注意到，我這裡的環境是多麼平淡無奇。因為當我閱讀妳在電腦螢幕上面寫出的內容時，感覺起來就彷彿跟妳坐在同一個房間內，甚至像是坐在同一輛汽車上，聽妳那麼娓娓道來。現在就請繼續講下去吧。妳剛剛談到，我倆正把車子停在松恩峽灣南岸的那個渡輪碼頭。

早上四點鐘左右的時候天色已亮，隨即太陽就升出來了，但我倆繼續緊閉著雙眼低聲細語。我們相互提醒對方，在幾千年前和一年以前的哈當厄爾高原上面，石器時代的生活是多麼安全。然而如今看來，就連「最末一次石器時代」與我倆當天夜裡所遭遇事件之間的距離，也已經遙遠得令人難以想像。我們夢想著自己又回到昔日那些漫漫長夜，正躺在山洞外面仰望宇宙的星空。同時我倆也想到，自己的目光正穿越極為巨大的距離，凝視太空中的奇蹟。然而一下子與那許許多多位於無數個光年之外、宛如針孔一般的亮點進行這種近距離接觸，簡直會令人感傷。但不管怎麼樣，那些遠道而來的星光都是我們視覺上的鄰居，它們在太空中衝刺了千千萬萬年以後，終於抵達我們的感官，在那裡遭到接收和減速。來自遙遠天體的光線必須行行復行行，才得以觸及我們的視網膜——接著進入另一度空間繼續旅行，穿透感覺器官的面紗而直達靈魂深處，展開一個新的冒險故事。

有一天晚上出現了薄薄一片鐮刀狀的新月，但它夜復一夜膨脹得越來越大，最後更以銀色的光澤同時浸潤著哈當厄爾高原與蒼穹。月光給我們帶來了慰藉，那不單是由於我們在晚上也可以注視對方雙眸的緣故，而且更因為它讓我們的肉眼和心靈可以暫時休息一下，無需像之前幾個晚上那般地凝望深不可測的太空。

當我倆坐在紅色金龜車上面喃喃訴說石器時代、宇宙以及我們的遙遠過去時，我們仍然一直閉著眼睛，因為那時還算是夜間，而我們已經打定主意，要儘可能繼續在該地過夜，直到最後由警察或渡輪員工過來把我們叫醒為止。可是等到我們聽見渡輪從峽灣遠方傳來的嘟嘟聲時，便知道這個夜晚馬上就要結束了。於是我倆當中必須有一人趕緊採取行動，回憶起我們宰殺羔羊那天晚上所出現的大型流星雨。當時的景象極為壯觀，讓我倆看得瞠目結舌。我們在短短兩分鐘之內數出了天上的三十三顆流星，但我們大受震撼，來不及靜心許下九十九個應該現實的願望。不過我們已經大快朵頤。我們吃過了烤羊肉，並且還保留一些供隨後幾天繼續享用。那麼願望呢？我們不是已經擁有彼此了嗎？

我們開始橫渡峽灣。渡輪員工大不以為然地察看車頭之後，以同情的目光打量我們。因為碰撞損害可以跟皮肉傷相提並論，能夠立即看出是否為新的傷口。我們心中想著：「目擊證人」。而且我記得我倆還曾經為此交頭接耳。挪威廣播公司當時就已經播出每小時一次的夜間新聞快報。那是我們所知道的事情。然而我們不曉得船員們剛才在駕駛室內聽到了什麼。

但我倆還是在凱於龐厄爾被放行上岸，隨後繼續開車往西邊朝著海拉的方向前進。我們計劃從海拉乘船北上駛往菲耶蘭，來到我們冰河之旅的起點。那是出現網際網路很久以前的事情，但我們隨身攜帶了一本《挪威時刻表指南》，並且從中獲悉：我們必須趕搭第一班航向菲耶蘭的渡輪，否則就必須在海拉枯候半天。可是那場遊戲很快即告結束：我倆在「赫曼斯維克」與「萊康厄爾」之間被警察攔阻下來。顯然他們終於追上了我們。

有兩輛警車停在那裡，其中一輛還閃動著藍光。我心裡想著，如果現在還以為我倆能夠全身而退的話，那只能講是癡人說夢——我們的整個車頭已經再清楚也不過地顯示出來，我們曾捲入過什麼樣的狀況。此際天色大白，即便那個年代還沒有行動電話，但想必也已經有人在好幾個鐘頭以前向警方報了案。雖然你早就在懸崖旁邊精心炮製出不在場證明，當時卻是你既大聲又直截了當地說道：如果警察揮手示意要我們停到路邊的話，我們就認輸。我們不會否認任何事情。

我不斷地點頭。但你還是繼續講下去：「聽著，當初我們陷入慌亂。不過就是這樣而已。」我又點了點頭。我已經心力交瘁，而且一切都毀了。我所珍愛和相信的每一樣事物都已經遭到踐踏。自從在山上發生那件事以後，我除了你的意志之外已經別無意志。

幸好那只是一個例行性的臨檢，我們甚至連下車都不必。我對此求之不得，因為我實在不曉得，自己是否還會有辦法好端端地站著。那時雖然是星期一的大清早，卻也沒有進行呼氣酒精濃度檢驗。但即使如此，我倆還是收到一張警告單，通知我們必須在十天之內將車頭大燈修理完畢。那些員警並且告訴我們，等到期限截止的時候我們反正早已返回奧斯陸了。儘管他們非常親切體貼，而且明亮的夏夜已開始登場，警告單上面卻還是註記道：在大燈修復之前，我們不得夜間行車。

晚上不准開車，斯坦！我們受到的告誡就只有這麼多，而且我們實在無法對那項禁令做出任何抱怨……

我們順利趕在渡輪抵達之前來到了海拉。海拉跟雷夫斯內斯一樣，是很典型的不毛之地——當地就只有一個碼頭供渡輪停靠，甚至連個小店都找不到。那時我恰好對巧克力有著一種無法遏制的渴望，於是承受了莫大的痛苦。結果在等待渡輪從松恩峽灣對岸的旺斯內斯開過來的半個小時內，我倆沒有什麼東西好談，光是把話題圍繞著我們的滑雪板打轉。我倆已經決定把那輛福斯汽車留在海拉。因為我們即將前往的那個峽灣村落幾乎沒有公路，把車子一起帶過去是毫無意義的事情，更何況我們不想繼續開著它到處招搖。可是我們的滑雪板呢？

我相信你把所有的事情都記得跟我一樣清楚。但即便如此，還是有必要以連貫的方式將這個故事一次說分明。

那時我倆就事論事地對談，一切都經過仔細算計。我們應該掉頭回去嗎？最後我倆在那邊的花崗岩岬角達成充分共識，應當前往約斯特達爾冰河。畢竟那是我們原定的目的地，而當初我倆已經相互對此做出了承諾。現在不管還會再發生什麼事情，我們都必須找到一個歇腳的地點，需要有被窩讓自己一頭鑽進去。但我們無從得知自己是否將在一天、兩天或三天之後遭到拘捕。我們只能確定那是時間早晚的事情，最多在幾天之內就會發生。我們已經看見過了，渡輪人員是以何種目光來檢視我們車上的新鮮碰撞痕跡，更何況我們還曾經遭到警察攔車臨檢，並且被登記在案。於是我倆一致認為，接下來只不過是協調和調查上的工作，所以那僅僅是時間問題罷了。

但我們在停留於海拉的半個小時內已可確定，將不會出現冰河滑雪板之旅。我們沒那麼冷血，不可能在發生這種事情之後，還會有閒情逸致去冰河上面漫遊。我們必須經常看報紙和聽收音機。我們要隨時保持警覺，我們必須這麼做。我們聽說過，在目的地有一家傳奇色彩十足的旅館可供下榻。那麼在這種情形下，就把我們的滑雪板留在海拉好了。噢，絕對不行！那輛上面架著兩副滑雪板的紅色福斯汽車一定早已遭到舉報。在五月底這麼做未免太冒險了！更何況我們抵達菲耶蘭之後又該如何介紹自己呢？最說得過去的做法還是冒充為冰河健行者。

總而言之，我們心中早已大致有數，無論警方的調查行動得出怎麼樣的結果，我倆的情侶關係恐怕早已深受衝擊。之前儘管我時而會恐懼症發作，而你有著喜歡多喝一、兩杯的傾向，我倆的共同生活卻幾乎從來都沒有出現過摩擦；然而自從那位圍著粉紅色披巾的女子在埃德勒瓦特內湖被車子撞了以後，我倆之間的關係首度陷入危機。不過我們仍然無法相互割捨。也許在明天，也許在隨後幾天內能夠如此，但現在還不是時候。

在一切都完全結束之前，我們還需要共同度過最後幾個鐘頭或最後幾天的時間。

這麼一來，我們簡直是以輕鬆愉快的心情，乘船沿著那條狹窄的峽灣分支向上航行。我們朝著正北方駛往那座巨大的冰河。周遭的景色給人如此強烈的印象，使得我倆出現了某種反應：那就宛如得到了解放，或者像是水壩突然潰堤一般。我們重新開始嬉戲和歡笑。你還記得嗎？我倆分別徹底扮演好自由自在者的角色。我們都變成了第一流的演員。我們都一夜沒睡，那當然也對演技有所幫助。但更重要的事實是，我們仍然不受約束地待在一起——至少可望在隨後的十二、二十四，甚或四十八個小時內繼續如此維持下去。我們突然成為《我倆沒有明天》劇中的邦妮與克萊德。我倆一向習慣於特立獨行，喜歡自稱為「化外之民」。如今我們更已淪為亡命之徒。我們融入了那個角色——時隔三十多年後，我們已可承認這一點——我們開始扮演了玩世不恭者的角色。

抵達旅館之後，我們宣稱準備待上幾天，但還不確定要停留多久。不過由於他們已經看見了滑雪板，所以我們也表示準備去爬冰河，並且謊稱自己上過冰河課程和參加過冰河健行活動。你甚至還提到了「黑冰冰川」……②

我們只希望能夠共度幾天的光陰，只有你和我。我們認為那或許是我倆最後一次的瘋狂舉動了。我們不是冒充為新婚夫婦嗎？所謂的「反同居法」才剛剛在四年以前遭到廢除；甚至當我們開始共同生活的第一年內，我們的未婚同居關係仍有可能被人向警方舉報，並因為傷風敗俗而遭到起訴。

但不管怎麼樣，我們要求旅館給我們最好的房間。我們表示自己有特別的事情需要慶祝

——我記得我倆編出的理由是「通過了考試」。但那其實並不算偏離事實，因為我們剛剛各自通過了宗教史和物理學的「中間考試」。

最好的房間完全不成問題，因為當時還沒有進入旺季。我們得到了塔樓的客房。可是斯坦，我實在不怎麼願意在這裡提起，它也就是今年夏天尼爾斯．佩特和我抵達旅館之後，在那個晚上所入住的同一個房間。再度回到那裡難免會讓我感覺奇怪——而且是跟他一起。雖然我們恰好住進了同一個房間，我卻不怎麼認為那是出於巧合，更何況現在我並非在談論任何神秘事件。那只不過是由於尼爾斯．佩特辦理了住宿手續的緣故，而且我嫁給了一個十分大方體貼的丈夫。他曾經為了你幾乎占用我們在圖書村的全部時間而鬱鬱不樂——因為我倆迫不及待地翻遍各家舊書店，搜尋自己在年輕時代未能閱讀的書籍。但是我相信已經告訴過你，他在回家的半路上又重新活躍起來。

那天早晨我和你站在櫃檯辦理旅館住宿手續時，提出了一個或許有些厚臉皮的額外要求。但我們別無選擇。我們想知道房間裡面是否有收音機，等到他們做出否定答覆之後，我們便打算借用一台電晶體收音機。那個舉動或許非常冒險，但我們覺得自己的資訊少得令人絕望。我們因而宣稱你是學法律的，熱衷於追蹤特定的最新時事動向。而我還告訴他們，我們想要收音機的原因，跟西德以及「巴德爾——邁因霍夫幫」有所關聯。

烏爾麗克．邁因霍夫被發現橫死在施塔姆海姆監獄裡面，那還只不過是幾天以前的事情。③我不知道自己為什麼會說出那種話來，但可能是因為我突然感覺到，我倆的處境有一點類似安德瑞亞斯．巴德爾和烏爾麗克．邁因霍夫。而你惡狠狠地瞪了我一眼。

但不管怎麼樣，我們得到了房間和收音機。我們擁有自己的半圓形陽台，可以從絕佳角度來觀看冰河、峽灣，以及下方位於舊渡輪碼頭旁邊的兩家商店。那天早晨我倆在旅館房間上床以後，卻只是躺著聽收音機。我們甚至沒有注意到當時的時間，因為我倆幾乎可以確定，那個小電晶體收音機只會播報跟我們有關的事情。我們在向睡意屈服之前，總算找到了例行性的新聞快報節目，裡面出現來自國內外的消息。例如挪威國會已通過一項法案，將役男入伍年齡從二十歲降低至十九歲；此外德國哲學家馬丁．海德格已經去世。但就是沒有任何關於山上的新聞。

這種缺乏資訊的情況開始讓我們備受煎熬。昔日在家中雙人床上進行「香檳研討會」時所讀過的故事當中，杜斯妥也夫斯基筆下的「拉斯科尼柯夫」令我倆記憶猶新。而且我們和他一樣也開始出現某種渴望，想要被揭穿身分，否則至少應該被鄭重其事地譴責或質疑才對。但我們很快就睡著了。我相信我們甚至沒有把收音機關掉，而且我們要等到接近傍晚的時候才醒過來。

我被你的哭叫聲驚醒。現在換成是你在流淚，由我來安慰你。我把手臂伸到你的胸口、親吻你的脖子，並設法撫平你的情緒。

過了沒多久以後，我倆又坐在床上聽收音機。我們仔細逐字聆聽每半小時播出一次的新聞快報，然而還是沒有任何動靜。那時是下午七點鐘，山上發生的意外已經是大半天以前的事情了。那個意外事件看起來簡直像是一宗血腥的汽車謀殺案，冷酷無情的兇手將身受重傷或已經死亡的被害人遺留在犯案現場，於逃逸時既沒有叫救護車，也未曾通知警方。照道理應該會出現「今日已部署大批警力……」之類的報導才對。可是沒有，從來都沒有過這樣的消息。雖然我們正置身於松恩峽灣北側一個峽灣分支的頂端，很舒適地待在旅館房間內，卻十分清楚我們駕車離開了那個圍著粉紅色披巾的婦人，還把她遺棄在現場——我們正完全沉迷於自己的歡樂之中，不慎把她撞倒以後，還是繼續開車前進。後來我們找到了她的披巾。可見一定是那輛白色廂型車的駕駛在我們離開後收拾了殘局。不過難道他同樣也不曾通知警方嗎？

那到底是怎麼一回事？為什麼廣播電台不做出任何相關報導？整件事情為何會遭到隱瞞？其中一定存在著某種理由。那又該如何解釋呢？有關當局為何刻意不公布消息？那個身穿灰衣、圍著粉紅色披巾的神秘女子，在半夜跑到山上到底打算做什麼？她為什麼會在該地逗留？莫非那涉及了軍方或特勤單位的活動。難道我們無意間捲入了一個攸關國家安全的重大案件？

我的想像力比較豐富，先開口問道：「難道我們可以確定，被我們撞倒的那個女人果真是一個普通人？廣播電台沒有做出任何有關失蹤人口的報導。警方也不曾徵求目擊證人。也許她是一個外星人，一位來自外太空的訪客？」由於當天夜裡曾在山區上空出現過一道奇特的光束，我希望用這個話題來誘導你發表議論。於是我繼續表示，我倆曾經看見空中冒出燦爛的光芒。

不過我們總覺得那整件事情完全令人費解。受害者到底是誰？如果她不是「外星人」或某種鬼怪的話，那麼一定有某人正在某地設法查明肇事者的身分。我倆試圖勾勒出一個輪廓：他們想必正在尋找一名男性，這是毫無疑問的事情，因為女性面對那種事情的時候通常不會逃跑。說不定保安警察或刑事警察基於某種理由，希望在找到犯案者之後才公開對外說明整個事件的原委。

我們的汽車仍停放在海拉。我們是否應該自行通報呢？我們可以打匿名電話提供線索，表示在渡輪碼頭擺著一輛撞壞的車子——從此我們令人難以忍受的行為就終於可以告一段落了。

至少那輛金龜車已經被警方登記為可疑車輛。

但是從這個由一連串問題和初步答案所構成的混亂狀態之中，衍生出一個經過冷靜算計的新願景。我率先把它清楚地表達出來。我說道：「親愛的斯坦，我們已經一起生活了五年。突然間我們變得非常倒楣，還共同做出了一件真正的蠢事，因為在撞車之後就這麼離開現場實在是很不明智的做法。但不管那個被我們撞上的可憐婦人到底出過什麼事情，現在我們都再也不可能幫助她了。那麼我倆是否應該設法以最美好的方式來度過這最後幾個日子呢？」

「天狼星，」我繼續懇求道：「仙女座，斯坦！」而你立刻領悟了其中的關聯性——我的意思是，你想起了我倆之前在雷夫斯內斯渡輪碼頭所談論的對象。

我是在為我倆做出懇求，而且想把你爭取過來，其實一點也不困難。結果我們共同度過的最後幾個美妙日子就那麼開始了。我們淋浴完畢之後，過了半個小時就已經來到樓下，坐在宛如博物館一般的壁爐室暢飲開胃酒。旅館裡面沒有「金力」，但是他們有斯米爾諾夫伏特加酒和萊姆汁。

吃過晚餐以後，我們又端著咖啡坐回壁爐前面。不過從當晚開始的一個星期內，我們都把廣播電台的節目播出時刻表牢記在心裡，必須在十點鐘之前趕回房間收聽新聞。可是依然動靜全無。

我無需詳細敘述我倆在當地共同度過的那個星期，因為你也還記得事情的經過，而且我們上一次見面的時候就已經稍微對此進行過討論。反正我們每天都長途漫遊。在第一天，我們很吃力地爬上蘇佩勒山谷，一直走到冰河舌前面。你還記得那天所發生的全部事情嗎，斯坦？你還記得我們在蘇佩勒冰河旁邊的「約迪斯紀念品店」吃完巧克力，並且買來幾雙土產手套之後，在下方河畔的苔蘚堆中發現了什麼嗎？或許我們應該繼續把它保留為我倆之間的小秘密。第二天我們借來兩輛自行車，此後又探訪了胡爾佩山谷和博雅山谷。我們在博雅山谷花了好幾個小時，坐在小冰河期所留下的冰磧石上面觀看冰河崩裂。

我們每次出門踏青時，都會隨身攜帶那台小型的電晶體收音機。有一回當我倆經過接待櫃枱的時候，一位名叫萊拉的女士指著收音機挖苦地問道：「巴德爾─邁因霍夫？」

我們故意裝作沒有聽見。可是一切仍然杳無訊息。似乎沒有人在意「邦妮與克萊德」瘋狂駕車穿越鄉間時所幹下的勾當。我們享受了那種情況，因為它持續不斷給予我們另外的一天。我們沒有更長的時間衡量尺度──我們以額外獲得的每一個小時為樂。

我們反覆進行了討論和臆測。比方說，是否有人蓄意打算讓那位女性被汽車撞死呢？那種想法固然可以稍微減輕我們的內疚感，卻也讓我們感覺自己遭人利用。搞不好她就在我們開車經過的一瞬間被推到馬路上。因為當時雖然天色幾乎已經亮了，我們卻始終未曾看見任何動靜，直到冷不防有紅色的東西出現在引擎蓋前面為止。而等到我們重返現場之後，又沒有查看是否有人躲在灌木叢裡面。或許她甚至在被汽車撞上之前就已經死了？為什麼不呢？的確，為什麼不呢？我們僅僅目睹「一團紅色的東西出現在引擎蓋前面」——而且我們把那個講法重覆使用了許多遍。可是我們並沒有看到那位女性本人，所以很可能只是瞥見她的披巾在山間稀薄空氣中隨風飛舞。有人早就把她殺死，如今只需要炮製出一場致命的車禍來遮掩犯罪行為。說不定她已經倒在路邊，但如果她肩上沒有粉紅色披巾的話，就不會那麼容易被人發現，即便與她相撞時的力道已足以讓車頭大燈裂成碎片……

「她是個外國人！」過了一陣子以後，我們又如此說服自己。這解釋出來，為什麼沒有人報告她的失蹤。而且我們還在海姆瑟達爾丘陵最高點的下方不遠處，看見了一輛懸掛外國車牌的連結大卡車——事後我們並突然十分確定那是德國車牌。至於看見它的時間，斯坦，嗯……那是你轉彎駛入林業道路之前不久的事情。

也許連結大卡車的司機把她接走了。或者那輛連結大卡車與白色廂型車之間有什麼關係也說不定。反正那一切事情都發生在半夜，而某些類型的密會剛好都只在半夜進行。

我們開始漫無邊際地談論一輛從東挪威開過來的德國連結大卡車，以及一位五十多歲的女性——她或許是一名信差，正在穿越山區準備與來自西挪威的那輛廂型車會合。然而不管我倆的想像力再怎麼豐富，我們還是一籌莫展……

你還在那裡嗎？

還在，我覺得妳回覆的時候非常好整以暇。今天我除了等候妳的郵件之外，幾乎沒有做過其他的事情。我就像關在籠中的野獸一般，來回踱步等待妳跟我聯絡。這間研究室非常狹小，我相信它的面積只有九平方公尺。好在我已逐漸冷靜下來，可以開始進行一些比較實際的事情。我已經清理了堆積如山的紙張和論文，而這種惹人厭的工作通常每五年才會展開一次。但我又開始感覺到，有一股很特殊的焦躁不安情緒正在拉扯著我。現在就請繼續講故事吧，但妳千萬別因為我的急性子而感覺受到壓力，於是把事情的經過講得太短或太快。

我倆被緝捕到案前的那些「最後一天」看似漫無止境，結果我們度過了一個浪漫得不同凡響的星期——因為我們活在不曉得快樂時光還能夠持續多久的氛圍之中。可是在某種程度上，這種不確定狀態也讓人如坐針氈。縱使我們慶幸自己有了「一週的寬限期」（這是我倆在最後一天對那個星期的稱呼），我們還是開始以期待的口吻來談論，西挪威將會對「邦妮與克萊德」終於遭到逮捕一事出現何種反應。我們想像著報紙上面將會刊登出來的故事；我們還討論了頭條標題的寫法。我們從來都不曾起心動念，以為自己還能夠有辦法逍遙法外，或者我們的不端行為將不會帶來惡果。

雖然我實在不曉得，假如我倆當初就已經意識到，所發生的事故將成為一個無解的謎團而永遠伴隨我們的餘生，那麼我們會做何感想。但如果我倆為了這個前景而陷入驚恐的話，我一點也不會感覺訝異。因為最讓人無法忍受的事情，莫過於始終什麼都不曉得。將近一個星期的時間已經過去了，新聞報導卻仍然隻字未提有一位婦人在山間隘口遭到汽車輾過，並且於事發當夜被殘酷無情地遺棄在海姆瑟達爾丘陵上的車禍現場。

那個女人到底是誰，斯坦！

我們在那家宜人的旅館向東道主解釋事情時，面臨了一個小難題：為什麼我們始終不去冰河上面健行，沒有做出當初所宣稱過的事情？你表示我不太舒服，於是當你謊稱我偏頭痛發作的時候，我很配合地跟著點了點頭。反正自從駕車肇事逃逸，並且很可能在現場留下一個已死亡或受重傷的婦人之後，撒謊就變得很容易了。我倆的說詞是，我們還必須再等一會兒。我們假裝我的生理期來了。但我其實並沒有。也許你會覺得奇怪，我怎麼現在又回想起那件事情。但我們從未處於那種病懨懨的日子，而且我從來都沒有過偏頭痛。我倆凡事都是成雙成對地一起進行，因此我覺得你把責任硬推到我身上的做法極不可取。

有一天，那位親切的旅館女主人開玩笑或半開玩笑地問我們，我倆是否翹家或者正在逃避什麼東西。你還記得我們講了什麼嗎？我倆都插科打諢地表示：我們翹離了任何跟責任扯得上關係的事物，我們正在逃避一切形式的汲汲營營。她滿腹狐疑地盯著我們瞧，不斷上下打量。讓我們感覺有點不自在，於是你的話鋒變得有些凌厲。你問道：「難道這裡不是一個渡假勝地嗎？」

此事發生在我們走去吃早飯的半路上，而我倆在用餐之際都同意，現在是該離開的時候了。其中的原因不僅僅在於我們被問到的那些問題。打算重新回到出事地點，才是真正吸引我們離開的最主要因素。人們喜歡表示，罪犯總是會重返自己的犯罪現場。而我們還有一個很好的理由要那麼做。我們必須察看一下，自己是否曾經忽略了任何蛛絲馬跡。而且我們更特別需要知道，粉紅色的披巾是否還在那裡。

但除此之外還存在著其他的因素。當天清晨我醒來得比你早，而等到你起床的時候，你發現我在一張舊躺椅上面伸長了身子，深深沉浸於我在撞球室發現的那本書——而且前一天晚上我倆曾經從書中挑出幾段文字來朗讀。我指的是《靈魂之書》，也就是被你譏為「招魂啟示錄」的那本書。你見到我在讀那本書的時候，立刻勃然大怒，幾乎變得暴跳如雷；雖然我並不怎麼明白為什麼，可是我懷疑你之所以打算在那天早上離開，正是為了要把我跟我的新讀物拆散開來。那本書其實應該在我們出發之前歸還原處，但我於你不知情的狀況下把它塞進我的背包，一直要等到我們返回奧斯陸之後才又拿了出來。

然而當我們在那最後一個早晨穿越旅館大廳，走向陽台準備觀賞峽灣和紫葉山毛櫸的時候，旅館主人的女兒——今日的旅館經營者——詢問我們是否能夠在她上午出門前往銀行的時候，挪出半個小時來照顧她的三個小女兒。說來奇怪的是，那個位於峽灣旁邊的小村落當時竟然設有一家銀行分行。④

我們立刻答應下來。那些小女孩都非常可愛，我們跟她們已經相當熟，而其中最小的一個還不到兩歲。在之前幾個月內，我甚至已經開始認真地表示，打算停止服用避孕藥。我倆十分感激她對我們展現出來的信心，因為有誰會想讓邦妮和克萊德來幫忙照顧小孩呢？

我已經再也想不起來到底是為了什麼緣故，結果我倆幾乎整個上午都在照顧那些小女孩。而我們自己的講法為：這是我們最起碼該做的事情，因為我們非常感激她把電晶體收音機和自行車借給我們使用。其實我們沒必要對她這麼說。畢竟我倆已經在那家旅館裡面花了不少錢。我們是很好的顧客，既不在佐餐的葡萄酒那方面，也不在飯後的烈酒和咖啡上面樽節開銷。當時他們有卡爾瓦多斯，斯坦！所以你的記憶正確無誤。卡爾瓦多斯在那些日子相當罕見——至少在大城市外面的小旅館如此。不過自從開車前往諾曼地旅行之後，我倆就愛上了那種蘋果白蘭地。如今我已經記不得了，一九七〇年代中葉的時候，在國營酒類專賣店裡面是否也找得到卡爾瓦多斯，但不管怎麼樣，那是我倆於正常情況下所絕對負擔不起的。可是在那個荒郊野地，我們卻置身於好幾個冰河期所留下的深刻疤痕之間，每天晚上在用餐以後坐著暢飲卡爾瓦多斯。

於是我倆在那家旅館多停留了一天。接近中午的時候，我們已經做好照顧小女孩的工作，那最後一個下午就完全屬於我們了。我們幾乎已經走遍這個峽灣小村落的每一個角落，我們已攀登過附近的幾座山峰——隔天早晨我們的膝蓋並為此做出了見證——但說來相當奇怪的是，我們還沒有去探訪旅館正後方山谷上面的牧羊人小屋。如果我們的汽車還停放在海拉，沒有被警方拖去進行調查的話，第二天早上我們就會開車回家，否則至少是開往我們所能抵達最靠近東挪威的地點。我們已不再認為有什麼事情是理所當然的了。但我們確定當天還剩下一趟遠足有待進行，那就是前往山上的牧羊人小屋。天氣好得沒有話說，在我們停留的那幾天幾乎一直沒有下過雨。

我倆很快就帶著盒裝午餐和一保溫瓶的熱茶出發，朝著明達爾山谷的上方走去——那裡也就是不過幾個星期以前，你和我重逢後再度前往漫步之處。我相信你仍然記得在那兩個場合出現過的所有情況，但現在我還是照樣寫出我自己所記得的一切，讓你不得不重新仔細想想當初到底發生了什麼事情。

我們途經左手邊最後一座農莊的紅色穀倉，以及右手邊的步槍靶場，而後繼續沿著小路在景色宜人的明達爾河右岸行走了一段距離，終於來到名叫「草場之家」的夏季農莊。我們必須不時在碎石子路上的羊屎和牛糞之間跳躍前進，因為那些牲畜沒多久以前才剛剛被驅趕到夏季牧場。

我倆正在苦中作樂。一個星期的時間已經過去了，我們仍然前途未卜。縱使我們到頭來永遠不必為海姆瑟達爾丘陵上面所發生的事情負責，也已經留下了一輩子的傷痕。我們對此早就心知肚明，但所不曉得的是，我們怎麼能夠有辦法帶著自己對那段遭遇的記憶共同生活下去。

然而我們依舊戲謔嬉笑，我們還是保持原來的模樣，不過我們也無奈地體會到，那是我倆待在天堂，待在我們口中「色情的窮鄉僻壤」之最後一日——雖然色情的其實並不是這個窮鄉僻壤，而是過去一個星期內在此地狂歡作樂的我倆。

當我們向上漫遊的時候，你一直想對我毛手毛腳。有一回你還打算要求更多東西，而且你完全當真，不光是隨便說說而已。你哄騙我說：整個山谷現在都歸我倆所有，我們很容易就可以隱藏在赤楊樹叢裡面，更何況今天的天氣相當暖和。但是我堅持我們必須先走去山上的牧羊人小屋。我輕描淡寫地表示：「到了那邊以後，我們再來看看你是否還有足夠的男子氣概。」我把那句話記憶得非常清楚，因為你聽了以後十分惱火。然而接下來所發生的事情，讓你在隨後幾天甚至幾個星期內，完全喪失了男子氣概。事實的真相是，此後我倆都不曾在一起。從此我們就再也沒有發生過關係了。

距離「草場之家」幾百公尺外的地方，在小徑左側的溝渠裡面茂密生長著一叢叢「指頂花」——紫花毛地黃。它們是那麼的修長和那麼的粉紅。據我所知，那些花朵吃了會死人；但我也曉得，毛地黃的葉片可以救人一命。那些鈴鐺形狀的花朵具有莫名的吸引力，使得我掙脫你的手，跑步過去觸摸它們。我對著你說道：「一起過來吧！」

我倆對著指頂花聚精會神還沒有多久，注意力就被吸引到小徑右側一個緩坡上的濃密樺樹林。黑白斑駁的樹幹之間有一小片空隙，一塊鮮綠色的青苔地。就在此際，那裡冷不防冒出一名身穿灰色服裝、肩上圍著粉紅色披巾的女子，而且披巾的顏色跟指頂花一模一樣。在接下來的許許多多個年頭內，我經常反覆思索此事。

她仔細端詳我們，臉上掛著微笑。她就是我們在海姆瑟達爾丘陵上面輾過的那位中年婦人，斯坦！似乎有更高的意志為了我們的緣故，突然特地把她置入那個景色之中。今天我認為我已經更清楚地知道她是何許人也，以及來自何處。不過你先別急著發表意見！

後來我們對自己所看見的東西完全達成共識。我們都同意，她就是將近一個星期以前我倆途經海姆瑟達爾最高處的時候，所看見行走於路旁幾公尺外的那名女子。她身上圍著的披巾就是飄落在山中湖畔的那一塊布，而且她本身就是同一個人。因此我倆對自己所目睹的事物，抱持了相當一致的看法。但奇怪的是，我們無法對她話中的內容達成共識。此事確實頗不尋常，而且當時我倆都大惑不解，但今天我也為它找到了一個合理的解釋。

那麼她究竟講了些什麼呢？我記得一清二楚，她轉過身來向我表示：「妳是從前的我，而我是將來的妳。」你卻堅稱，她說出了完全不一樣的話。既然我倆能夠一再對自己所看見的東西達成共識，那豈非頗不尋常的事情嗎？因為你很堅持地表示，她一面盯著你瞧一面說道：「小伙子，你實在該吃超速罰單。」

總之那兩句話聽起來並不類似，意思也大相逕庭——「妳是從前的我，而我是將來的妳」，以及「小伙子，你實在該吃超速罰單」。你聽到的字句是一回事，而我聽到的又是另外一回事。可是她為什麼要給我們一個雙重的訊息呢？她是如何成功表演出這項絕技的？那是當時最大的謎團。不過，請稍安勿躁……

今天我可以確定，那位「圍著粉紅色披肩的中年婦人」就是被我們撞死的同一個女子。如今她特地從彼世過來向我們致意。她是為了安慰我們而來！她面露微笑，即便我還不至於稱之為「溫暖的笑容」——因為諸如「溫暖」、「冷淡」之類的字眼往往具有肉體方面的意涵——但無論如何，那絕非令人不快的微笑。其中反而帶著淘氣、開玩笑和惡作劇的味道。不，斯坦，她是在吸引我們。那種微笑所表達的意思是：「來、來、來。世上沒有死亡，所以過來吧！」緊接著她就一下子化為烏有，消失不見了。

你在小徑上兩膝跪地，用雙手掩著臉哭了出來。你不想正眼看著我，於是我只得彎下腰來再度安撫你。

我開口表示：「斯坦，現在她已經離開了。」

可是你繼續啜泣不已。其實我自己也嚇壞了，因為當時我還完全沒有信仰。不過必須照顧你這個大男孩一事，對我自己也產生了助益。

你突然一躍而起，朝著山谷上方跑去。你是為了保命而跑，我則試圖跟上你的腳步。我絕不可讓你從我的身邊跑走。結果我倆很快又並肩而行，過了一會兒之後就開始談論自己所經歷過的遭遇。我們激動的程度不分軒輊。

我倆還沒有開始採取特定的立場。我們只是相互詢問、進行討論、來回衡量正反意見。但我倆都同意，我們在樺樹林看見的那名女子，跟我們在海姆瑟達爾丘陵所目睹的是同一個人，亦即隨後被我們輾過的那位中年婦人，而且我認為她被我們撞死了。如今事情早已十分確定，根本就沒有懷疑的餘地——可是後來你卻極力爭辯，宣稱她非但活了下來，而且顯然還處於最佳狀態。

當時你驚魂未定地問道：「她怎麼能夠有辦法跟上我們？」你害怕她還會一路尾隨過來。

你認為她搞不好也已經住進了那家旅館，擔心我們在吃晚飯的時候或許必須再度和她見面。你的恐懼變得越來越著眼於具體的物質世界。我則逐漸開始驗證一種截然不同的觀點。我不認為她在旅館裡面租了一個房間，我也不認為我們將在吃晚飯的時候遇見她。我說道：「斯坦，她已經死了。」你用打量的眼神望著我。而我接著補上一句：「說不定她並沒有尾隨我們。說不定她是從另外一個世界走向了我們，斯坦。」你又盯著我看了一眼。然而你的目光有氣無力，只是顯得無可奈何。

是無可奈何，沒錯。因為我曉得，從此我倆將各走各的路。當時我無法相信，而且直到今天我還是無法相信，死者會有辦法過來拜訪我們，或者能夠在任何地方被找到。妳卻相信那是可能的事情，而現在我懂得該如何尊重妳的觀點，可見這三十多年下來我無論如何還是有了若干轉變。然而妳講得很對：當時我還不懂得尊重妳的看法。

就請繼續講下去吧。我覺得妳非常忠於我倆的故事。

幾乎整個早上都在我的小辦公室裡面來回踱步之後，我變得越來越煩躁不安。現在已經是中午，我覺得必須出門去做一些事情，而且我已經做出了一個決定。

現在就請寫出結尾部分。我相當確定已經可以猜想到它的大致內容，因為在妳突然斷絕一切關係，並且返回卑爾根老家之前，我們曾經廣泛討論過那方面的事情。我將在今天結束之前做出答覆，我保證會這麼做。

等到我倆向上來到牧羊人小屋之後，我們同意將儘可能在最長時間內不對那個事件做出任何詮釋。第二天我們即將長途跋涉開車回家，必須再度穿越那個位於「松恩—菲尤達訥」和「布斯克呂」兩個郡交界的山地。那麼現在何不乾脆一了百了，趁著記憶猶新的時候針對我倆實際的經歷達成共識？

我們一致同意，起先是我蹲下來觸摸那些粉紅色的花朵。接著你走到我背後，剛開始還只是撥弄我的頭髮，隨即也蹲下來碰了碰那些毛地黃。我已經不怎麼記得，當時我們是否聽見小徑的另一邊傳來什麼聲音，但反正有東西吸引我們驟然轉過身子。說時遲那時快，樺樹的枝幹之間具體出現了一個女性的身影。她就站在青苔上、肩頭圍著粉紅色的披巾，「活像是童話故事中的紅莓女」。那是我的講法。當時是我引進了「紅莓女」一詞，而它可以協助我們表達自己的想法——它變成了「言辭上的救生圈」，可供兩個陷入困境的心靈加以攀附。我們在隨後許多天內能夠繼續談論那位「紅莓女」，而且看來時隔三十多年之後，我們仍然有辦法這麼做。

在當時那個年代，我倆卻無法輕易公開表示自己遇見了鬼怪或幽靈，或者宣稱有亡魂向我們現身。我們必須記住，那是一九七〇年代中葉的事情。烏爾麗克．邁因霍夫才剛剛在幾天前被發現暴斃於施塔姆海姆監獄，而那一年挪威出版了《珍妮被炒了魷魚》、《永不放棄》、《進入你的時代》、《鐵十字勳章》、《戰役》和《塗鴉》等小說。但當然還是有一些孤獨的聲音宣稱：我們即將進入一個全新的紀元，我們正處於一個轉折點，站在「寶瓶座時代」的門檻上。

你用唯物主義來和我剛開始萌芽的唯靈論打對台，而那種觀點使得你在狂熱尋找說詞的時候，發展出一套引人發噱的理論。其實我們早已達成共識，認為紅莓女跟我們在海姆瑟達爾丘陵見過的女子是同一個人。你卻突然改口表示，不妨設法將那個事件看待成一部電影，或者當作一本偵探小說來解讀！我非常好奇你接下來會怎麼講。而你說道：或許我們在樺樹林裡面遇到的那個婦人，跟另外一名女子是同卵的雙胞胎姐妹……

而且耶穌之所以能夠在水上行走，或許是因為加利利海面覆蓋著冰層的緣故！

下山返回旅館途中再度經過那個地點的時候，我倆手牽著手一起走，而且腳步匆匆。但我們已經事先講好，絕對不可以驚慌失措。我們心中恐懼的程度完全相同。這回你表現得非常勇敢，沒有拔腿就跑，然而我卻必須為此付出代價——因為你很用力地擠壓我的指關節，害得我的手接連痛了好幾天。我還記得我們吃晚餐時喝葡萄酒的情形。那天我們必須喝喝酒，而且在喝完一整瓶以後，甚至又多叫了半瓶酒。不過我也記得，當時我幾乎無法舉起酒杯，因為你早就把一切的力氣都從我手中擠掉了。

我對當天晚上的情景也記憶猶新，斯坦。這回換成是我想辦法來誘惑你。我的做法非常露骨。因為我心裡想著，這是我所擁有的唯一一次機會。萬一現在我無法成功的話，我倆將再也無法回到彼此的身邊了。我試著用自己所知道的每一種招術來引誘你，而假如是在幾個鐘頭之前的話，我應該還會有辦法讓你暈頭轉向，充滿野性的欲望。可是沒有任何做法能夠奏效。因為那整件事情讓你極為心煩意亂，而且你絕對跟我一樣也料想到了後續的發展，更何況到頭來你醉得相當厲害。用罷晚餐和卡爾瓦多斯之後，我們還拿了一瓶白葡萄酒回到房間，可是我根本就沒有碰它。你仍記得那一切最後是怎麼收場的嗎？結果你頭朝床尾躺著，而我的腳就擺在你頭部的旁邊。有一次我還試著用腳趾頭彈彈你的臉頰，但你只是把我的腳推開，雖然不很用力而且不至於不友善，可是態度相當堅決。起先我倆都難以成眠。我們只是躺在那裡輾轉反側，雖然曉得對方也還清醒，卻假裝自己已經入睡。後來我們還是都睡著了，最起碼是你先睡著。以你那麼高的血液酒精濃度，當然沒辦法硬撐很久。

我深感懊惱，為何沒有在遇見紅莓女之前，在山上的赤楊樹叢委身於你。因為我明白，你我或許從此將形同陌路，而且我在那個時候就已經開始想念你了。

當兩個人躺在同一張床上彼此想念對方的時候，其痛苦的程度往往比遠隔重洋時的相思還要來得強烈。

冒險故事已經結束了。我倆在乘船沿著峽灣南下的時候親切交談。我們一面喝咖啡，一面吃著西挪威式的薄片蛋糕。我們在海拉走下「躡水號」，扛著滑雪板和背包登岸。汽車仍舊停在當初我們留下它的地點，彷彿感覺自己遭到了遺棄，正對我倆眷戀不已。「可憐的車頭大燈、可憐的前保險桿」，我心中那麼想著，說不定還把它大聲講了出來。你也用充滿黑色幽默的口吻發表了評論：「它看起來就跟我們沒有兩樣。」接著我們繼續開車上路。

我們還會在那邊的山上發現任何東西嗎？我們當初離開現場的時候有沒有忽略了什麼事情？我們是否曾經有系統地搜尋過血跡，或者是皮屑和頭髮？

但其實我們不光是在談論那方面的事情而已。若按照當時的情況來看，我倆的返家之路還稱得上是「相當愉快」。那或許是因為我們心裡都有數，這將是我倆最後一次共同駕車出遊。我們已經開始用一種「結束共生關係後」相敬如賓的方式來相互對待。從此將再也不會出現臨時起意、令人心跳加快的長途旅程，引領我倆前往另一個愛巢。但是我們和睦相處。我們都彬彬有禮，而且體貼入微。

首先我們必須橫渡松恩峽灣，然後再度經過萊達爾、那條河流以及木板教堂。等到我們通過懸崖旁邊那個彎道拐角的時候，我的精神已瀕臨崩潰——那裡也就是一個星期以前我相信你打算把我殺了，或者你準備自盡的地點。你把右手從方向盤移開，伸過來圍著我。那個動作帶來了溫暖。接著道路又一次向上來到最高點。

目前我正朝著與妳相反的方向行進。我來到了古爾，偷偷溜進「佩爾斯大飯店」的無線上網區。我已經把妳的上一封郵件閱讀完畢，現在就從這裡發送回函。

不過我總覺得有人正在對我斜眼相看，因為我並非這裡的房客，只是一個偶然的過客。而且有時我甚至已經感覺到，很快就會有人走過來向我提出質問。若是在古老的年代，人們溜進大飯店是為了上廁所，如今卻是為了上網的緣故。

我無論如何都一定要再度穿越那個山區。現在我必須暫時告一段落了。在我重新有辦法上網之前，妳還有四到五個小時的時間可供發揮。我下一次上網的地點就是那家旅館，而我正在前往該地的半路上。我已經打電話通知了他們，但是他們告訴我，由於旅遊季節結束在即，今晚我很可能將是他們唯一的房客。

你正準備前往菲耶蘭嗎，斯坦？若是這樣的話，我們可以在海姆瑟達爾相互揮手致意。我倆將在那邊的某個地點擦身而過，到時候我們中間就只隔著一公尺的馬路和一個世代的時光了……

我倆重新望見埃德勒瓦特內冷冽光亮的湖面時，我發現你的雙手和右腳再度在方向盤前面和油門踏板上方顫抖不已。接著我們又來到那個地方。你把車子停到路邊以後，我倆都走下了紅色的金龜車。當時我們仍然深深關心彼此，可是對往事的哀傷、悔恨和苦痛等等感受，早已阻斷我倆之間的情慾關係。你喊出了一些不堪入耳的用語，你非常粗鄙！我從來都不曉得你會使用這種字眼。我只是在那邊哭泣。

可是粉紅色的披巾已經不知去向。我們針對它進行了大面積的搜索，雖然披巾的顏色很容易辨識，我們卻仍一無所獲。莫非已經有人發現披巾，並且把它拿走了？還是說，風兒早就把它吹得不知去向？

我已經無從記憶，當我們又從地上撿起一些車燈玻璃碎片的時候，到底是感覺如釋重負呢，還是大失所望。反正那絕非我們憑空想像出來的情節。我倆確實曾在這裡開車撞上了一個人，而且是在高速行駛的時候。然而我們沒有發現那個事故所留下的其他任何痕跡。我們在地面既看不見血漬，也找不到諸如大石塊或土堆之類有可能與汽車擦撞的東西。

我們坐回車上繼續向前行進。你對湖泊末端那座造型滑稽、形狀宛如圓錐形糖塊的山峰發表了評論，彷彿就連它也跟我們的神秘事件有所關聯似的。

駕車一路下行穿越海姆瑟達爾的時候，我倆只談論了當初沿著這條公路向上行駛過來時的經歷。我相信是你先開始那麼做的，而且剛好就在我們經過那一條林業道路之際——當初你執意要開車彎進那裡，並宛如不可救藥的色狼一般地設法哄誘我。此際我倆卻無法針對那個瘋狂舉動做出任何評論。

我們達成了一項協議。我倆同意在回家的整段路上，都可以針對這場致命的撞擊意外暢所欲言，可是等到重返克林舍之後，我們將永遠不再提起那條山路上面所出過的事情——無論是我們彼此之間或者在其他人面前都不例外。那也就是我們返回奧斯陸之後的情況。從此開始，發生在埃德勒瓦特內湖的事件幾乎只是一直被簡稱為「它」。如今我在這幾封電子郵件當中打破了舊有的約定，但我不認為這個做法將會為我們招來新的厄運。我希望藉此獲致完全相反的效果，所以才會這麼寫。

粉紅色的披巾已經不在山上，反正時隔那麼久之後，它也不可能還在那裡了，但是現在我們必須親眼確認這個事實。我在內心深處有一點失望，因為如果我們重新發現了披巾的話，即使它已經支離破碎，至少也還可以表明：我們在樺樹林看見的那位婦女不再是有血有肉的活人，而是一個向我們現身的靈魂。如此一來我們就面對了兩條披巾，一條屬於那位車禍罹難者所有，另一條則仍然圍在紅莓女的肩上。

由於新聞報導從未提及那場車禍，我們取得了某種共識，認為一定是白色廂型車的駕駛照顧了那個圍著披巾的婦人。但我們對她當時所處的情況卻出現不同看法。對你來說，我們與她在樺樹林旁邊的邂逅已經證明，她在車禍中所受的傷勢並不嚴重；我卻認為那是最後的反面證據，證明她確實已經傷重而亡——而且果真有像「彼世」那樣的東西存在，斯坦！你認為她被撞倒之後或許馬上又爬了起來，接著就搭便車登上那輛白色廂型車。你說服自己相信，她下山回到了海姆瑟達爾，而且她跟那輛外國連結大卡車有所關聯。這樣就可以用合理的方式來破解謎團，說明為什麼我們在收聽新聞節目的時候，完全不曾聽到有關當夜發生道路交通事故的報導。而我則認為毫無疑問的是，當那個圍著粉紅色披巾的女子被抬上廂型車的時候，她若非身受重傷，就是已經死亡。但說來矛盾的是，我們可以針對一件事情達成共識：我們開車輾過那個圍著披巾的婦人僅僅一個星期之後，她就已經處於最佳狀態。只不過你指的是在這個世界上，而我指的是她目前可能所在的任何地方。

我們所談論的是小時與分鐘。依據你的總結，如果我們只是輕輕擦撞到她的話，把她跟幾分鐘以後開過來的廂型車牽扯到一起的講法，豈不過於草率？說不定她就那麼繼續向前步行。如此一來，白色廂型車的駕駛怎麼還需要告訴警方，他看見一位中年婦女沿著五十二號公路在山中行走？

而我的論點是：「我們並沒有發現她的任何蹤跡，她簡直就像是從人間蒸發了。但即便我們只是輕輕擦撞到她，她一定也會對我們恨得牙癢癢的，於是在走到有人煙的地方之後，所做出的第一件事情就是打電話報警，表示有一輛車頂架著滑雪板的紅色福斯汽車幾乎將她撞死。」

你仔細地聆聽，而且你手握方向盤的方式比過來途中穩固了許多。但你只是搖搖頭，隨即做出推斷：「她很可能是出於某種理由而不敢去找警察報案。否則她三更半夜跑到山上來做什麼呢？通常不會有人在那個時刻出門登山健行，而且她更不至於僅僅為了呼吸幾口新鮮空氣的緣故，便置身距離最近的民居或村莊好幾公里以外的地方。人們固然可以在山中夜遊，畢竟每年到了那個季節天色都不會完全變黑，而且天氣也不至於特別寒冷，可是人們只有在迫不得已的時候才會那麼做——比方說接獲了一項特別任務，要不然就是為了避風頭，或者想要逃脫什麼東西。」

我聽了又聽，以便掌握論點來進行我們現在依據你的假定所展開的對話。

我問道：「那麼她為什麼會想脫逃呢？」

你在四、五分鐘的時間內光是默不作聲地繼續駕車。我們開始完全以一種既新奇又陌生的方式來進行對話。我們已經不再是戀人了。我們不再喋喋不休，我們不再笑語盈盈。但我們仍然表現得友好體貼。我們都希望相互扶持，但再也無法為我們二人做出最好的結果。

我又問了一次：「她想逃脫誰，或者是想逃離什麼東西呢？」

你回答：「想逃脫路旁那輛連結大卡車的駕駛。他們之間一定出過什麼事情，結果她就走進了山區。也許她熟悉此處的地形，更何況徒步通過那個隘口並非難事：當地東端和西端的兩個山谷彼此距離很近，幾乎稱得上是『背靠背』，而且在它們的頂端之間只隔著埃德勒瓦特內湖。」

你看著我，似乎在懇求我幫你繼續那麼辯解下去。

「那個女人搞不好是自己打算逃離犯罪現場，或許她犯下了一起血腥謀殺案，例如殺死一個長年虐待她的男人，而該人如今就倒在那輛外國大卡車的駕駛室裡面。若是這樣的話，她當然不會因為對別人恨得牙癢癢的而跑去報警。」

你的幻想力令我嘆為觀止，因此我必須將手摀在嘴前，免得你注意到我已經笑了出來。

不過你早就發現我的動作，並且開口說道：「算了吧！她自己就是連結大卡車的駕駛。當我們經過那邊的時候，卡車駕駛室裡面空無一人。可是過了幾分鐘之後，我們就看見那位女駕駛徒步穿越山區。當時天氣冷颼颼的，所以她在肩上圍了披巾。她轉身離開我們，看樣子是不打算暴露身分。其中的原因在於，她已經跟一輛白色廂型車的駕駛約好在大馬路旁邊見面。他們準備在分水嶺那一帶碰頭，以便當面交付某種高價值的物品。那也許是幾公斤的白色粉末，或者只是一些鈔票，或者搞不好根本就是用來交換白色粉末的鈔票？還是說，將會有某些物品——大量的某些物品——從飛機上投擲到地面？在此情況下，自然不會有人想去驚動當地的農民和警方。然而她被一輛紅色的福斯汽車撞倒之後，很可能在心中充滿了報復的念頭。而如果她沿著公路不斷追蹤下去的話，一個星期以後在海拉發現了我們的金龜車，那應該並不是什麼令人驚訝的事情。她可以看出，我們顯然已經跑到冰河附近，而且就在那邊進行躲藏，因為當地沒有聯外道路——例如沒有馬路可供連結大卡車行駛。結果她就繼續跟蹤過來，以便懲罰我們。但起初她先要跟我們玩一玩把戲。」

你還強調：「即使是玩把戲，也有許多做法可以毀了別人的一生。一個人只要具備足夠的想像力，就會有辦法透過各種途徑讓某人形同被判處無期徒刑。」

你最近也曾在傳給我的一封電子郵件中提到過類似的事情，表示有一名中東巫師企圖用魔法讓一對夫婦離異……

講到那裡以後，我就不再設法隱瞞自己的意見，因為我覺得你的創造能力已經到了近乎滑稽的地步。我把一隻手放到你的膝蓋上──我相信你會喜歡那樣，但我也意識到，我們彼此做出親密肢體動作的次數恐怕屈指可數了──同時我開口問道：「可是那塊披巾，斯坦！假如她傷勢不嚴重的話，為什麼會在涼颼颼的夜晚把粉紅色披巾解開來，或者把它遺失了？」

我不清楚你對你自己的理論到底相信到多大程度。而你自己也曾經表示過，你只不過是設法用理性的態度來思考。這麼做當然沒什麼不對，斯坦。但紅莓女的獨特之處，並不僅僅在於她跟被我們輾過的那位婦人長得一模一樣，而是在於當我們觸摸那些嬌嫩豔麗的粉紅色指頂花之際，她在小樹林內出現的方式，以及她再度消失的方式。我已經開始發展出用唯靈論來詮釋事物的做法，而在此刻──我指的是當我們駕車踏上歸途，一路向南駛往古爾和內斯比恩，接著繼續朝向克勒德倫湖、蘇克納、赫訥福斯、蘇利赫格達等地前進的時候──你至少還能夠仔細地聽我講話，而且那不光是出自患難與共後的體貼關懷。一切事情都尚未塵埃落定，你仍然完全陷入疑惑。我沒有談到我從撞球室拿走，而且前一天早晨在你熟睡時閱讀了一個小時的那本書。可是我們就在遇見紅莓女幾個小時之前發現該書，這說起來豈不相當奇怪嗎？

後來我才逐漸恍然大悟，原來我們與紅莓女的邂逅可以看成是吉祥之兆。我倆一直對生命有著同樣強烈的感受，但也為了生命有朝一日將會永遠消逝，於是有著同樣深沉的絕望——如今我們卻驀然得到一個信號，表明塵世的生命僅僅為一個過渡狀態，而且我們的靈魂能夠在此世之後繼續存在下去。她露出蒙娜麗莎式的微笑，在淘氣中帶著精明。「來吧！我們將分享一個巨大的禮物。」甚至今天當我寫出這些字句的時候，我仍然非常樂意與你分享這種勝利。這麼做為時仍不嫌晚。

但除此之外還有其他能夠帶來寬慰的事情。圍著粉紅色披巾的女子已經不再處於那麼糟糕的情況。這豈不讓我們稍微減輕罪惡感了嗎？我們固然縮短了她在塵世的壽命，因為她的肉體已在事發當時或者隨後一個星期之內死亡——而且此事直到今天還讓人想了就毛骨悚然。然而紅莓女向我們做出了啟示，表明她已經轉移到另一度的時空。她不正是為了這個緣故才過來向我們現身的嗎？為了原諒我們，並且向我們灌注新的勇氣！她對著我說道：「妳是從前的我，而我是將來的妳。」她還表示：「別擔心，妳將變得跟我一樣，永遠不會死亡……」同時她也講出一個訊息來安慰你：「小伙子，你實在該吃超速罰單。」從她的視角來看——我是說，從她的「新」視角來看——你的過失不至於超出交通違規的範圍，況且當我們仍在塵世涉入無謂的競逐時，那是我們每一個人都可能會犯下的錯誤。所發生事件的嚴重性就不過如此而已，因為我們的肉體十分脆弱和短暫，而日後將出現一個更加純淨和更加穩定的存在形式。

透過這種方式，她其實告訴了我倆一模一樣的東西。

然後我們又回到家裡，再也不准談論當初發生過的事情。可是創傷早已深植我們心中，羞愧和內疚無時無刻不糾纏著我們，而且我們只要看見了對方就會浮現那種感覺。無論當我們一起煎荷包蛋，還是相互倒茶或倒咖啡的時候，每一次都是如此。

但是我已經得出了結論，認為我們主要並非因為罪惡感才無法繼續生活在一起。我倆應該遲早還是會有辦法擺脫那種恥辱。比方說，我們可以聯袂向警方自首投案。事情就那麼簡單！如此一來，我們勢必將承受所應得的懲罰與羞辱，可是我倆卻可以好好相互扶持來共度難關。

你應該還沒有忘記，我倆在開始遮掩一切之前所做過的事情。最後我們甚至還曾經打匿名電話給警方。我們提出詢問：在我們行駛於五十二號公路當天的晚上，兩郡交界處的路段是否曾經發生車禍，或者是否曾有任何人被汽車輾過？我們表示，我們之所以聯絡他們，是因為我們說不定現場目擊了什麼事情。警方將時間和地點登記下來之後，便要求我們再打電話回去，因為我們堅持要匿名。結果我們拖延兩、三天以後才終於又打了電話。警方卻向我們做出確認，表明那裡無論在當天晚上或其他任何時候都沒有過關於車禍的報告，因為該路段筆直得頗不尋常，而且路況相當良好。

我們赫然注意到，所發生事件的線索已經完全消失。這使得整件事情在塵世的一面益發顯得神秘，而且它直到今天都還是一個謎團。畢竟我倆曾經置身現場，而且我們都曉得自己開車撞倒了一位中年婦人。顯然一定有跟警方和主管當局無關的人士處理了那名女子的屍體。此外我逐漸變得越來越相信，我倆曾經在那位中年婦人往生幾天之後，與她的靈魂有過接觸。

我們之間的深邃鴻溝便位於此：我從我倆共同經歷過的事件當中，得出了與你截然不同的結論，因此我們再也無法一起相處。我立即開始研讀有關唯靈論的哲學著作。此外我還留下了我從撞球室拿來的那本書——當你重新看見它的時候，我真害怕你會把它砸到我的頭上來。但是我也開始大量閱讀聖經，而且如今我把自己看成是基督徒。

耶穌曾在復活以後向門徒顯現，而我相信當那位婦人向我們現身的時候，我們也經歷了類似的異象。我們曾經對此進行過討論。對我來說，有關耶穌先是死了，接著其遺體「又從死裡復活」的信仰，未免太令人匪夷所思。因此我無法接受教會有關「肉體的復活」之教條，以及「墳墓將於最後審判之日開啟」的古老想法。但我相信靈魂的復活。而且我跟使徒保羅一樣，也相信我們將於自己的肉體死亡之後，在一個與我們目前所居住的物質世界截然不同的時空，以「靈體」的形式復生。

於是我找到了一個綜合性的做法，將基督教義與我眼中對「靈魂不滅」的理性信仰結合起來。但就我自己的案例而言，這不單純是信仰方面的問題。我曾經看見那位被我們撞倒和輾斃的婦人顯靈，其情況正如同早期教會所報導的，耶穌的門徒曾在祂「從死者中復活」之後看見了祂。難道你不認為，耶穌之所以「顯現給門徒看」，也正是為了要寬恕他們——換句話說，就是要賜給他們希望和信仰。

或許那可以用聖經中使徒保羅的用語來表達：**既傳基督是從死裡復活了，怎麼在你們中間，有人說沒有死人復活的事呢？若沒有死人復活的事，基督也就沒有復活了。若基督沒有復活，我們所傳的便是枉然，你們所信的也是枉然。**

昔日我曾有感於自己終將一死而哀怨泣訴，使得我倆為了安撫情緒而坐上那輛金龜車，準備前往約斯特達爾冰河踩滑雪板健行；昔日我曾因為自己無法擁有足夠的生命，於是持續出現強烈的遺憾——結果我卻驟然找到一個可帶來慰藉的信仰，發現在此塵世生命之後，將另有永恆的生命。

接下來兩天或三天的時間內，我們的小公寓裡面就已經擺滿各種或買來或借來的書籍，而其探討主題正是被你稱作「超自然」的那些現象。我不認為你曾注意到，除了這些書之外我也閱讀了聖經。但令你無法忍受的事情是，你自己的信念與我的新路線格格不入。你覺得遭到背叛。我倆曾經共同組成自己的信仰社群。現在那個社群在我離開之後，只剩下了一位成員。

實情正是如此，而非顛倒過來。我並不是因為你的無神論才沒辦法與你生活在一起。那確實不是我們分手的原因。真正的理由在於，我無法一直忍受你不斷地搖頭駁斥我的新信仰。你完全不留轉寰餘地。你既缺乏寬容心，又表現得毫不留情。這令我大受傷害，於是我就搭上了那一班午後開往卑爾根的火車……

結果時隔三十多年之後，整個故事又增添一篇新的章節。你端著一杯咖啡走上陽台，卻突然在那裡發現了我。而我隨即在剎那之間感覺能夠從你的視角看見我自己，一股不安的感覺襲上我的心頭。

現在就讓我帶著你進行最後一個思維實驗。那對我而言相當重要，因為這個思維實驗同時也影射出一種揮之不去、近來一直縈繞在我心頭的疑問。是的，斯坦，我也有具有懷疑能力。

你不妨回憶一下當初我們開車通過那個山區時的情景，並試著想像我們在引擎蓋上面架設了一台攝影機。假如攝影機剛好在我們撞車的前一刻將前方道路拍下來的話，今天你還能夠篤定地認為，那個圍著披巾的女子會顯現在影片上面嗎？

我相信你一定會覺得我的表達方式非常詭異。但我所描述的正是某種十分怪誕離奇的事情。

我們口中的紅莓女，是一個來自彼世的啟示。但正如同已在前面談到過的，我不能確定我們是否有辦法把她拍攝下來，或者把她所講的話錄音到磁帶上面。她是一個靈魂，前來拜訪兩個有血有肉的活人。因此若說她已經「實體化」，那是不正確的講法。更何況我們就連所聽到的東西都不一樣。她出現在我們面前的時候，分別為你和為我帶來一種想法。她向我們說出了截然不同的字句，即便所傳達訊息的意涵大致相同。

從我所讀到有過與我們類似經驗的人們那裡，我相信自己應可大致想像出昔日發生了什麼事情。請讓我強調很重要的一點：靈魂當然不會在我們所處的四次元世界內，受到時間與空間的限制，更何況塵世的存在形式是那麼呆板狹隘。有什麼東西能夠對靈魂造成羈絆呢？因此現在無法斷定紅莓女是否的確已經前往彼世，或者那是將來才會發生的事情，我指的是：以我們的觀點，從我們世俗的角度來看待這個謎團。紅莓女或許是一個異象前兆，而且她仍然有可能與我們同在。

現在你一定在想著，但我們的車子還是撞上了她。而我打從一開始就不斷主張，她若非當場登時喪命，就是在隨後幾天內傷重身亡。這是我現在想問的事情，斯坦。而且正是此事令我突然間產生了一絲懷疑。說不定我們只是在那座山間湖泊預先經歷了某個未來的事件——我的意思是，那個事件根本就還沒有發生。

可是車頭大燈撞碎了，不是嗎？而且車上的安全帶也驟然伸縮了一下，雖然繃得不很緊，但的確伸縮了一下。所以我毫不懷疑曾經有什麼東西跟我們相撞，即便我們也有可能只是撞到了鬼魂。

早在事發當時我就已經感覺詫異，我們的汽車竟然只受到如此輕微的損傷。更何況你能夠頭也不回地繼續開車前進。假使你撞上的是馴鹿或麋鹿，還會有辦法那麼做嗎？

但我們過了沒多久還是掉頭回去，並且至少找到了那塊披巾。反正事情果真已經發生，而且現在我跟你一樣只能表示，時隔多年之後，如今我再也不確定那到底是怎麼一回事了。不過警方已經正式宣布，相關路段根本就沒有出過車禍。

為了確定所有的可能性都已經涵蓋進來，現在我想在結尾的部分指出，紅莓女至少向我們現身了三次。第一次是在海姆瑟達爾最高處的山路上面，接著在那座山間湖泊的旁邊，然後最末一次是在那棟古老木造旅館後山的樺樹林。你認為呢，斯坦？

從此她就再也不曾露面，既沒有在你眼前也沒有在我眼前現身——那是我們後來重新有機會獨處的時候，首先問起的事項之一。顯然她是特地同時衝著我們兩個人來的。或許除了我倆之外，從來就沒有其他人曾經看見過她。

但願上述總結沒有給你帶來太多折磨。有時我會憂心忡忡，害怕我們的不同觀點將導致你再度中斷聯繫。或許你仍舊以為我心智不健全。可是我曉得在你內心深處仍然留有空間，可讓我們以更加坦誠的態度，來解讀當初在山中所共同經歷過的神秘事件——即便隨著時間的推移，我們早已得出非常不一樣的結論。我仍然記得我們在事發當天相互交談的方式，以及我們駕車返回奧斯陸途中的情景。一直要等到我在公寓裡面擺滿許多那方面的書籍，你才真正開始在心中負隅頑抗。如今事過三十多年之後，你竟然還寫出了：你對我心生畏懼。

千萬別讓這成為我們之間的最後對話。可別忘記了，我們曾經一起當過穴居人。就此而言，我們同時也還是「直立人」、「巧人」和「非洲南猿」——在一顆充滿生命的行星上面，在一個神秘萬分的宇宙當中。我完全不會否認這一切。

我們是這個巨大謎團的一部分，但此謎團未必只會導引出肉體或物質方面的答案。說不定除此之外，我們還是不會死亡的靈魂，而且那或許就是我們最核心的特質。相形之下，其他的一切——星辰以及四足類等等——都只不過是外在的小玩意兒罷了。即使是太陽，它所知道的東西也不會比蟾蜍來得多；即使是銀河系，它的認知能力也跟蝨子無甚差異。它們只能在自己被分配到的時間內繼續燃燒。

你總是迫不及待地提醒我，我們的身體跟爬行動物和蟾蜍具有親戚關係。儘管原始的脊椎動物與智人之間出現了基因上的關聯性，可是在我看來，人類與蟾蜍還是存在著本質上的差別。我們不妨站在鏡子面前仔細觀看自己的眼睛，而眼睛正是靈魂之窗。透過這種方式，我們就可以見證到我們自身的謎團。一位印度的智者曾經這麼表示過：「無神論意味著不相信你自己的燦爛靈魂。」

我們在塵世上同時是肉身和靈魂。然而我們將會比自己體內的蟾蜍活得更久。像紅莓女就再也沒有了血肉之軀，她是一個超脫於塵世之外的奇蹟。但願你有朝一日將會張開自己的眼睛，看出紅莓女所帶來的神聖奧秘。

現在我只要回想起來，當初我倆如何幾乎以不知足的方式，一再又一再地相互獻身，便不覺露出一絲笑容。而我倆在菲耶蘭度過那最後一個星期時的經歷，更已特別在我心中留下了若干「電影片段」。那些都是美好的記憶。我不會以自己的肉體本質為恥，而且我根本從來就沒有以它為恥，況且那並非問題的癥結所在。但時至今日，我期待自己能夠成為高尚許多的東西，能夠更加「恆久」。

現在我就靜候你的回音。

---

①「兩郡」指的是西挪威的松恩—菲尤達訥（Sogn og Fjordane，或誤譯為「松恩—菲尤拉訥」），以及東挪威的布斯克呂（Buskerud）。兩郡相毗鄰的行政區分別為「萊達爾」（Lærdal）和「海姆瑟達爾」（Hemsedal）。「埃德勒瓦特內」本身位於萊達爾（西挪威），但一離開湖的南端就是海姆瑟達爾（東挪威）。

②黑冰冰川（Svartisen）位於挪威中北部，是僅次於約斯特達爾冰河（Jostedalsbreen）的挪威第二大冰河。

③巴德爾—邁因霍夫幫（Baader-Meinhof Gang）是西德的左派恐怖組織（1968-92），得名自其早年的男女領導人安德瑞

亞斯．巴德爾（Andreas Baader, 1943-77）與烏爾麗克．邁因霍夫（Ulrike Meinhof, 1934-76）。烏爾麗克．邁因霍夫在一九七六年五月九日自縊於斯圖加特的施塔姆海姆（Stammheim）監獄。

④菲耶蘭是個極小的村落，（Fjærland）人口總數只有約三百人。

8

指頂花！妳真是一個天才，蘇倫！說不定妳已經在不知不覺當中解開了一個古老的謎團。但是我必須先從其他的東西開始講起。

我再度來到這個地點，待在我倆昔日下榻的同一個塔樓房間。不久前我剛在這裡收到妳的電子郵件，並將一台超輕薄的筆記型電腦擱到膝蓋上，坐在那張老舊躺椅上面讀完了妳結論的第二部分。那一切都相當奇特，而且令人痛苦。我不得不走上陽台，舉目仰望群山與冰河，以便看見這個世界上還有正常的東西，還有恆久不變的事物。把妳的郵件閱讀完畢後，我朝著舊渡輪碼頭信步走去。我總覺得我們似乎隨時都有可能在那裡意外重逢。時間到底是什麼？一切都好像是曝光了兩次的膠捲。我讀完第二遍以後才把郵件刪除。現在我已經坐在小桌子旁邊撰寫回函。

今天早上我悄悄溜出研究所，就如同三十年前那般四下晃蕩。我已經告訴過妳，我的心中焦躁不安，於是乾脆決定上路，並且從古爾發郵件與妳聯絡。

我打了電話給貝麗特，通知她我正開著汽車翻山越嶺來到這裡，以便利用週末集中精神處理兩篇必須寫出的論文。我表示那些論文都跟冰河以及冰河博物館有關。但論文只不過是一個幌子罷了，其實另有別的事物吸引我過來，那當然就是妳的電子郵件。反正我無論如何都必須再度出外來到這裡。我及時趕上在旅館進用晚餐，但我一吃完飯就直接奔回房間開啟妳最新的電子郵件，時間僅僅在妳傳出郵件半個鐘頭之後。我把滿滿一壺葡萄酒帶進了房間，但現在它只是空蕩蕩地兀立在我面前的桌子上。

我是獨自前來的。我不認為這一次妳也會跟著抵達。不過當我駕車經過收費站的時候，卻驀然湧現一個念頭：說不定妳將在傍晚時分現身。我憑空想像著，我們將坐在旅館音樂室的老舊圓形房間內，啜飲咖啡和利口酒。結果我變成是首度孤零零地置身此處。不過我或許應該練習適應這種情況才對，因為我已經逐漸愛上了這個地方——我是說，喜歡這座位於峽灣旁邊的村落，以及這家古意盎然的木造旅館。

這也是自從昔日與妳共同駕駛著那輛紅色福斯汽車以來，我第一次親自開車通過這邊的山地。這感覺起來相當奇特，因為就某種意義而言，我簡直是一輩子都在此山區駕車來回奔波。當初我曾晝夜不分地坐在汽車上，緊握方向盤駛離那座山間湖泊。然後我倆在舊渡輪碼頭停下車子，展開了一場失魂落魄的「太空之旅」。接著我倆在萊康厄爾被警察攔阻下來——那時我非常確定，白色廂型車的司機看見了我們的紅色金龜車，並且已經報警。

妳對若干細節所做的描述固然有待商榷，不過我同意妳大多數的結論。妳的講法非常精確，而且妳清楚地點明了，當初我倆針對所經歷的事件做出詮釋時，出現過哪些微妙差異。

從奧斯陸前往古爾，而後向上穿越海姆瑟達爾的整段旅途當中，我一面開著新購買的油電混合車，一面想著妳和妳的唯靈論世界觀。現在我才突然注意到，妳的生命哲學非常明確，而且在結構上前後一貫，即便其中並無絲毫科學根據。不過請千萬不要誤會我的意思，因為我也一下子體會出來，自然科學永遠無法真正反駁「人類具有不朽的靈魂」這種信仰。我們的意識是否純粹為腦部化學反應，以及大腦周遭的刺激物和環境——包括一切被我們稱作「記憶」的東西——之共同產物？還是說，我們正如同妳以充滿說服力的方式所指出的，是多少具有自主性的靈魂或精神，目前只不過暫時將大腦使用為精神層面與塵世物質羈絆之間的連接裝置？這是一個古老的問題，而且我相信我們永遠也找不到答案。唯靈論看待人類身分和本體的方式或許過於玄妙，以致我們始終都不可能把它束之高閣，這方面的論述還會持續存在下去。

我們是靈魂，斯坦！……世上沒有死亡，而且世上沒有死者……。

我自己固然無法相信這麼神奇的事情。但假若事情不是這樣的話，或許就應該變得如此。我們構成了這個世界的意識。我們甚至還有可能是全宇宙當中最高貴和最神奇的生物。所以我們或許不必因為自己對一種不受血肉之軀羈絆的命運滿懷憧憬，於是感覺抱歉。

此外我還心滿意足地確定，妳在秉持二元論的同時，並不想貶低我們塵世的生命。試想一下，如果妳寫出了那樣的字句，認為「我倆當初的親密關係完全是建立在一種誤解上面」，那又將是何景象！畢竟歷史上已有足夠的例子顯示出來，宗教狂熱可導致對感官世界和世俗事物的全盤否定，更遑論是否定了我們大多數人眼中唯一真正的現實。

從奧斯陸來此的整段路程當中，上述想法都一直在我的腦際翻攪縈繞。來到海姆瑟達爾的最高處時，我駕車駛入幹道左側的那一條林業道路，在那邊沉思了幾分鐘之後，才又繼續向前行進。

我抵達了那個山間高原，而三十多年來我就反覆在這種朦朧暮色中奔波於途。我彷彿「飄泊的荷蘭人」一般地遭到天譴，縱使並非日復一日，至少也是夜復一夜地在那座高原上流浪。

妳回憶起我倆在撞見圍著披巾的婦人之前不久，所經過的那座詭異山丘——妳把它稱作「糖錐」。順便提一句，妳的講法非常貼切，因為它看起來的確很像一個圓錐形的糖塊。此時我張望了一下汽車上的全球衛星定位地圖，找出它的名稱，而且它理所當然就叫做「埃德勒豪根」。①

我才剛剛經過那個樣貌奇特的錐形山，便發現馬路的右手邊有一個小彎道。如今那邊擺出了許多塊解說牌，向遊客提供有關當地風土民情和歷史典故的資訊。其中一塊解說牌寫道：

> 埃德勒豪根是一座引人注目的圓錐形山丘，位於本解說站東方不遠處。埃德勒豪根居住著一群目不可見的山魔，他們被稱作「阿斯加爾德」或「尤勒斯克拉亞」。每逢聖誕夜的子夜時分，這些「阿斯加爾德」或「尤勒斯克拉亞」便從埃德勒豪根奔騰而出，一直飛馳至哈靈達爾河谷。他們會造訪農舍，並且盡情享用聖誕餐點和麥酒。凡是向他們供奉大量食物和飲料的人，可望過著快樂美滿的生活。但如果食物上面出現十字標記的話，「阿斯加爾德」會覺得受到冒犯，並可能向人口、財產和牲畜降下災禍。海姆瑟達爾的百姓知道若干「阿斯加爾德」成員的姓名，諸如：提德訥·拉拿卡姆、海爾格·赫佛特、特隆德·赫格夕寧根、馬斯訥·特勒斯特、斯潘寧·黑勒。「阿斯加爾德」最遠可來到德拉門附近的村落。整個聖誕節期間他們就在那一帶出沒騷擾，一直要停留到主顯節才返回埃德勒豪根。

馬斯訥・特勒斯特！提德訥・拉拿卡姆！

我不禁搖了搖頭，並且回想起來，妳曾在郵件中寫道：當初被我們撞倒的未必是普通人，或許只是一個鬼魂而已。一想到這裡，我繼續站在原地沉思了很久。

可是指頂花與「紅莓女」！我覺得妳說不定果真一語道破問題的關鍵。

妳表示我們曾經看見同樣的事情。可是我們卻聽見了或接收到不同的訊息。

我倆都被茂密的指頂花吸引過去，而妳甚至如此著迷，務必要觸摸它們。所以妳我肯定都想到了完全相同的東西。即便我們並沒有一直談論那個事件，卻幾乎都不斷想起我們在山上開車撞倒的那位婦人。而指頂花的顏色，恰巧與她起先圍在肩上、後來被我們在石南樹叢中找到的披巾完全相同。它們不但有著同樣的顏色，甚至還是一模一樣的粉紅色調。或許正因為這個緣故，指頂花才會對我們產生了如此強烈的吸引力。

但如同妳正確指出的，就在一瞬之間有什麼東西引得我們轉頭張望。那也許是一隻鼬鼠，或者是一隻喜鵲。反正我們都轉過身來，而且我倆都相信，自己就在此際看見了被我們輾過的那個女子——她正站在小樹林裡面，肩上圍著同樣的粉紅色披巾。

或許並不令人意外的是，我們就在當時那種心理狀態下出現了相似的幻覺。而且我認為，那是由於我們被枝繁葉茂、色彩絢麗的指頂花沖昏了頭的緣故。否則妳為什麼偏偏會受到指頂花吸引？儘管它們旁邊就生長著同樣誘人的藍色風鈴草。

無論世上有幾百種、幾千種或者幾十萬種不同的顏色，那純粹是一個學術上的問題。然而此處所涉及的，卻只是完全相同的單一色調。有某樣東西在我們背後的樹林內移動，於是我倆都轉身探望，並且都以為看見了一個圍著粉紅色披巾的女子站在那裡。我認為她講了某些話，而妳認為她說出了別的東西。但相當明顯的事情是，我回想起自己當初如何在高原上超速行駛；而妳自從十一歲以來，心中便不斷縈繞著一個既殘酷又無法逃避的事實，曉得我們總有一天必將離開這個世界。

然後妳發現了那本書。妳把它翻開來閱讀一下，我也那麼做了，而我們所唯一缺少的環節就是指頂花。

我倆早已六神無主，以致出現了幻覺。我們既脆弱又沒有防備，結果都驚嚇得失魂落魄，而且在好幾秒的時間內完全迷迷糊糊。

明天我將駕車離開。可是我不打算在返回奧斯陸的途中再度穿越那個山地。到時候我寧願經由艾於蘭山谷前往霍爾。除此之外，我還在考慮是否應該繞個彎子去卑爾根與妳見面。

我能這麼做嗎？

我可以搭乘渡輪，從拉維克穿越峽灣前往歐普達爾。如果渡輪行駛時刻可以配合得上，我或許還會沿著峽灣繼續開車來到呂特勒達爾，進而渡海前往蘇倫德。我實在很想重新看見那座群島。可惜妳當然無法共襄盛舉——我是說，在呂特勒達爾與我會合。但假如妳能夠那麼做的話，對妳最方便的做法或許就是搭乘大巴士前往歐普達爾，因為我們實在沒有開兩輛汽車的必要。我們不妨將此舉看成是最後一次的探險，亦即妳所一再稱呼的「瘋狂舉動」。更何況我們還有許多事情需要討論。我非常希望能夠開車載著妳，周遊位於峽灣出口的那些島嶼——我的意思是，一直向外來到庫格魯夫。我們可以去渡輪碼頭旁邊的艾德斯雜貨店逛一逛，就如同昔日那般地購買冰淇淋。但萬一妳實在很難走開的話，我自然完全可以體諒。請順便幫我向他問好！

為了保險起見，我已經向卑斯根的「挪威大飯店」訂好明天的房間。在這個村落裡面，如今我是冬季歇業前的最後一名旅客。他們已開始將所有的物品打包，並且給家具蒙上布套和罩單。

我應可在明天下午或傍晚抵達卑爾根。如果妳家裡同意的話，說不定我們可以在星期天一同駕車出遊。

再度看見同樣那些海灣和礁石，將會是非常奇異的經歷。現在整座島上想必早已佈滿了盛開著紫色花朵的石南樹叢。昔日我倆曾經在與現在完全相同的時節前往該地。而且妳講得很對，那時我倆幾乎每天傍晚都會騎車前往海角，凝目注視西沉的夕陽沒入海中。

我簡直覺得，我們現在就應該重新融入那個畫面。

也許吧。但是我相信，總有一天我們的靈魂將上升到一個截然不同的更高視野。

可是我在卑爾根會受到歡迎嗎？

儘管放心過來！

妳完全當真嗎？

當然啦，斯坦。我真巴不得你已經在這裡了。過來吧！

我無須隱瞞一個事實：這麼多年下來我都一直喜歡著妳。我每天都會想到妳，並且繼續與妳進行某種對話。所以就此意義而言，我還是與妳共同度過一生。此事頗為怪異。那是一種奇特的共生關係。但我無論如何都必須為過去的三十年向妳表示謝意。

我曾經向你表示，我感覺自己彷彿過著重婚一般的生活。我也覺得你隨時都在我身旁。更何況我具備超感應能力，有辦法發現你正在想念我。

不過，斯坦……

怎麼了呢？我們早已不斷刪除電子郵件。現在這僅僅是我們兩個人之間的事情。

我們不就是兩個相互歸屬的靈魂？我是說：二者早已交織在一起，正如同兩個不可分割的光子一般地相互歸屬，即便中間橫隔了許多個光年的距離，卻照樣能夠相互感應……

我不曉得到了我們這種年紀以後，是否會比年輕時代更容易察覺出肉體與靈魂之間的差別。

我們在這方面還有許許多多事情需要討論。接著我們將會找個日子一同駕車前往蘇倫德，不是嗎？

但現在我已喝完葡萄酒，正準備就寢。我已經開車跑了四百公里，說不定馬上就能夠睡著。可是一講起「睡著」，那是一種多麼變幻莫測的狀態！我無法保證今夜將會讓妳捲入什麼樣的夢境。宇宙之夢的配額或許已經滿了，所以這一回我有可能做出幾個非常生活化的夢。說不定我會想辦法帶著妳一同前往松恩湖靜靜地漫步，並且是以逆時針方向！

晚安！

---

①埃德勒豪根（**Eldrehaugen**）位於「埃德勒瓦特內」湖的南端，在挪威文的意思是「較老丘」。

9

早安！

我已經告訴尼爾斯．佩特，你正在前來卑爾根的途中。現在終於這麼做了以後，讓我感覺如釋重負。不過我馬上就要出門，而且接下來整天都不在家。我還有許多事情需要好好想一想。然後我倆就相逢了——最晚是在明天，說不定還可以更早！

等到今天下午或傍晚又能夠在旅館上網以後，我會馬上傳郵件給妳，到時候我們不妨做出更詳細的安排。現在祝妳有美好的一天，並且出門愉快！我很快就會下樓吃早飯，然後結帳離開，繼續開車上路。昨天晚上在整個餐廳裡面只有我獨自一人，難免略感寂寞，於是我叫了一大壺葡萄酒以示補償。聽起來似乎很多，不過我必須也喝下妳的那一份。我想像妳就面對著我坐在桌子的另一頭，然後我眼前還交互浮現妳今日的模樣，以及當初在那麼多年前的長相。但妳的外觀實在差別不大。

***

再打一聲招呼。我開車長途跋涉之後，終於抵達了卑爾根。我正坐在旅館房間裡面，將目光投過窗外的小隆額果斯湖，眺望遠處的烏爾瑞肯山。①戶外光線呈現出越來越強烈的對比，此時已近黃昏，而我在這個夏天首度感覺到季節正在轉換。

我剛才在松恩峽灣南岸不遠處目睹了一場可怕的車禍，還一直為此震驚不已，因此現在我準備把小酒櫃裡面的飲料喝個精光，然後在就寢前讀一讀報紙。我們能否這麼敲定，由妳在明天早上九點鐘左右來旅館櫃檯那邊找我？說不定我們還可以一起開車去呂特勒達爾，接著搭乘渡輪前往蘇倫德？

我迫不及待想再度看見妳，而且迫不及待想握著妳的手。

***

我已經吃過早飯，之後一直在接待櫃檯那邊晃蕩。現在是九點十五分。即便妳還沒有回覆我之前傳出的幾封郵件，我仍然假定妳已經讀過它們，並且已在半路上了。但如果妳尚未出門的話，或許可以打一通電話給我？我就待在房間裡面，會一直保持連線。

斯坦

***

眼看已經是中午了，但我依舊沒有聽到妳的任何消息。我曾試著撥打妳的行動電話號碼，可是妳的手機整個上午都處於關機狀態。我還會繼續等候幾個小時，然後才打電話到妳家。

斯坦，

您剛剛已經把這支隨身碟插入了您的電腦。當事故發生的時候，蘇倫正把它掛在自己的脖子上。但我可以向您保證，我所閱讀的內容就只有那麼多，剛好足以讓我明白這是你們二人之間長期以來的通信內容。這些電子遺物從此完全歸您一人所有。我不相信還會有其他的拷貝存在，因為蘇倫已經把她電腦內的那一份刪除掉了。現在我也在同一支隨身碟上面，傳出我個人對您的最後說明。此外我還把您在那個可怕日子發送給她的幾封郵件，也都一併轉存過來。當您讀到這裡的時候，就表示您已經找到了隨身碟裡面的全部內容。

我實在不曉得是否該為我們上次的再度見面表示謝意，所以為求保險起見，我就不那麼做了。同時我也無意贅述，蘇倫的葬禮是多麼莊嚴隆重。起先我希望您保持低姿態，即便我們曾在送葬隊伍沿著湖畔前進的時候交談了幾句，我還是不打算讓英格麗、約拿斯或其他任何相關人等知道您是誰。當時我期盼您能夠充分發揮理性，亦即充分表達尊重之意，至少避不參加弔宴。畢竟葬禮基本上算是公開儀式，但弔宴則具有私人性質——那是家族內部的事宜，而且在我看來它已經屬於隱私權的範疇。

但您卻表示想要全程伴隨蘇倫，直到在舉行弔宴的「終點大飯店」說出最後一句話為止。您心意已決，非要那麼做不可。最後我別無選擇，只得讓您隨心所欲，並且在向孩子們介紹您的時候，把您講成是蘇倫大學時代的舊識。您可以將此做法稱作「中產階級的雙重標準」，或者您隨便想怎麼稱呼它也都無所謂，反正沒有人能夠駕輕就熟地處理這種情況。我們從來就沒有接受過相關訓練，應該如何在一瞬間淪為鰥夫。

現在冒著顯得小鼻子小眼睛的危險，我還必須補上一句：您竟然在弔宴剛結束的時候，坐著對英格麗大開玩笑！您的社交本能彷彿如魚得水一般，突然變得十分活躍起來。您不僅闖入了弔宴，同時還想要吸引別人的目光。您希望獲得觀眾，而您達到了目的。您把英格麗逗得笑了出來，那讓我大受傷害。

我承認，蘇倫並沒有告訴我您與她之間的某些事情。但我當然早就聽說過您，或許我應該表示：我聽說過你們兩個人——一九七〇年代之初那對如膠似漆的戀人。當我寫出「聽說過」一詞的時候，那其實是極度輕描淡寫的講法。我受夠了。

您不妨如此認為，我是為了盡一已的義務才會寄出隨身碟，並且還附上這幾行文字。在我看來，這是我悼念蘇倫時必須採取的做法。我感覺自己彷彿是在處理一件遺贈物，因為你們相互傳送的訊息與我完全無關。我雖然不清楚你們彼此寫了些什麼，但我曉你們曾經互通郵件。況且蘇倫從來都不想刻意隱瞞任何事情。

我曾經想了又想：假如你們二人沒有在圖書村意外重逢的話，那麼世界在今天看起來又將是什麼模樣？她還會繼續活著嗎？我只能勉為其難地盡義務提出這個問題。因為她再也無法自行發問了。更何況要我完全獨自面對這麼一個重大的問題，是非常痛苦的事情。

當我們跟著那些叔伯阿姨，以及侄子和侄女們，從位於墨倫達爾公墓的「希望禮拜堂」步行前往「終點大飯店」參加弔宴時，我曾親口向您做出承諾，表示我會找一天與您聯絡並且說明事故發生的大致經過——此外我也想到了這支其實屬於您的隨身碟。您難道從來都沒有意識到，那一切會讓我在孩子們，甚至在整個家族的面前感覺有些尷尬嗎？您到底自以為是什麼人？

既然她已經離我而去，現在我就不得不充當解說者的角色。而且我請求您體諒，我做出下列通告之後將拒絕繼續與您接觸。

我在星期六最後一次看見她充滿生命的活力。我們各走各路之前，我發現她在當天早晨煥發出一種特殊的光輝氣息。她曾經告訴過我，您正在前來卑爾根的途中。莫非她是因為那個緣故才會如此激動嗎？我決定不要過於苛求，因此建議邀請您來我們家坐坐。可是蘇倫一口回拒了我的提議，表示：「那連想都不用想。」或許她希望這麼一來，能夠避免讓我難堪。那是我的想法，或者至少當時我就是那麼想的。但除此之外還另有其他的事情。

許多年前，或許是十年或十五年以前吧，我在十二月某日買來一塊美麗的披巾，做為送給蘇倫的聖誕節禮物。那麼做的理由，是因為我還買了一盆聖誕紅。令我記憶猶新的是，披巾和聖誕紅呈現出同樣的粉紅色。我先購買了那盆聖誕紅，隨即我看見在「松特百貨公司」的櫥窗內，有一塊披巾可以跟聖誕紅搭配得很好。

不過她從未圍上那塊披巾。她一打開包裝紙的時候就已經面有難色。我連忙問她到底哪裡不對勁。如今回想起來，她當時的答覆大致是：那塊披巾讓她覺得老氣。但她接著也告訴我，披巾讓她聯想起昔日與您共同經歷過的一個神秘事件。而我之所以會把它說出來，是因為今年七月我們駕車離開圖書村之後，她又向我提及此事。講得更精確些，那是當我們沿著約斯特拉湖行駛的時候。那一整天都濃霧瀰漫，我和她經過時卻天清氣朗起來，於是我開口針對天氣發表了簡短的評論；她卻突然聊起那塊披巾、那盆聖誕紅，以及三十多年前發生的某件事。但她不願意透露那個「神秘事件」的細節，而我只是默默傾聽，沒有做出任何表示。從前她已經談論過這一類的事情，而且她甚至很早就講到了「斯坦」——她真的那麼做過。因此我提議繞道前往我們位於蘇倫德的「夏日小屋」一遊，這樣或許可讓一些老舊的記憶，尤其是過去的一些幽靈從此煙消雲散。她緊緊握住我的手，也認為這麼做會對我們自己比較好。

這麼一來，我也傳遞了那個訊息——或者我應該稱之為「轉寄了訊息」？我純粹是為了她的緣故才會做出最大努力，設法將這整齣戲的各種零星片段凝聚在一起。

請務必記住，我不要求您做出答覆。我只不過盡了任何配偶所應盡的義務。我只是在幫她料理後事。

在我們失去她那天的早晨，她不知為何緣故把舊披巾拿了出來。但一直要等到我們大家都從醫院回來之後，我才看見那塊披巾。我在蘇倫的書桌上發現，它仍然整整齊齊地包裹在我十年或十五年前為她買來的禮品盒裡面。但為什麼呢？她為什麼偏偏選在那個時候把披巾拿出來？

我把您當下正在讀取內容的隨身碟放進了那同一個禮品盒，因為我相信披巾和隨身碟屬於您的成分居多，屬於我們的成分較少。我已經痛下決心，此後絕不讓南布列克街我們家這裡出現任何與閣下有關的物品。我既不希望約拿斯瀏覽您與蘇倫往來的郵件，也不打算讓英格麗繼承那塊披巾。更何況現在我自己也必須想辦法活下去。辦完喪事以後還有許多事情要做，諸如必須關閉銀行帳戶、取消各種訂閱，以及清理其他事務等等。而閣下也名列待辦清單。

當天早晨我準備去辦公室的時候，她向我表示即將出門拜訪一位女性友人。這一次與往常不同的是，她特別講明自己不會回家吃晚飯，並且向我指出，她回來的時間可能會很晚。她講的是：「非常晚。」

蘇倫沒有說出那位女性友人是誰，或者她住在何處。而令我始終納悶不已的是，那天早晨她為什麼會北上前往松恩峽灣。她從未提到過在那邊有朋友，卻表示自己將整天都不在家。

她總不至於打算一路走向蘇倫德，抵達最近幾年來我們經常過去渡假的地點吧？但假如真是那樣的話，她為什麼沒有明講？她為什麼沒有自己開車出門？她為什麼會獨自沿著那條交通繁忙的大馬路行走？

事故發生於歐洲三十九號公路上，就在「歐普達爾」的南方。或者更精確地說，她在通往「布雷克」和「呂特勒達爾」的分岔路口被車子撞倒。巴士駕駛員證實，蘇倫是從卑爾根坐他的車子過來，然後在「茵斯特菲尤爾」下車。若純粹從人際溝通的角度來看，「茵斯特菲尤爾」幾乎是一個不毛之地。②而等到同一輛巴士從歐普達爾掉頭駛向卑爾根的時候，她卻仍然站在那裡等候。

蘇倫的行事作風或許令人捉摸不定。但事到如今，那已經不再是問題了。我的出發點是，您從奧斯陸前來卑爾根的途中，應該不至於開車南下經過那個地方吧。您不是坐火車過來的嗎？

無論如何，她在松恩峽灣南岸幾公里外的地方被一輛連結大卡車輾過。那個路段限速八十公里，可是連結大卡車卻在通往茵斯特菲尤爾的漫長下坡路上，以將近兩倍的速度行駛。當天視線不佳，而那名年輕的卡車司機正設法趕赴歐普達爾搭乘渡輪。現在他只能等著上法庭，但願法官多判他幾年。

他竟然也有臉出現在葬禮上。但他至少還有足夠的判斷力，曉得應該刻意避開弔宴。否則我一定會把他攆出去。我會叫警察過來。

那個星期六我正在辦公室加班的時候，接到海於克蘭大學附屬醫院打來的電話。有人通知我發生了什麼事，並強調她是被直升機搶救過來的，而且她的情況非常危急。我連忙衝出門外，然後從計程車上打電話給英格麗和約拿斯。在孩子們趕到以前，我與她單獨相處了幾分鐘。她的傷勢慘不忍睹，但她突然張開雙眼，以炯炯有神的目光說道：「難道是我自己搞錯了！萬一斯坦說得很對呢？」

人們不僅可以從兒童和醉鬼那邊聽到真相。臨終者有時同樣也可以說出一些發人深省的話語。

或許您「說得很對」，斯坦。那聽起來豈不是很窩心嗎？

我感覺自己有義務，必須替蘇倫向您轉達她最後的致意。或者我應該稱之為最後的評論？我毫無概念，不知道她那麼講到底是什麼意思。但是您說不定曉得。即便如此，我必須承認自己出現了一個令人不安的想法，並且開始產生懷疑。

將一切都總結起來之後，我不得不認為，你們在那家旅館的重逢改變了命運。蘇倫從此再也不是她自己了。

我知道，而且您或許也曉得，她是一個非常虔信宗教的人。無論在任何情況下，她都堅定不移地相信死後另有生命。我不曉得是否可以做出一個大膽的臆測，將您歸類為理性論者？但您既然身為氣候研究者，最起碼也是一位自然科學家。我敢打賭，就生命哲學而言，您與蘇倫絕對大異其趣。

但不管怎麼樣，我曾經問過我自己：假如我們不去攪亂蘇倫的想法，那是否會是比較理想的做法？畢竟她生前是一盞明燈，她就像是一團火光，而且她幾乎具有千里眼的能力。

萬一斯坦說得很對呢？

她以驚惶的目光向上注視我。而我在她眼中看見了無法撫平的傷痛、內心深處的激盪，以及難以承受的絕望。接著她又失去意識，然後在一度迴光返照之後便永遠離開了。那時她只是以空洞和無助的眼神望著我。她已經再也無話可說。說不定她仍有餘力向我道別，可是她沒有那麼做。

她失去了自己的信仰，斯坦。無論從任何角度來看，她都已經心力交瘁。她心中已是一片荒蕪和空虛。

當她表示您或許「說得很對」的時候，到底所指為何？難道「說得很對」能夠重要到那種地步嗎？莫非您有能力或意願，硬是要向別人的信仰撒播一種揮之不去的疑慮？不，我已經講過了，我不想得到任何答案。凡事從此都必須告一段落。

不知道為什麼，我總覺得您就像易卜生筆下那個陰鬱乖戾的老派人物一般，走入了蘇倫和我的生活。您幾乎同樣稱得上是「一名從海上過來的男子」。還是說，您希望以葛瑞格斯．威勒那種「沉迷於真相者」的方式來登台？若是這樣的話，我樂意扮演《野鴨》劇中的另一個角色——雷凌醫生那位「自欺行為的尊重者」。③而現在我就坐在她金黃色的閣樓房間內，眺望下面的市區。

沒幾天以前蘇倫曾表示過，她或許會出遠門前往蘇倫德，以便趕在冬季之前向大海告別。但按照她一貫的作風，應該不至於獨自安排這種旅行。莫非你們打算成雙成對地一起向大海告別？你們在今年七月那天不也曾經兩個人一同快步閃入山中？

我實在不曉得自己為什麼會這麼問，因為我根本就不想要答案，而且那個問題已經完全不再具有任何實質意義了。

然後閣下果真親自前來卑爾根！可是您來得太遲了。等到一切都結束之後，您在星期天下午打電話過來。那時我們剛從醫院返回家中。英格麗接聽了電話，但她表示不曉得您是誰，而且沒辦法跟您講話。我則低著頭坐在餐桌前面，只是開口告訴英格麗，我知道是誰打的電話，不過我同樣無法親口跟您講話。最後是約拿斯接過話筒，並且告訴您究竟發生過什麼事情。我讓他那麼做了。

那麼您自己接下來又做了哪些事情呢？為了參加葬禮而一直繼續留在卑爾根？或者您曾經

開車出去，以便眺望大海？

這些都是不需要答案的修辭性疑問句。

我希望從現在開始停止任何形式的接觸，並且期待您能夠尊重這項心願。在很長的時間內，孩子們和我將會為了相互扶持而忙得不可開交。

她離開以後，斯康森這個地方已是一片空虛。縱使是在山地的西側，在我們這邊，蘇倫也在許多人的心目當中具有重要意義。而且即便我扮演了雷凌醫生的角色，我也永遠不會把蘇倫當作「一般人」看待。

一切到此為止。

尼爾斯·佩特

①烏爾瑞肯山（Ulriken）是卑爾根周圍七座山峰當中最高的一座，高六四三公尺。

②「茵斯特菲尤爾」（Instefjord）雖然幾乎無人居住，卻是松恩峽灣南岸的交通樞紐。歐洲三十九號公路（E39）經此北上，在十公里外的「歐普達爾」（Oppedal），透過渡輪與松恩峽灣北岸的「拉維克」（Lavik）銜接（斯坦目睹車禍時，正沿著這條路線開車南下）。另有一條濱海公路從「茵斯特菲尤爾」岔向西北。那條公路的終點是「呂特勒達爾」（Rutledal），開往蘇倫德的渡輪就從此地出發！

③葛瑞格斯．威勒和雷凌醫生都是易卜生《野鴨》（Vildanden）劇中的人物。葛瑞格斯．威勒是理想主義者，被暗喻為「從幽冥世界來到可憐人家的門口宣揚『理想之要求』的笨蛋」。雷凌醫生則老於世故，其論點為：「假象……那是激勵人生的法則。……從一般人身上取走生活謊言，你便等於是直接帶走了他的快樂」。

譯名對照表（依出現順序排列）

第一章

斯坦（本書男主角）	Steinn
尼爾斯・佩特（蘇倫的丈夫）	Niels Petter
弗爾德（挪威西部松恩—菲尤達訥郡的城鎮）	Førde
萊康厄爾（挪威松恩峽灣北岸的城鎮）	Leikanger
埃德勒瓦特內（松恩—菲尤達訥郡的一座小湖）	Eldrevatnet; Eldrevatn
蘇倫（本書女主角）	Solrun
卑爾根（挪威第二大城）	Bergen
貝麗特（斯坦的妻子）	Berit
躡水號（一艘機動渡輪的名稱）	M/F Nesøy
冰河博物館	Bremuseum
巴勒思特朗（松恩峽灣北岸的城鎮）	Balestrand

弗洛姆 Flåm

米達爾 Myrdal

弗洛姆鐵路（弗洛姆與米達爾之間的挪威高山鐵路） Flåmsbana

休斯瀑布 Kjosfoss; Kjosfossen

森林女妖 Hulder

海拉（松恩峽灣北岸的渡輪停靠地） Hella

旺斯內斯（松恩峽灣南岸的渡輪停靠地） Vangsnes

科威克納大飯店（巴勒思特朗的豪華旅館） Kvikne Hotel

蘇倫蒂（一艘大型渡輪的名稱） M/S Solundir

蘇倫德（位於松恩峽灣出口的群島） Solund

蘭蒂·約納沃格（蘇倫的外婆） Randi Hjønnevåg

外敘拉（蘇倫德最外側的島嶼） Ytre Sula

庫格魯夫（外敘拉島西南端的小聚落） Kolgrov

博雅山谷（冰河博物館南方的山谷） Bøyadalen

約斯特拉湖（冰河博物館西方的湖泊） Jølstravatn

謝伊（約斯特拉湖北端的城鎮） Skei
呂榭道斯維卡（松恩峽灣北岸的渡輪停靠地） Rysjedalsvika
呂特勒達爾（松恩峽灣南岸的渡輪停靠地） Rutledal
海濱碼頭路（卑爾根港區的街道） Strandkaien
斯康森（卑爾根東側市區名） Skansen
松恩峽灣（位於西挪威的全球第二大峽灣） Sognefjorden
英格麗（蘇倫的女兒） Ingrid
明達爾山谷（冰河博物館南方的山谷） Mundalsdalen
布林登（奧斯陸大學主要校區所地） Blindern
馬約斯圖阿（奧斯陸西側的市區） Majorstua; Majorstuen
貝魯姆（奧斯陸西郊的城市） Bærum
賠率爆炸 Oddsbombe
馬格里特（比利時超現實主義畫家） Magritte
周轉圓說（托勒密的天文學觀念） Deferent and epicycle
菲耶蘭（冰河博物館南方的村落） Fjærland

圖書村（位於菲耶蘭） Bokby（Booktown）

萊恩博士（美國杜克大學的超心理學家） Dr. B. Rhine

酒後吐真言 In vino veritas

詹姆斯・金斯（英國數學家與天文物理學家） James Jeans

第二章

聯合國政府間氣候變化專門委員會 IPCC（Intergovernmental Panel on Climate Change）

反饋機制 Feedback mechanisms

《庇里牛斯山的城堡》（馬格里特的畫作） Le Château des Pyrénées

學生林園（奧斯陸市中心的公園） Studenterlunden

索邦大學（巴黎第四大學） La Sorbonne

魔術劇場 Magisches Theater

赫曼・赫塞（德國小說家） Hermann Hesse

《荒野之狼》（赫曼・赫塞的名著） Steppenwolf

賀維庫登（奧斯陸西郊的一個岬角） Høvikodden

赫妮・翁斯塔藝術中心　Henie Onstad kunstsenter

斯坦・麥倫（現代挪威作家）　Stein Mehren

奧拉夫・布爾（近代挪威作家）　Olaf Bull

核心文學（北歐探討人生「永恆問題」的文學）　Sentrallyrikk

揚・艾瑞克・沃爾德（現代挪威作家）　Jan Erik Vold

拉斯科尼柯夫（杜斯妥也夫斯基《罪與罰》的主角）　Raskolnikov

《魔山》（德國作家湯瑪斯・曼的名著）　Der Zauberberg

金力（挪威水果氣泡酒）　Golden Power

斯科訥（瑞典最南端的省分）　Skåne（Scania）

隆格倫姐妹田園咖啡屋（斯科訥的名勝）　Flickorna Lundgren Skäret

約斯特達爾冰河（歐陸最大的冰河）　Jostedalsbreen

萊達爾（松恩峽灣東南岸的行政區）　Lærdal

特隆赫姆（挪威中部城市）　Trondheim

米約薩湖（挪威中南部湖泊）　Mjøsa

藝術之家畫廊　Kunstnernes Hus

哈當厄爾高原 Hardangervidda

海於加斯特爾（哈當厄爾高原東北方的火車站） Haugastøl

智人 Homo sapiens

直立人 Homo erectus

巧人 Homo habilis

非洲南猿 Australopithecus africanus

似哺乳爬行動物 Mammal-like reptiles

獸孔目 Therapsida

大霹靂（宇宙大爆炸） Big bang

宇宙紅位移 Cosmic red shift

宇宙背景輻射 Cosmic background radiation

克里克（一九六二年諾貝爾生理醫學獎得主） Crick

華生（一九六二年諾貝爾生理醫學獎得主） Watson

鹼基對 Base pair

歐洲核子研究組織 CERN（Conseil Européen pour la Recherche Nucléaire）

約拿斯（蘇倫之子） Jonas

第三章

諾德貝格（奧斯陸北部市區） Nordberg

松果路 Kongleveien

于勒沃醫院（位於奧斯陸陸的全挪威最大醫院） Ullevål Hospital

伊娜（斯坦之女） Ine

娜芸（斯坦之女） Norunn

貝爾格捷運站 Berg stasjon

克林舍（奧斯陸北部市區） Kringsjå

松恩湖（奧斯陸北部市郊的小湖） Sognsvann

諾拉（外敘拉島上的小聚落） Nåra

伊特瑞格蘭（外敘拉島上的小聚落） Ytrøygrend

南約納沃格（外敘拉島上的小聚落） Søndre Hjønnevåg

斯諾里（古冰島歷史學家和文學家） Snorri

卡爾瓦多斯（諾曼地的蘋果白蘭地酒） Calvados

詹姆斯・蘭迪（歸化美國的加拿大魔術師） James Randi

一百萬美元超自然挑戰 The One Million Dollar Paranormal Challenge

蘇菲亞・佈朗（美國靈媒） Sylvia Browne

卡爾・古斯塔夫・榮格（瑞士心理學家） Carl Gustav Jung

時間同步性（共時性） Synchronizität

世界末日基督徒 Doomsday Christians

自我實現的預言 Self-fulfilling prophecies

大衛・艾登堡（英國環境學者） David Attenborough

蘇佩勒冰河（約斯特達爾冰河南端的部分） Supphellebreen

雷夫斯內斯（松恩峽灣南岸的渡輪停靠地） Revsnes

第四章

芬瑟（挪威西南部小鎮） Finse

新堡大樓（奧斯陸大學學聯會大樓） Chateau Neuf

第五章

古爾（挪威中南部城鎮及行政區） Gol

利薩克火車站（奧斯陸西郊的火車站） Lysaker stasjon

德拉門（奧斯陸西南方的城市） Drammen

德拉門河 Drammenselva

維克松（奧斯陸西方提里峽灣湖畔的城鎮） Vikersund

赫訥福斯（奧斯陸西北方的城鎮） Hønefoss

提里峽灣湖（奧斯陸西北方的大湖） Tyrifjord

德拉門水系（挪威主要河道系統之一） Drammensvassdraget

雅克．莫諾（法國諾貝爾生理醫學獎得主） Jacques Monod

太古渾湯 Primeval soup

天文化學 Astrochemistry

克勒德倫（德拉門水系的狹長湖泊） Krøderen

內斯比恩（位於古爾和克勒德倫湖之間的小鎮） Nesbyen

海姆瑟達爾（古爾西北方的行政區） Hemsedal

尋找地球外智慧生命合作計劃 SETI（Search for Extraterrestrial Intelligence）

海姆西爾河（穿越海姆瑟達爾的河流） Hemsil

畢約貝格（海姆瑟達爾的一座山中旅舍） Bjørberg

玻爾袞木板教堂（挪威最著名的中世紀教堂之一） Borgund stavkirke（Borgund stavkyrkje）

福德內斯（松恩峽灣南岸的渡輪停靠地） Fodnes

茫海勒爾（松恩峽灣北岸的渡輪停靠地） Mannheller

凱於龐厄爾（松恩峽灣北岸的村落） Kaupanger

松達爾（松恩峽灣北岸的行政區） Sogndal

菲耶蘭峽灣（松恩峽灣北側的分支） Fjærlandsfjord

蘇佩勒山谷（冰河博物館南方的山谷） Supphelledal

克朗（挪威貨幣單位） Krone (Kroner)

卡本內蘇維儂（「赤霞珠」紅葡萄） Cabernet Sauvignon

于樂沃塞特（奧斯陸北郊的滑雪勝地） Ullevålseter

托騰（瑞典中南部的小湖） Toten

梅拉倫湖（瑞典第三大湖） Mälaren

洛斯納（蘇倫德最東邊的島嶼） Losna

敘拉（蘇倫德最大的島嶼） Sula

克拉克海拉（敘拉島東岸的渡輪停靠地） Krakhella

第六章

艾克貝格（奧斯陸東南郊區城鎮） Ekeberg

奈索登（奧斯陸南方對岸的城鎮） Nesodden

十字教堂（卑爾根建於十二世紀的教堂） Korskirken

聖約翰教堂（卑爾根的教堂） Johanneskirken

小隆額果斯湖（卑爾根市中心的小湖） Lille Lungegårdsvannet

明達爾旅館 Hotel Mundal

眼球快速轉動睡眠階段 REM-sleep（Rapid eye movement sleep）

蛇舌京勒伊格（古冰島毒舌派吟遊詩人） Gunnlaug Ormstunge

蛇舌京勒伊格薩迦傳說 Gunnlaugs saga ormstungu

海爾嘉（京勒伊格的未婚妻） Helga

赫拉芬（古冰島吟遊詩人，京勒伊格的死敵） Hrafn

斯莫蘭（瑞典東南部省分） Småland

環城大道 Ringvei

德拉門路 Drammensveien

桑德維卡（奧斯陸西郊的城鎮） Sandvika

蘇利赫格達（提里峽灣湖東南岸的城鎮） Sollihogda

墨博山谷（哈當厄爾高原西北方的山谷） Måbødal

欣薩維克（哈當厄爾峽灣南岸的村落） Kinsarvik

諾爾哈伊姆森（哈當厄爾峽灣北岸的村落） Norheimsund

克瓦姆森林山（哈當厄爾峽灣北岸的高原森林） Kvamskogen

阿爾納（卑爾根東北郊區的城鎮） Arna

諾德內斯（卑爾根市西北端的小半島） Nordnes

哈當厄爾峽灣（卑爾根東南方的峽灣） Hardangerfjord

南布列克街 Søndre Blekevei（Søndre Blekeveien）

托爾高曼寧恩（卑爾根市中心的商業街） Torgallmenningen

安恩（卑爾根西部的市區） Engen

諾斯泰特（卑爾根西部的市區） Nøstet

延斯・比約爾內博（二十世紀挪威作家） Jens Bjørneboe

蘭妮爾・約爾森（十九、二十世紀之交挪威女作家） Ragnhild Jølsen

《夢想與車輪》（比約爾內博的小說） Drømmen og hjulet

索菲斯・布格（十九世紀挪威語言學家） Sophus Bugge

索菲斯・布格大樓 Sophus Bugges hus

愛德華・貝耶（二十世紀挪威文學評論家） Edvard Beyer

韋格朗（十九世紀挪威詩人） Wergeland

克里斯提安尼亞（奧斯陸的舊稱） Christiania

《靈魂之書》 Le Livre des Esprits

第七章

孫德沃倫（提里峽灣湖東北岸的村落） Sundvollen

哈靈達爾河谷 Hallingdal
布魯瑪（哈靈達爾河谷的村落） Bromma
布雷斯特倫山間旅舍 Breistølen Fjellstove
萊達爾河（注入松恩峽灣東端的河流） Lærdalselvi
海姆瑟達爾丘陵 Hemsedalsfjellet
尼爾斯·亨利克·阿貝爾大樓（奧斯陸大學的數學大樓） Niels Henrik Abels hus
赫曼斯維克（松恩峽灣北岸的城鎮） Hermansverk
《我倆沒有明天》 Bonnie and Clyde
黑冰冰川（挪威第二大冰河） Svartisen
巴德爾—邁因霍夫幫（西德的紅軍派） Baader-Meinhof gang
烏爾麗克·邁因霍夫（西德女恐怖分子） Ulrike Meinhof
施塔姆海姆（德國斯圖加特最北端的市區） Stammheim
安德瑞亞斯·巴德爾（西德恐怖分子） Andreas Baader
馬丁·海德格（二十世紀德國哲學家） Martin Heidegger
約迪斯紀念品店 Hjørdis’ souvenir shop

胡爾佩山谷（冰河博物館南方的山谷） Horpedal

明達爾河 Mundalselva

草場之家 Heimstølen

紫花毛地黃（指頂花） Digitalis purpurea

松恩—菲尤達訥（位於西挪威的郡） Sogn og Fjordane

布斯克呂（位於東挪威的郡） Buskerud

《珍妮被炒了魷魚》 Jenny har fått sparken

《進入你的時代》 Inn i din tid

寶瓶座時代 Age of Aquarius

蘇克納（挪威東南部的城鎮） Sokna

佩爾斯大飯店（位於古爾鎮的大旅館） Pers Hotell

肉體的復活 Resurrection of the flesh

第八章

埃德勒豪根（埃德勒瓦特內湖南端的山丘） Eldrehaugen

阿斯加爾德（北歐山中的巨人或侏儒）	Åsgardsreii（Åsgårdsreia）
尤勒斯克拉亞（即「阿斯加爾德」）	Joleskreii（Juleskreia）
提德訥·拉拿卡姆（鬼怪名）	Tydne Ranakam
海爾格·赫佛特（鬼怪名）	Helge Høgføtt
特隆德·赫格夕寧根（鬼怪名）	Trond Høgesyningen
斯潘寧·黑勒（鬼怪名）	Spenning Helle
馬斯訥·特勒斯特（鬼怪名）	Masne Trøst
艾於蘭山谷（松恩峽灣南岸的山谷）	Aurlandsdalen
霍爾（位於哈靈達爾河谷的行政區）	Hol
拉維克（松恩峽灣北岸的渡口）	Lavik
歐普達爾（松恩峽灣南岸的渡口）	Oppedal
挪威大飯店（位於卑爾根市中心）	Hotell Norge

第九章

烏爾瑞肯山	Ulriken

終點大飯店	Terminus Hotel
墨倫達爾（卑爾根市郊公墓所在地）	Møllendal
松特百貨公司（卑爾根精華區的購物中心）	Sundt
布雷克（松恩峽灣南岸的城鎮）	Brekke
茵斯特菲尤爾（松恩峽灣南岸的渡口）	Instefjord
海於克蘭大學附屬醫院（卑爾根的醫學中心）	Haukeland Universitetssykehus
易卜生	Henrik Ibsen
《野鴨》（易卜生的劇作）	Vildanden（The Wild Duck）
葛瑞格斯・威勒（易卜生《野鴨》劇中的人物）	Gregers Werle
雷凌醫生（易卜生《野鴨》劇中的人物）	Dr. Relling

卑爾根鐵路

約斯特達爾冰河
萊達爾
蘇倫德
松恩峽灣
埃德勒瓦特內
弗洛姆
海姆瑟達爾
沃斯
芬瑟
古爾
達勒
米達爾
內斯比恩
蓋羅
卑爾根
弗洛
哈當厄爾
高原
克勒德倫湖
赫訥福斯
提里峽灣湖
奧斯陸
德拉門
Bergensbanen
Oslo - Bergen
50 0 (km) 100

製圖人：周全

松恩峽灣與哈當厄爾峽灣

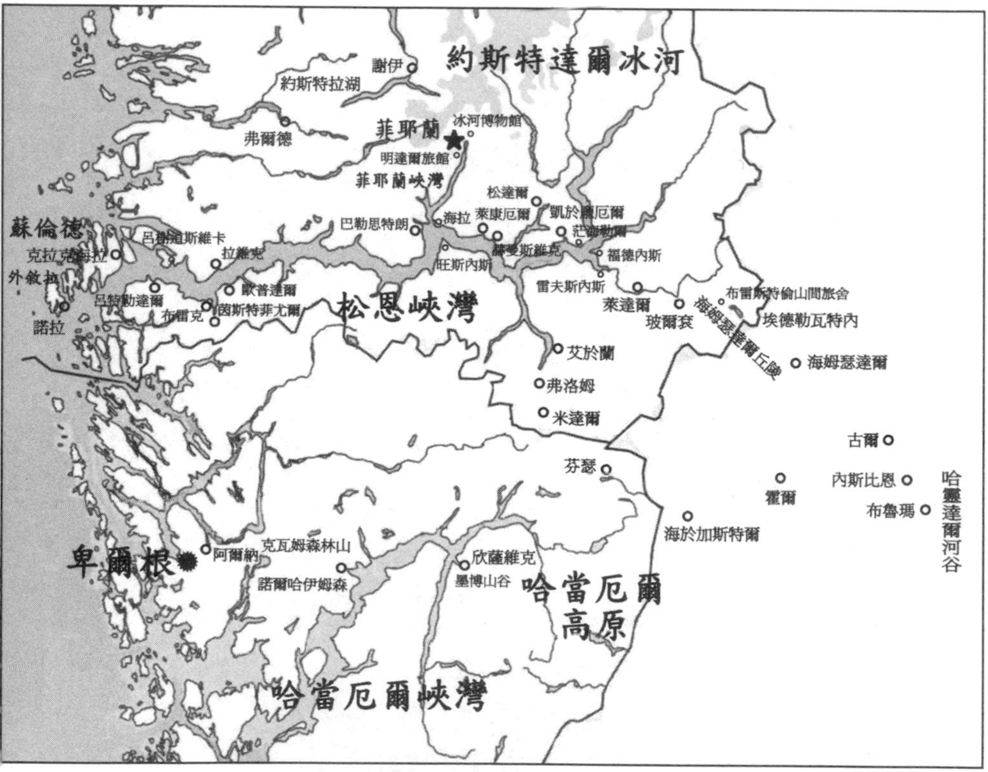

製圖人：周全